宁夏大学生原创文学基地

秘 书 长　丁峰山

副秘书长　金　瓯　火会亮　倪万军　张富宝　徐玉英　计　虹

　　　　　马晓雁　李　敏

成员单位　宁夏作家协会　　　　　宁夏大学文学院

　　　　　宁夏师范学院文学院　　北方民族大学文学与新闻传播学院

　　　　　《朔方》编辑部　　　　《黄河文学》编辑部

　　　　　《六盘山》编辑部　　　阳光出版社

"2021·宁夏大学生原创文学大赛"组委会

主 任　刘衍青

副主任　金　瓯　胡玉冰　郭艳华　杨　梓　闻玉霞　杜彦荣　唐　晴

成 员　丁峰山　倪万军　徐玉英　火会亮　计　虹　李　敏　张富宝

　　　　马晓雁　谢　瑞

《宁夏大学生原创文学大赛获奖作品集（2021卷）》
编 委 会

主 编　刘衍青

副主编　倪万军　马晓雁

宁夏大学生原创文学大赛获奖作品集

2021卷

宁 夏 大 学 生 原 创 文 学 基 地
"2021·宁夏大学生原创文学大赛"组委会 编

黄河出版传媒集团
阳 光 出 版 社

图书在版编目（CIP）数据

宁夏大学生原创文学大赛获奖作品集. 2021卷 / 宁
夏大学生原创文学基地，"2021·宁夏大学生原创文学大
赛"组委会编. -- 银川：阳光出版社，2022.9
　　ISBN 978-7-5525-6471-6

Ⅰ. ①宁… Ⅱ. ①宁… ②2… Ⅲ. ①中国文学－当代
文学－作品综合集 Ⅳ. ①I217.1

中国版本图书馆CIP数据核字（2022）第161524号

宁夏大学生原创文学大赛获奖作品集（2021卷）
　　宁夏大学生原创文学基地　"2021·宁夏大学生原创文学大赛"组委会　编

责任编辑　杨　皎
封面设计　石　磊
责任印制　岳建宁

黄河出版传媒集团
阳光出版社　出版发行

出 版 人　薛文斌
地　　址　宁夏银川市北京东路139号出版大厦（750001）
网　　址　http://www.ygchbs.com
网上书店　http://shop129132959.taobao.com
电子信箱　yangguangchubanshe@163.com
邮购电话　0951-5014139
经　　销　全国新华书店
印刷装订　宁夏银报智能印刷科技有限公司
印刷委托书号　（宁）0024449

开　　本　710mm×1000mm　1/16
印　　张　19
字　　数　300千字
版　　次　2022年9月第1版
印　　次　2022年9月第1次印刷
书　　号　ISBN 978-7-5525-6471-6
定　　价　48.00元

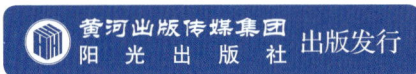

前　言

　　文学是世界文化的瑰宝，更是中华优秀传统文化的集大成者，在这个"看图"的时代，还有多少人在"读书"，不得而知。但是，有一点大家是有共识的：文学经典曾经温暖了一代又一代不同国别、不同肤色的人们。刘勰在《文心雕龙·宗经》篇曰："经也者，恒久之至道，不刊之鸿教也。"中外文学经典历经千百年，依旧常读常新，影响深远。孔子的"士不可不弘毅，任重而道远"至今激励中国人踔厉前行；罗贯中的"话说天下大势合久必分、分久必合"，直至今日，依然令人玩味。阅读文学经典不禁引人沉思，我们这个时代，能为世界、为后人留下怎样的文学作品，又有多少堪称经典？纵观文学史，许多伟大作家的代表作均诞生于他们的青壮年时期，苏东坡18岁出蜀已是气度不凡，普希金成名时年仅15岁，曹禺23岁发表《雷雨》。如今的大学生思维敏捷、才华横溢，这个群体藏龙卧虎、英才辈出，也许，他们只需要一个平台，就有可能脱颖而出，这是我们举办宁夏原创大学大赛的一个宏远目标。

　　宁夏是个小省区，却拥有大文化。古代的文化遗迹遍布南北，长城文化是其中的代表；近现代的红色文化光耀中华，长征文化令世界敬畏；新时代的脱贫攻坚、乡村振兴，具有"不到长城非好汉"的文化内涵。还有造福宁夏的黄河文化，剪纸、马社火等非物质文化遗产……都值得我们挖掘、书写。鼓励宁夏的大学生拿起手中的笔，用多样的文体，用心中的赤诚，将听到的、见到的、思考的、实践的，记录下来，组织成优美的文字，升华为不朽的文学，这是我们持续举办宁夏文学原创大赛的务实且理想的目标。

在这个日新月异的时代，随着融媒体的兴起，文学不再是书本的、纸质的，它更加多元，更加多变，更加被这个时代所需求。在一篇声情并茂、音画兼美的电视报道中，画面抓住了观众的眼球，声音取悦着听众的耳朵，唯有背后的文字容易被忽略。然而，一旦文字出离于画面，一旦悦耳的声音传达出"尖利"的文字，我们马上会意识到优美的文字何其重要！具备用和谐、温润的文字表达思想的能力何等重要！因此，作为青年群体的集中代表——大学生，有必要鼓励他们用文字记录时代的变迁，用文字传达心灵的诉求，在大学读书期间，有意识地训练他们的文字表达能力，打通学校与学校的围墙、打破专业与专业的隔膜、打开心灵与心灵的芥蒂，用年度原创文学大赛的形式，激发大学生的创作热情，创作出更多更好的文学佳作。比赛只是手段，期望通过赛事吸引更多的大学生关注文学创作，鼓励他们谱写属于这个时代的最强音，期望通过三、五届原创文学大赛能够促成这个目标尽早实现。

"宁夏原创文学大赛"是"十四五"全区高校大学生学科竞赛项目之一，在这里要感谢自治区教育厅的大力支持，感谢宁夏大学生原创文学基地的支持，感谢《朔方》《黄河文学》《六盘山》等文学杂志和学者、作家的大力支持。最后，要特别感谢参加本届大赛的大学生，他们积极创作、踊跃投稿，保证本届赛事的圆满完成，祝贺优秀作品获奖者，祝愿他（她）们在文学创作的道路走得更坚实，创作出更好的作品。

　　本届宁夏原创文学大赛由宁夏师范学院文学院承办，得到了宁师汉语言文学国家一流专业建设点的支持，从学科专业建设的角度看，这项赛事对于提升新文科内涵建设、推进新时代文学教育、展现宁夏当代大学生的精神风貌，有着具体而现实的意义。

目　录

小　说

其　他

诗

歌

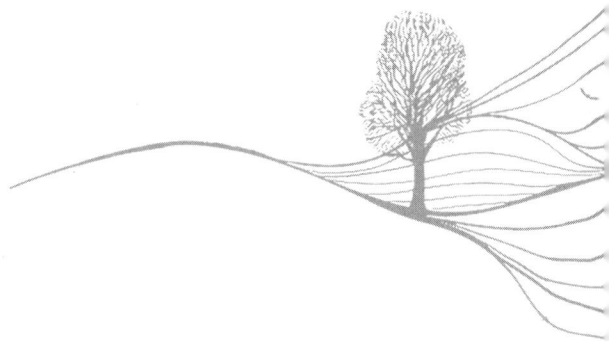

和种子一起。分担（组诗）

何　刚

哑　母

三月还未到来

母亲就早早地点起了豆子

谁爱吃她忘了

她早已在心里预设了答案

一场雨已经不能让她恢复年轻

微风摆动着她丝巾垂下来的部分

我不敢声张

在微风里，我希望被春天特赦

允许忏悔，流泪

最好允许我拍去身上的浮尘

我是如此地需要活着

我爱上了这说不清

道不明的一生

奶　奶

爷爷去世多年了

这些年奶奶都是一个人

她习惯了孤独

对着墙给自己说话

回想起来

活得已经够长了啊

对世间的草木了如指掌

包括老房子的一砖一瓦

她有时也会骂

骂你个死鬼怎么狠心丢下我一个人

可她还是不放心

会在夜里把他捡回来

和他唠嗑，为了一件小事而争执不休

硬生生把一个破碎的梦摁进了身体

她还说要把心掏出来

交给一个素不相识之人

穷　人

树上的果子

结在了猎人的枪头

远处有很多星星

铺在装满泥土的花瓶里

白色如昼的夜晚

沉默的穷人

请你取下挂在屋顶的铃铛

为我照明

旧　年

老房子盘踞在树上

鸟雀搬了家

旧年混入儿时的梦魇

偷窥我切身经历的谎言

假如你问我

朝北的墙上是否还粘贴着

被岁月除去的那部分

我只记得

那时母亲正蹲在煤油灯下

燃烧自己被灵魂抵触的肉体

羊角村

这些年

羊角村没有了羊

荒草无处生长

月色也多了几分憔悴

风一吹

父亲的羊角就掉到了地上

心　事

小时候

还未来得及回望

偎依在岁月里的往事

轻易就掩身过去

长大后

我们学会了在真实里不断隐退

哭着笑着

假装对人生没有厌倦之色

后来

当左心房开始疼痛的时候

偶尔响起的敲门声

也会让干涩的眼睛流下滚烫的泪水

默 契

习惯了缅怀失去的季节

习惯了假意忏悔流逝的光阴

遗憾的是最终没能跨过一条

关于时间的水域

列车在广袤的大地上行驶

我想伸出手

向窗外的世界借一抹纯粹的白

假装是不经意的离别，忽略感伤

这些年

我一直保持着与故乡的默契

即使脚步与泥土混为一谈

也绝不走漏任何风声

烟火斗争

我们对爱的满足

停留在窗外月色的朦胧里

而我们拥有的

是孤独门楣细碎的低语

多少雷同的白月光

将故旧讯息隐藏

还未等来一场雪

我的心也如此空了

沉默好似凉薄的爱

把你　把我

隔离在烟与火的对岸

寻

云在雾里盘踞

山野那么远

远过我们一生的脚步

岁月变成了枯朽的树木

挂在上面的铃铛

也曾尽力挣脱被命运安排的秉性

逐渐消寂的钟声

隐进了锈迹斑斑的铁锁

在世间寻回的梦里

我们终将虚无

虚　构

假如一定要一次远行

我会把身体里的蓝都藏起来

用最简单的语言拼凑自己

想一些与生死无关的事

或者仔细推敲一个词语的漏洞

暂时忘却疾病（包括自身残缺的部分）

在写诗的道路上

我不介意把自己推向深渊

我甚至不介意

一次次虚构

和种子一起。分担

泥土的忧伤

指导老师：马晓雁

作者简介

何刚：宁夏师范学院文学院学生。宁夏作协诗歌学会会员，参加首届全国大学生诗会。

初评评委推荐语

在这组抒情短章中，诗人形象散发着泥土般的气息，真诚而朴实，有着青春特有的敏感和热力，即使写到忧伤，也是平静和淡定的，如他诗中所言"即使脚步与泥土混为一谈 / 也绝不走漏任何风声"。诗歌语言趋于简洁凝练，既无平淡如水的直白，也无故作高深的晦涩，如诗作《穷人》《寻》等，言简而意赅，辞少而意丰，体现出作者一定的生活感悟能力和熔炼诗思的艺术功底。（高权）

世间尘，或学院路 1 号的低吟（组诗）

刘庆烨

两双手

母亲这双手慈悲，父亲那双手肃穆

母亲接生崽猪，使濒死的鸡子复活

菜园万物生，那株月季镶嵌露水

分外红。我看过堂屋菩萨伸展的手掌

和母亲的手纹路一样，散发柔光

出苦力的父亲，手握着钢筋，木方，瓦刀

铲起水泥，把山河沟壑烙至砖石裸露的墙上

公　园

阴雨天公园里有巨大的磁场

哀伤的情绪随树木草丛弥漫进心底

船劈开湖面的宁静，它没有彼岸

值得依靠，水形成不了一道桩

这湖太小，不适合抛锚。远方

也没有指引方向的灯塔，该去哪里

又如何抵达目的地？

鸟叫声汹涌如潮，胡乱按下的钢琴曲

迷雾掩盖真相，行人仅专注于开始和结束

一处景，拍照，留念，全无回忆地打卡

我听到公园的幽怨，歇斯底里

落叶为晚秋拉开序幕，我承受不住

气氛的凝滞，脚步匆匆，奔向园外的戈壁

实际意义之外的辽阔

山的那边有什么？朋友对乌海的草原雪山

发出辽远的疑问。透亮的绸缎驻足山脚

雪山是河流的生母

风景干净纯洁，不含一丝杂质

天底下覆盖烟笼微茫的蓝意

那是晴朗的呓语。按图索骥是愚蠢的

将丧失想象力丰盈的美感

问号绝非为了肯定的句号

它希望延伸名词、形容词和动词本身

以获实际意义之外的辽阔

而雪山之外，何其壮美

"山舞银蛇，原驰蜡象，欲与天公试比高"①

虚幻的雪

盐碱地沁出寒白的雪

很像李白吟诵的"床前明月光"

细柳枝条摇曳，马嵬坡

被挚爱之人抛弃的贵妃也有这般

枯黄的头发。唐时的明月

石嘴山的明月，一寸寸照亮历史文脉

它可以埋名隐姓，潜伏渊底

也狂啸"大鹏一日同风起，扶摇直上九万里"的

飞扬。可不饮酒，不写诗

却不能失了"扁舟破浪，乱发当风"②

"凤歌笑孔丘"的巍峨气魄

虚幻的雪顶替不了真实的白

更何况骨骼还未凛，筋膜还未冷

尚有一腔豪情剑气

未倾倒进仙谪尘世的盛唐

---

① 引自毛泽东词《沁园春·雪》。

② 引自余光中诗《寻李白》。

在湖边

荷叶漆黑在湖中憔悴

我从图书馆出来路过它们

听到复苏的生机已按捺不住

要把绿色充斥天空与人的眼睛

湖边的石雕不知何时被挪走

在第二个手持乐器的姑娘旁

父母曾停驻他们的身影

这是我迈入大学的第一天

母亲用手机为父亲拍照留念

她试图把酱红的脸固定

层叠的荷叶与娇嫩的荷花

盛不下父亲的淳实粗犷

毕竟他出现的大多背景

是望不到边际的田野

是喧嚣杂乱的建筑工地

母亲没有把更远的贺兰山

与父亲联系起来

她只希望家里这棵树

能在我长得枝繁叶茂之前

暂抵屋外凄寒的风雨

由树坑说起

几天前听说交通管控了

假如不在校内穿过的话

从南门去东门得绕行

我两年前写过的蜿蜒的路

面貌整容过，我竟有些陌生

依旧临湖，但路上多了许多土

道旁多了许多坑，树坑

在家乡树坑是不常见的

除非谁家砍了树，并有人

愿意把生长树的巨大根部刨去

这很费事，我常被引诱

我喜欢闻两种气味

汽油锯啃食躯干留下的木屑味

以及树根周围泥土湿润的味道

极让人安定，堪比药物

二者是航船的锚，一旦脑海浮现

任何波涛汹涌都不能阻止我

平静下来，撑起独属于自己的帆

又在学校周围看到树坑了

但它们却绝无蔓延向四面八方的根须

自然也无那独特的气味

什么能让我平静？

什么能让一棵树生出数不清的根？

我想起从银川返校的途中

即将抵达目的地时总要经历一段黑暗

周围寂静无边，只剩下所乘的车

如一叶扁舟，在黑潮间起伏

未知的夜晚令人恐惧

直到看见宁理那些建筑的斓光

才使我明白夜航船上的水手

是怎么把灯塔当作指引方向的神明的

在一地琐屑中安身立命

他朝我摊手，脸发黄

他说他也要买炸串来吃，吐字不清

从怀里掏出一扎钱，捋平，叠好的

他要吃火腿肠，没问价格，直言有钱

一张百元，被拒绝后换成五元

摸出一包烟，递向周围，没人理

都是学生。他挠头，弯腰道歉

先说对不起，再说"sorry"，又说弹舌的酒话

他把五元请我看，紫色，皱巴

聊老钞票，早记不清样子，他尴尬大笑

男人说他没上过学，羡慕学生

自己只一身力气，卖穷命，要把砖头

钢筋，未凝固的水泥，放置到楼厦暗处

灰头土脸，常常筋疲力尽，他不说累

总觉自己从事的工作不体面

职位低贱到浑身酸痛都不值一提

又说起他儿子，也上学

新希望，一种旧命运触底反弹后的延续

他的自卑也来自儿子，儿子也自卑

讨厌男人，讨厌底层尘埃里的出身

他笑着说儿子不愿要他的钱，不想他养了

我看到男人脸色更加蜡黄，仿佛有

巨大的悲痛从那些生活鞭笞的结痂伤口里

喷涌而出。男人依旧笑着要两根火腿肠

带回家给儿子，并不是自己吃

当了父亲便很少有消费再属于私人化的欲望

他汗衫破烂，身材臃肿，脸色酱红

站在灯光里，如那些曾亲手搬过的钢筋

承受住生活的莫大压力，直到锈蚀

他满身酒气，胡言乱语，比大地

更沉默。夜走近了，我要去见我的父亲

他们是彼此的影子

男人接过火腿肠，要请我吃，神色祥和

我无话可说，只变小，小成钢筋的某部分

我永远成不了一根新钢筋

男人已远，被路灯的光掩埋，这个人

他在一地琐屑中安身立命，活成比楼厦更巍峨的巨人

看　海

一场春雨经过

校园就比从前绿一些

生机勃发的小雨

一滴滴把我的春季下满溢

地上多几个小水坑

微微漾，波纹细腻

是镜子，是眼睛，也是星星

从海洋那边飘来

原来下雨

是为了让没见过海的人

看看海

安全帽

去食堂路上见到一些下班的建筑工人

他们头戴红色的安全帽

安全帽是工人的护心镜

保证他们在危机四伏的建筑工地

不被高空坠落的木块、石屑、铁钉

砸破脆弱的脑壳，苦难说来就来

记得有位工人同志愤怒地将劣质的安全帽敲碎

他知道生命的屏障首先应该结实

虚脱疲惫的工友身后可能站着

一个完整幸福的家庭

谋财的造假商人也意味着害命

我想起父亲的安全帽

始终糊着尘土、水泥块，以及晦暗的血迹

偶尔是满满一帽筐的毛桃和苹果

水泥丛林中安全帽是坚实的堡垒

将黝黑朴实的汉子和他的妻儿庇佑在内

世间的尘灰一寸寸落在工人肩头

能依靠的只有并不大的安全帽

挺直脊背，以此迎接沉重的脚手架

与孩子昨夜在电话里提到的生活费

山　行

来时我经过群山，不是简单地掠影

随火车在它们内部穿行，山不发一言

大概没有山会聊天，石头和土

堆到天上去。山西的山身上种着庄稼

灌木丛，烟囱，吃草的羊，小区

红日将从一座山顶落至另一座山后

雨水冲刷出的沟壑惊心动魄

货车在泥泞的山路行驶，人求活

朋友坚信贫瘠的山中有宝藏

人尚未挖掘完山存在的意义

起伏的呐喊盖过车碾铁轨的轰鸣

窑洞门前仍保留着过年贴上的春联

平原的过客无法想象怎样同群山生活

放眼一马平川，没有事物能阻挡

看向天边的视野，除了山

它不在乎你究竟地位多高，来头多大

人的一生在它漫长的生命河流中

惊不起一朵小小的浪花

大河蹚过山峦的空隙，水声鼎沸

很难不让人觉得二者有过无数场精彩的对话

几座山腰立着聚拢的坟堆，旧土新亡

都无法打动它，让一座严肃的山流泪

使它记起每个相逢的时刻，牧鞭抽打秋野

鞭声在山中盘旋良久，直至冬末才消融

指导老师：薛青峰

作者简介

　　刘庆烨：宁夏理工学院经济管理学院国际经济与贸易专业学生。有作品发表于《中国校园文学》等刊物，曾获第五届国际诗酒文化大会全球征文校园组·现代诗铜奖等奖项。宁夏作家协会会员。

初评评委推荐语

　　这组诗的叙述语调从容沉稳，节制有力，显示出很好的诗歌语言的把控能力。抒情满而不溢，沛而不滥。无论是叙事状物，还是怀古发幽，都有独到的发现和表达。在看似平凡的事物当中，蕴含了作者复杂的生命体验，使普通的情感生发出更为广阔、丰厚的诗意。佳句如"出苦力的父亲，手握着钢筋，木方，瓦刀／铲起水泥，把山河沟壑烙至砖石裸露的墙上"，"尚有一腔豪情剑气／未倾倒进仙谪尘世的盛唐"，"朋友坚信贫瘠的山中有宝藏／人尚未挖掘完山存在的意义"等，都显示出作者不凡的胸怀和境界。（高权）

致人间

王世鹏

让我想想，该从什么时候说起？

我从哪儿来？我不知情。

我坐在哪儿？我也未必十分分明。

恍惚中，我似是遗忘，又似是忆起了些许事情。

我不确信了，毕竟没有什么不会欺骗你，一如泰西故事里那
　　穴中的虚影。

在这里，掉落的果子常入我怀，有一个不甚分明的声音告诉
　　过我那是"生命"，

落果的花纹是如此诡异，唯有靠肚皮行走的生命留下的残蜕
　　可与之相并。

不远的地方却有着另一棵枯死的树，它从未落下草木的精英，

但他的枝干却敲破了我的窗闭，似是受到了主人的邀请。

我曾自所在的小窗探首而望，但见斑驳点迹，

方知所处是一座未曾修建完成的塔基。

塔基似由什么方舟拆毁后重新垒砌，

但就是这样它也已经高出了我的视野所及。

塔基外也没有楼梯，

似乎离开这里只是虚幻的期冀。

唯有一株枯萎的爬山虎无力地耷拉在窗西。

且住，哪里是东，哪里又是西？

有一个声音自称"启示"，它轻声告诉我不必在意：

因为在这里，沃土上流淌着奶与蜜；

因为在这里，不费吹灰之力，便可实现我所有的期冀。

"这是一个神迹！"——如雷的声音响彻天际。

但我记得我曾见过另一方土地，

那没有俯拾即是的硕果的所在绝非死一般的静谧。

在那里，

千万个我齐聚在一起，

千万个我的号子响彻天际。

我要去到哪里？我要去到那里。

是了，我要去到那里！

那一方生我养我、五千年的土地，

在那里是我们抹不去的记忆——

我们的祖先是三皇与五帝，

我们的先贤有仓颉与后稷。

在那一方土地，

有萌芽为汗水带来春天的消息。

有果实为劳动献上秋日的贺礼。

在那一方土地，

我们用火与雷驱退病疫，

我们用斧与锯伐去荆棘。

我们用锤在铁水中锻塑形体，

我们用镰在黄土上收获稻米。

最后，我们把黄金的五星悬在那火红的天际。

再无灰雾遮蔽，我已然抵达了那里，

我们已然抵达了那片土地。

那或许并非新月的沃地，也没有所谓流淌着的奶与蜜。

但只有此方土地，才有真正的奇迹。

抬头望去，月光如水，人间的一斛星斗散漫天际。

指导老师：张富宝

作者简介

　　王世鹏：宁夏大学人文学院汉语言文学（教师教育）专业学生。作品曾获宁夏大学生主题征文活动三等奖，"建信财险杯"原创文学大赛入围奖，并于《名作欣赏》等刊物发表数篇论文。

初评评委推荐语

　　作者以充沛的激情，将对自我的认知，对生命存在的本质性探寻，置放在刚刚降临的"人间"进行解读和抒怀，意象的醒目，音韵的萦耳，诗意的延展，蕴含的丰富，以及诗人敞开胸怀接纳人间万物的气度，都让这首小长诗引人注目。（高权）

赤裸行世

石宇阳

连绵的山脉燃烧
烧尽天空

十月的北方阳光也要逃离
或许是一场永恒
是河底的七颗宝石
映出少女皮肤苍白
也让我看见自己怅然的目光

我看得清
看得清每一粒细小的尘埃

欲望构成了皮毛骨血肉
也填满众生灵魂
在七情六欲中经历生老病死
在嬉笑怒骂中赤裸行世

熔炉深处的亡灵

双目浑浊

我的诗歌是一种名为苦难的花

是花结出的果实

也是神启

我只是讲述痛苦的普通人

每一个诉说痛苦的人都是诗人

太阳被群山掩埋

我就在此时只身前往神殿

收集那些零碎的诗句

我是你所憎恶的一切

被所有人敌视

我仅仅羡慕你的枝繁叶茂

你绿叶成荫

没有叶子和根的树被人遗忘

你忘了太阳也并非纯粹地闪耀

夜晚的池塘底所有的光

它们是此时此刻的银河

我身体里的骨头的本质

——幻想

我所拥有的双翼要比今夜还要模糊

时间不断地在我身上逝去

河流不会再次与饮水的雄狮相遇

台阶上，诗人倾听世界的心跳

宛如新生的婴儿

缓慢而有力

就在现在我的语言赤诚

尽管它为相互欺骗而诞生

只需要那么不到一寸的火苗

一丁点儿就好

光线就会热烈地生长

在黑夜的土壤上绽开它的层层花瓣

开满一个房间或者一个宇宙

蔓延开来直到时间的尽头

指导老师：李爽

作者简介

石宇阳：宁夏理工学院文学与艺术学院汉语言文学学生。

初评评委推荐语

作者有较好的语感和灵性，整体行文和构思也较为成熟，通读全诗，不乏令人眼前一亮的诗句。但对切入点的选取和文本精炼度的把握上还存在一些瑕疵，及物性也稍显不足。如能将抽象的概念性的表述转化为具体的可知可感的事物，其诗歌写作将会有质的提升。（马泽平）

一个年轻诗人的旅行（组诗）

马　飞

　　诗人十八岁生日那天坐在家乡的山顶，巡视他的羊群。他想要写下一首诗，于是他眺望东方。他的眼前是一望无际的灰蒙蒙的山川，太阳光照耀在远处的高地和犬牙交错的山坡上。他感到失落，这些都是被他和他的羊群踏过的地方。忽然，他感到阵阵海风自东方扑面而来，海鸟的叫声在耳边不断回荡。于是，他决定放弃自己的羊群，踏上去寻找大海的路途。①

出　走

我的身份是一个牧羊人
诗歌是我的羊群。
当我坐在高高的山冈
巡视我的羊群。
和风为我披上披风
太阳为我戴上王冠

---

① 保罗·柯艾略：《牧羊少年的奇幻之旅》。

大自然的空寂来到我的身边坐定。

而我感到失落：

群山之外或者人定后的黑夜

我和我的羊群不曾踏入。

也许我的失落还有其他一些原因：

比如山间单调的鸦叫

比如被羊群踩坏的野蓟

比如……

这一群愁闷的羯羊——

我的羊群没有小羊羔

是我最大的失落。

我该离开我的山顶

东方来的湿润的海风——

让一切生机恢复的强大力量

难道不是神给我的启示？

我该离开我的羊群

脑海中回荡的海鸟声——

让一切思想活跃的美妙歌声

难道不是神给我的启示？

　　诗人于是下山，将羊群交还了自然。很快，夕阳便沉入了西边的山头，诗人感到黑夜正在赶来，于是他加快脚步，想要在夜幕笼罩前

到达山下。这时他碰到一个老人，赶着他的羊群。于是诗人向他询问路途，老人做了如下讲述。^①

路途（一）

你要习惯你的影子
他是你鉴别光亮的唯一证据。
你要在夜晚生起火堆
他是你抵御野兽的唯一手段。
你要在暴雨前及时停步
他是你避开疾病的唯一途径。

你的方向是自然给你的
别忘了观测日出
那是大海所在的方向；
也别忘了观赏夕阳
那是家乡所在的方向。

你的大海不是真的大海
是一片虚无的地方
你的脚步会让它逐渐充实。
但你不必感到无望
归来时你会赶着小羊羔

---

① 弗里德里希·威廉·尼采：《查拉图斯特拉如是说》。

成为真正的牧羊人。

老人说完就赶着他的羊群离开了，诗人看到了老人的羊群，是一群怀孕的母羊。

诗人按照老人说的，每天向着太阳升起的方向前进。影子让他不再感到孤单，火也不再让他对黑夜产生恐惧，适当的休息让他身体健康。就这样他走了三个多月，渐渐地，他感到疲惫，大海似乎仍然在离他很远的地方。诗人在黑夜里停下步伐，燃起火焰，看见了自己瘦骨嶙峋的身体。他感到自己正在死去，没有新的血肉能在明天充实他的身体。于是他停下来，等待迎接最后一次日出。

路途（二）

当我感到疲惫
火焰正在击碎不断涌来的黑夜。
我的身边充满自然的语词
石头、野草或是猫头鹰①
但他们都与大海无关
都不是我的小羊羔。

我开始想念我的羊群
想念羊的铃铛带给我的幸福。
我感到我的手上握着牧羊棍

① 麦芒的《石头》、鲁迅的《野草》、沙尔·波德莱尔的《猫头鹰》。

我将吟诵——

牧羊人的诗歌。

火焰被风吹得摇曳

我瞥见我的侧影

他的手上握着我的牧羊棍

坐在家乡的小山顶上。

我想要回我的羊群

而我的嘴里没有一个完整的语词。

火焰继续摇曳

我想起山间的鸦叫和被羊群踩坏的野蓟

想起日落是我回家的方向

想起……

想着想着

一棵树影投在我的脚下

或者说我的影子投在一棵树下

我将根植在这里

成为其他人寻找大海的路标

  诗人静静卧在将要熄灭的火堆旁，只有眼睛还在期待着东方的最后一次日出。

  天边已经露出了淡红色的曙光，渐渐地，像水一样淹没了遇到了一切，最后流进了诗人的眼睛里。诗人突然间变得兴奋起来，一遍遍呼喊着："大海！"但是他再也没有力气站起来，跑向东方，他面带笑容，任由燃烧着的海水将他火化。一切的语词都在他的口中复现。他看到从大海那里跑来的金色的小羊羔，听到了信天翁在耳边不停地鸣叫。诗人感到充实，诗句将要从他的口中源源不断地跑出，就像那些他渴望的欢快的小羊羔。

　　太阳已经高高升起，人们把诗人的尸体掩埋。一个老人赶着他的羊群路过，将一块写好的木牌挂在诗人墓旁的树枝上。上面写着一首赞歌：

赞　　歌

这里埋着一个牧羊人
以及
他的羊群和事迹

　　　　　　　　　　　　　　　　　　　　　指导老师：张富宝

作者简介

　　马飞：宁夏大学人文学院学生。

初评评委推荐语

　　语言节奏自然而明晰，既无做作之感，也不拖沓，叙事性和抒情性结合得恰到好处，尤其是融入戏剧元素，以旁白的形式展开诗歌画卷，在一众稿件中显得匠心独运、构思精巧，发掘和提炼诗意的能力在同龄人中极为突出，使人惊叹。（马泽平）

散文

柴与火的轮回

白文宇

一

周末回家去看祖母，做饭的时候帮忙填柴，灶膛里柴火噼噼啪啪地燃烧，升腾的火焰冒出缕缕青烟后又化作灰烬，一串串喧闹的火苗映射在窗户纸上，我的思绪忽然变得宁静起来，望着那些晃晃悠悠的橘色火焰出神。

灶膛总能让我想到童年，似乎在昨日，我还是在祖母土窑里玩闹的孩童。阳光透过木头窗棂，懒散地倚靠在白泥墙上。灰尘在阳光的恣惠下，相继从角落里涌出，每粒灰尘都以肉眼可见的速度飘荡，仿佛是一群顽皮的孩子，在土窑里奔跑，撒欢儿，拥挤嬉闹着，夹杂在红配绿的窗纸影子中，一起照在了祖母身上。祖母坐在炕上纳鞋底，时不时捋一捋额前的白发，偶尔满目慈祥地看着我。

忘了那年几岁，依稀还是蹲在地上数蚂蚁的年纪。我靠在灶台边，享受着火苗点亮我的眼睛和带给脸颊的温暖。祖母时不时挑一些秸秆和木柴往灶膛里填，我也想试试，祖母笑着说我不会填柴，火会熄灭。我执拗地要试，专挑大的柴火填，没填几根，就没了火苗。锅里的热气越来越少，祖母探头问："是不是没火了？"走过来捣鼓了几下，柴着了。我在一旁呆呆地看着，"这木柴还看人吗？怎么就熄火了？"祖母拿火箸指着烧得通红的木柴，"你看，底下的通风口可不能堵上，不然火就灭了。"

每次祖母做饭，我都蹲坐在灶台前，帮忙填柴火或拉风箱。男孩子总是天性调皮，趁祖母不注意，抽出一根"葵花秆"，将外皮剥去，把里面的白芯装在小兜里，准备和村里的"二板片"一起玩过家家，又或者拿火箸在灶膛里东拨西挑，火苗变得忽大忽小……这些小把戏，自然瞒不过祖母，总会说："填好柴，小孩子不许耍火，耍火尿床哩"，我被这么一吓唬，就只好乖乖地填柴火了。

学会烧火后，才知道柴火也是各有性格，与村庄里的人一样，各有各的脾气，各有各的古怪。就像村西头的郭叔成了亲，刚娶的媳妇跑了，做了光棍，发誓再也不娶了；村东头的二疙瘩老汉一辈子打光棍，六十多岁却成了家，村里人都说他"瞎毛驴吃草——碰上啦"。

枯草、落叶、谷糠、玉米芯能做柴火，柠条枝、秸秆、木头也能做柴火，别看都叫柴火，脾性却大不相同。莜麦秆、豆秸、蒿草、黏蓬草，呼呼地一股劲就烧完，火焰时间短，不经燎，烧半天也不开锅，称作"绒柴"。但并不是一无是处，生火、蒸馒头、炸油糕时，最好用绒柴，一点就着。绒柴火焰温和、均匀，蒸出的馒头膨胀松软，炸的油糕带着稻谷的醇香和诱人的焦黄，很耐饥。糜穰是最不好烧的绒柴，脾气大，不易燃，点燃没有火焰，干冒烟，像烟囱一样，但村里盖房垛墙，就少不了用糜穰，像水泥里的钢筋一样。

树枝、柠条、葵花秆属于上好的柴火，大西沟人叫它们硬柴。烧硬柴是一件痛快的事，过年过节做肉食、集体大锅饭时，没有硬柴绝对不行。你想食材把九勺锅都堆满了，用绒柴得烧多久？硬柴火力旺，余热较长久，不必急于填柴，也不用拉风箱，坐着打盹儿是可以的，但千万要防止硬柴蹦到灶膛外，把周围的东西引燃。

长大些后，我开始到塬上去捡柴火，割猪草。在汲取着村里一茬又一茬的庄稼养分，荒草般地疯长在捡柴火的路上，不仅把村庄逛了个遍，还到更远的百草湾去捡柴火。经常躺在草坡上，看不远处正吃着草的羊群，半眯着眼看天上的云彩，树上的喜鹊窝，村庄上空飘过的胡麻柴炊烟，成为一个野孩子。

　　细细想来，只觉得拾捡柴火的日子并未远去，像是刚刚擦身而过。

　　多年前，人好像对草木情有独钟。能吃的野菜刚从土里冒芽就拔，苜蓿草没等开花，就连砍或割地喂了牲灵。幸存下来的野草，等秋后老了，都要捡回家，做牛羊驴骡冬季的口粮，塬上没有能侥幸逃掉的草木。

　　秋末，太阳把塬墚的柴草晒干后，就琢磨怎么把它们往回拾捡。凡是能烧火的，连拔带薅，连庄稼的根茎也不放过。身体似乎藏着一股邪乎劲，即便家里柴火够烧，也要变着法儿往回捡。地里的玉米、葵花秸秆，野外的蒿草、黏蓬草、杨树丫、柠条枝，乱七八糟地堆一院子，柴仓里堆满了枯草，连百草湾那片不大不小的树林里飘落下的干树叶，都被彻底洗劫，寸叶不留。

　　庄稼收割完，小孩就开始在地里捡粮拾柴。掉在田里的谷穗、豆荚，獾子吃剩下的半个玉米棒子，田鼠藏在洞里的莜麦粒，干枯的茎叶、蔓苗、杂草，都在拾捡之列。日子过得穷，只好刨根到底，地上的拾掇完，就开始用各种工具清理庄稼的根。镰割的庄稼茬子都斜着锋利刃口，不可大意，稍有不慎就会划破脚踝，得穿着胶鞋才敢进地里。荞麦茬用一把特制的铁耙子，沿着田垄往前耙，跟黄河拉船的纤夫差不多，走几步就把耙到的茬子装到布包里；葵花秆连着根，用手拔费力气，多用铁锹挖；掏玉米茬、高粱茬就得用板撅……一块田地经过几遍捡拾，才彻底干净。

　　冬天，赶在大雪封山之前，父亲总会到百草湾树林子里捡枯树枝，捡回家里做柴火。捡柴火对于我家来说，总是一件大事。父亲肩扛斧子，迈着大步走在前面，母亲在后面拉着牛车，我慢悠悠跟着，见了野沙棘，折一枝尝尝，看到雪地里的蹄印，更是兴奋地停下来，看看是野兔还是狐狸……总是牛车走了好远，母亲喊我名字，才会跟上去。

父亲生性风趣，常对着陡坡深处吼一段晋剧，把林子里的鸟惊得乱飞，冬天的阴森气也被吼跑了。我也学着父亲偶尔喊几句童谣："娃娃呢？上山了，山呢？雪埋了，雪呢？化水了，水呢？和泥了，泥呢？抹墙了，墙呢？被猪儿拱塌了，猪儿呢？一棒子打死了，猪皮呢？蒙鼓了，鼓呢？沤粪了，粪呢？种高粱了，高粱呢？野鹊啄了，野鹊呢？野鹊鹊飞走了。"

树林里有很多喜鹊或家巴雀，成群结队地出没，把杨树上干枯的枝丫踩落掉地，也或者是一些枯枝不想待在树上，选择了坠落。总之，百草湾的树林里会有很多的枯枝。我把长长短短的树枝拾起，一根根摆放整齐，母亲抱到车旁边，父亲最后捆扎，装车。

地上的枯枝连着捡几天都捡不完，父亲仍然要砍一些长出来的树枝，年幼的我不知道塬上的柴草、树枝是要定期清理的，不清理草木就不能很好地生长，砍柴和烧柴是必需的，便总是反驳父亲："地上的都捡不完，为啥要砍树上的，树不疼吗？"父亲停下手里的活，"大树在冬天就睡着了，砍了不会疼，也不会受伤。砍了这些旁枝末节，它能把更多的营养送到树干，更快地长高长大。"

"你不想长高长大吗？"

"想啊，我天天想哩。"

"树也一样啊。"

"为啥树也和人一样哩？"

"也不为啥。"

离开百草湾的时候把树枝捆扎，装车。然后全家人将砍掉树枝的切口用红油漆涂抹，像为伤口做了包扎，然后涂一层白灰水，除去树干里的害虫。它们和村庄里的万物一样，要好好休养一个冬天，过一个年，长大一岁。

拉回家的树枝被父亲用斧头劈成一小截一小截的柴火，码起来，要是粗树枝，就把它们立在院子的墙角，晒干后再整整齐齐地码好。百草湾里的干树枝很易燃，母亲用田埂中拔来的野沙蒿或荞麦秸引燃，只需一根火柴就能燃满整个炉子。

这些年，离开家在外省求学，火总会在适时的时候出现在身边，带来温暖和庇护。在灶膛前，看着火焰升腾飞舞，还有红色木炭上忽明忽暗的纹路，我想要是能读懂它们就好了。万物都承载着时间的记忆，在柴火的短暂生命里，释放的记忆是什么呢？

被父亲捡回来之前，这些树枝丫是生长在另一个村庄里树木的种子，飘落到百草湾的荒地上，发芽抽枝，有牵牛花攀附，有苜蓿草依偎。后来塬上的喜鹊在枝头吟唱，蚂蚁在树叶上穿行，老疙瘩爷爷的黄狗在树下乘凉，白家或郭家的小驴驹、热毛羊羔、牛犊子在树底下啃嫩草，奔跑飞腾。

百草湾里的一棵树是一个独立的生态系统，它所吸收的阳光、雨露、空气，也不知又驻留在村庄哪户人家的屋檐下、灶膛里、锅沿边上，又或者是一只狗獾、几头骡子、一群羯羊的身体里。

树吸纳的阳光，都是从遥远的地方而来，携带着最初的混沌和秩序，是太阳对塬上馈赠的一部分，每一棵树都记录和保留着一份阳光。一棵树的生长，就像承接太阳能量一样，总是向上、积极，绝不轻言妥协，在大西沟的塬峁、沙地、荒滩上生长。

熬过刮着白毛雪的寒冬，把人吹干裂的早春，树会绽放出一朵朵白色的花，送走一颗颗小种子，带着自己的故事，随处而飘，遍布塬墚。百草湾里的每一棵树都继承着庞大的故事线索，这一棵是闫家洼飘来的，那一棵来自苏家茆，它的孩子又飘到曹家沟去。或许哪一年，子孙辈的种子又在百草湾里扎了根，由此延续，生生不息。

当一根木柴燃烧时，释放的是这片塬上所有村庄的故事，是整个大地和天空的记忆。

二

前些时候，邀请城里的朋友来大西沟游玩，在村里老乡家吃饭。午饭不过是自家种的土豆，秋末腌制的酸白菜，新黍子磨的面粉随机组合在一起。朋友却说，这是几个月来吃得最美味的饭菜，黍子面炸的油糕，外皮酥脆而微黄，吃到嘴里咯吱咯吱，似嚼着焦黄的锅巴，接着又是软糯香甜的豆沙，一硬一软，交汇出少有的美味。

我问老乡："都有哪些食材？"

老乡吸了一口旱烟，咳了几声："都是在小南坡上种的土豆、黍子、白菜、芸豆这些粮食。"

这是不用说的，我知道，夏天我还去过小南坡。我说："还有呢？"

"野葱是在沙地里拔的，姜、蒜、花椒和酱油是买的，再没有了"，老乡清楚地回答。

朋友反驳："去年我也是在乡下买的这些食材，到了城里做菜，却吃不出这个味道呀？"

老乡吐了一口烟雾，半天才回答："谁知道呢？塬上条件简陋，我们都是凑合着吃。"

这好像是一个无解的问题。

饭罢，在院子里闲聊，观察着村落的布局。偶然见到女主人抱着柴火走进窑洞。朋友也饶有兴趣地跟了进去，不一会儿出来，兴奋地向我喊："我知道了，是炉灶的问题，城里用的是铁灶，这儿是土灶。"

这个答案使我有些惊异。土灶是乡间极为普通的物件，泥砖砌台，烧柴生火，柴火与泥土碰撞，便有了土灶。城里的铁炉灶则是金属与火的结合，与土灶并无本质的区别。烹调食物是高温加热的过程，无论是用柴火、煤气，还是电流，只要能把饭菜做熟的灶，就是一口好灶。

事实上，柴火土灶的运作蕴含着五行之气的自然法则。土灶的泥砖垒于地面，与大地浑然一体，木柴、秸秆、茅草做燃料，地下为阴，木生丁水，水为阴，木燃烧为火，火为阳。灶火是大自然中阴中生阳，阴阳具备之火，能化为金木水火土，五行生五味，五味入体滋养五脏，柴火灶烹饪的食物味道自然醇厚。城里高楼林立，离地面很远，炊具都是金属制品，加热用燃气或电磁，纯阳无阴，五味无从化生。所以做饭用调味品调剂味道，纵然是种类繁多，但缺乏天然的醇厚新鲜。自小生活在塬上，没有用过铁炉灶的我，自然无法体会到炉灶之间的差别。

大西沟的灶多是柴火土灶，只需在屋里墙角处用泥砖或条石垒起方形灶台就成了，与晋陕地区的土灶别无二致，这得益于一百年前的走西口移民潮，使得来自晋陕地区的砌灶技术在草原扎根并流传。

砌灶，大西沟人有很多说道，灶的位置、时辰甚至是首次生火的仪式都有讲究，与占星术、风水和五行有着神秘的关联。一句话，不是随随便便就能砌的。砌灶前，主家得请来阴阳先生，在窑里拿着罗盘踱上几步，念叨几句砌灶术语："坐北朝南随窑向，通风靠墙不对门，朝天烟囱台角站，落地水缸锅沿边。"按照周易八卦标出具体方位，并择出砌灶的黄道吉日。"破土"动工之时，先摆贡品祭拜灶王爷，祈求灶通火顺。仪式结束后，窑匠师傅根据风水方位和窑洞大小垒起灶台。

土灶与炕连在一起，把排烟孔藏于火炕之中，炕底隔几块挡板，烟雾在火炕底绕来绕去，保持炕的温暖，最后一股脑儿地窜到旁边土墙的内嵌烟囱里，延伸而上，从屋顶冒出。灶台旁边大都有方形的"柴火仓"，用条状石板砌成，储存各种柴火，这跟土默川常年烧秸秆、草木、牛羊粪有关，也是隆冬刚生下的小羊羔过夜的地方。

食为之用皆入灶，交结之合皆上炕，灶和炕的故事，就是大西沟世代繁衍生息的故事。

新媳妇生育头胎，是一件关乎生死的大事。一旦临盆，婆婆、妯娌们赶忙按分工准备，预约接生婆，用炉灶烧一锅热水，炕上还要撒一层沙土，再铺一层草木灰……阵阵啼哭声过后，一切归于平静。胎盘放在土墙的烟囱里风干，若干年后，生命消逝时，一同落叶归根。

人生终了亦是在灶炕旁落幕。人一咽气，便离开依赖一生的灶与炕，稳稳当当"停"在院子里。儿媳妇们在常用的火灶上熬着粥，儿孙们则在老人们躺过的火炕上烧几张麻纸，将魂魄引到魂幡上，放在死者的棺椁前。吹鼓手到了后，灵堂前放一堆干柴，点燃柴火，奏起哀乐，孝子们围着火堆跪下，吊唁敬纸……仪式完成后，出殡下葬，为生者腾出空间，便完成了生命在灶与炕之间的一次轮回。

灶炕，是村庄的庇护之神，每户人家婴儿坠地的呱呱之泣，男女交合的愉悦欢叫，病人煎熬的痛苦呻吟，死者辞世的恸哭，明暗阴阳的计谋筹划，善恶之获的丰缺贫富都瞧得一清二楚……

三

"光棍汉家里是不起炉灶的。"村里人都是这么说。

天亮了也不早起，一条棉被铺在冷炕上，一壶鲜尿在角落搁着，灶膛里没有一缕烟火气息，起来就去别人家蹭饭……这大概就是光棍们的生活。大西沟里这样的男人有六七个，生活在村里东南西北的各个地方，家贫或残疾或父母早逝无人张罗，总之，一辈子没有娶上一房媳妇，无儿无女，云谱红布上他这一支血脉到这里就断了，给叔伯兄弟家延续的子孙留出了写墨字的空间。

种庄稼的宝音，却是最不像光棍的年轻光棍。一眼看过去，宝音是一个白白净净、精精干干的汉子。总是穿着干净利落的衣服，脚底的家做布鞋洗刷得白垯垯黑帮帮，不落灰尘，家里也拾掇得干干净净，任谁都不会把眼前的男人与光棍瓜葛起来。听说早些年父母给他说过一门亲事，媳妇要了两百大洋彩礼，还没跟他过日子就跑了，寻找无果，宝音也成了穷庄稼汉，开始一个人过生活。

一年四季宝音都是单来独往，跟他打交道最多的是几十亩土地、两头骡子和一群羊。光棍日子的苦闷、沉重和困顿，他都通过唱漫瀚调来排解。塬上的人都会唱漫瀚调，男人耕田在塬峁上给骡子唱，女人做家务在院子给羊羔唱。但是，没有一个人敢像宝音这样敞开嗓子，从大西沟唱到苏家峁，再从苏家峁唱回大西沟。他拉着骡子，边走边唱，骡子戴着一个铜铃铛，丁零、嘀哩、丁零、嘀哩地响，与宝音的调子合拍合韵。要不是有意无意听到那些酸苦的词，又怎会想到这个好后生是光棍汉。

早晨，人们挑水饮牲灵、扛铁犁、拉骡车的时候，宝音的漫瀚调也就唱了起来："三天没见亲亲的面，肚里头锈成个生铁片，那两天想你心有点煽，胸脯上压了个大磨盘，前半夜想你抽不完那烟，后半夜呀想你圪挤不住那眼"，声音越唱越低，等四周一片寂静，他已经翻过小南坡，去往苏家茆了。

田里劳作困乏了，宝音调子也就变得辛酸忧伤，细细地琢磨他随口而来的调子，不禁对这个男人生出许多怜悯，"熟铁轻来生铁重，什么人留下个打光棍。黄牛耕来黑牛种，娶不过老婆打光棍……茅庵房房圪洞地，烧一把沙蒿没热气。流烟炉子气死火，少吃没穿饥荒多……单马马碌碡双疙瘩，尘世上苦了光棍汉"。

村里的后生们，见了面总相互逗乐："宝音，又想哪家的板闺女了？唱个调子吧！"他也不谦让，随口就来："三十里的明沙二十里的水，五十里的路上我来看呀么看妹妹，半个月我看了妹妹十五回呀十五回，为了看妹妹哥哥跑成罗圈圈腿。大青山的石头乌拉河的水，一路风尘我来看妹妹，过了一趟黄河，我没喝一口水呀没喝一口水，交了一回朋友我没亲过妹妹的嘴。"大伙开怀大笑，他也笑着走了。

四十不到的宝音，不仅是个庄稼汉子，还是个风流倜傥的男人。一个光棍常年都穿着干干净净的衣服，是自己洗的？还是相好给洗的？人们总是浮想联翩。村里谁家娶回一个俊媳妇，长大一个袭人闺女，都替他多操一份心。然而，从来都没听说宝音欺负过哪家的女子。他爱干净，能劳动，会唱一腔满瀚调，肯定有钟情于他的女人。但是，风流是需要付出代价的，有一年，听说宝音和外村的一个女人相好，被人家男人发现，打得半个月不能下炕。这不是什么好事，谈论的人却流露出对宝音的同情。

宝音不仅自己打扮，还把黑骡子当儿子来打扮，脖子上戴着金灿灿的铜铃铛，头上扎着鲜艳的红樱穗。光洁锃亮的黑骡子，跨嗒跨嗒走在路上，那神情和唱满瀚调的宝音亦是如此般配。如果黑骡子偷吃了庄稼，人家扯开嗓门日祖宗操娘地骂骡子，宝音就会与人们争论不休，大伙想着他一男半女也没有，骡子就是他的伴，每次都不忍心和他计较。

人们都说近些年宝音变懒了，除了唱满瀚调，就是到镇上闲逛，地里的活很少下苦。其实，他是缺乏一种原始的欲望，缺少柴米油盐酱醋茶，老婆孩子热炕头的生活欲望。经过烟熏火燎的炉灶，散发着勤劳女人的气息，或是媳妇或是母亲，才有家的感觉，而这些宝音都没有。

四

大西沟的日子总是在田地、柴火、炉灶和火炕之间循环往复。

燃柴取火，是乡野人家一天生活的起点。灶膛底的绒柴点着后，咕嘟嘟的浓烟渐渐冒出来，最初烟盛火弱，白灰色的烟四处逃窜，缓缓地从烟囱上、窑檐下、窗户、门缝溢了出去，丝丝缕缕地在空中飘散。

火旺烟稀后，铁锅里的米粥开始哧哧冒气，不一会儿，米汤泡沫源源不断钻出锅盖边缘，哧哧嚓嚓地上涌外溢。倘若惊慌失措，用力去按压锅盖，泡沫越发汹涌地溢出……经验丰富的女人，总会微微一笑，揭开锅盖。顿时，一股雾气随手升腾，米黄色泡沫翻滚上涌，又如潮退下。眨眼工夫，米粥淡淡的香味弥漫在整个窑洞。

饭后，村民们一路吆喝着到塬上劳动。柴火在土灶里不紧不慢地燃着，似乎能从黎明燃到黄昏，终日不灭。不时惊爆出一两点火星，溅出灶外，空中燃闪几下，耀眼几秒，便灰飞烟灭了。某个时刻，柴草终于化成了灰，瘫在炉子里。

天越冷，人离火越近。几场白毛雪下过，窑洞里冷气十足，大伙都有意地凑到暖和的灶台旁，一起沉淀一整年的悲喜。冬季的天黑得越来越早，刚刚还在山顶上的太阳，眨眼就溜到了山后，村庄很快沉入一片黢黑。哪户人家窗上出现亮光，说明燃起了灶火，男人填柴女人做饭，烟徐徐地从炉灶里冒出，沉寂的村庄又生动起来了。

夜间串门的人从不在"堂窑"聊天，都默契地直奔有炉灶的"主窑"，围坐在火灶周围。男人们将温热的高粱酒倒在杯子里，招待着不期而至的亲友。几口酒下肚，劳作的乏累消散了，嗓门也大起来，谈论着听来的、真假早已不确定的奇人怪事，或是咬牙切齿地咒骂，又或低声讲某户人家的隐秘事。女人们喜欢在灶旁安静地打理火苗，把火势减弱的柴火架起来使之再烧旺，或者做针线活，偶尔也插上几句话。瓜子总会磕完，闲话却没聊够，直到深夜羊群入圈，方才罢休。

一个人静坐于灶膛前，看着摇曳的火苗和土砖墙上的光影，一直看到睡眼迷糊，潜藏在脑子里的往事就开始苏醒，相互缠绕，喋喋不休。那时顶仙婆"九岁红"尚还健在，我曾因为在夜晚受到惊吓而呆若木鸡，被虔诚的母亲拎到了"九岁红"家里。她将我带到村口的庙宇前，燃起一堆柴火，一口气喝掉一瓢热茶水，在写着歪歪斜斜字迹的黄表纸上，盖了一方朱印，嘴里不住地念叨。

"荡荡游魂何处留存，三魂早降七魄来归。天门开地门开，千里童子送魂来。今请山神五道游路将军当房土地家宅灶君，差汝着意搜寻，收魂附体，助体精神。"

如此重复几遍后，点燃黄表纸，在我头上不停地画圈，落下来的纸灰颤巍巍地倚靠在眉毛上，我粗鲁地将它们打掉，后来又恭顺地一一捡起，把黑乎乎的纸灰和一碗清水，一同送进我的肚子，照母亲的话讲，"九岁红"唤来了我身上走丢的魂魄。

"九岁红"的法术究竟有多厉害，我不得而知，但火在"叫魂"仪式中释放出安抚人心的能量是显而易见的。黑暗里的一簇火苗，是自然与人类这两个记忆体的短暂相遇，由此产生了在火堆旁欢庆、祷告、占卜乃至更为神秘的交流，经世代的血脉传到体内，模糊成我们对火自然而生的亲近。

火是夜里的太阳，看到火光时我们就会产生安全感，与祖先在洞穴生火驱赶野兽别无二致，都是克制恐惧，探索未知的独门绝技。所以，村里人把火能驱邪奉为真理。老人们讲在深山老林里迷了路，先捡一些干树枝干牛粪，找个地方坐下来，燃起一堆篝火，顺便抽上几口旱烟，压压惊。一番吞云吐雾后，柴火也熄灭了，站起来撒泡尿，不出几步，就能找到路了。其中有什么原理，谁也不清楚，但总是百试百灵。

五

在漫长的时间里，人类不断在实践中依循灵感，升级用火的方式，历经天火，钻木或击石取火，最后在村庄土灶里为火建造了固定的居所，这是值得称颂的古老神迹。既为神迹，也就有了许多的规矩和礼俗，不可乱来。

不知是从哪朝哪代流传下来的规矩，"横死的年轻人出殡不走大路，火化的骨灰不能入祖坟"，这是活人对死者的两条忌讳。即便是枝繁叶茂的大家族，只要死者未满六十岁，谁也别想坏了规矩从塬上的骡马大路过，只能沿着沟里的羊肠小道走。

"横死的人，怨念深，无法投胎，鬼魂游荡在路上找替身，大路上人来人往，选中谁，等鬼魂投了胎，谁就得去鬼门关报到。"村里的老人如此解释。"只要未满六十岁就去世的人，都讳称'小口'，意外死亡的小口，更是大凶，要火化了烧成灰，才能安葬。不能葬在二王峁，那是阴阳先生定好的'风水宝地'，影响后代的福报，横死的小口都埋在芦草沟。"

年轻人总想不通，大路就是大路，小道也就是小道，哪条路方便就从哪条路走，这么一件平常的事，怎么就如此复杂？"这就是人性使然，越是虚无缥缈的东西，越神神道道，越在意外界的评价。"老年人慢悠悠地说。

再往后，村里人开始不在乎这些了，都看死者家是否有钱有势，势力大的家族给点好处，大家总会留一些面子，火化的骨灰也埋在了二王峁祖坟。这些年，谁家的小口能在村里搭灵棚，从大路出殡，埋在二王峁，家里定是非富即贵，村里人也喜欢和这家人攀亲戚，交朋友。

就在我认定旧规矩已经崩塌散架，那些神神道道的说法都已作古的时候，栓子的死将我的想法彻底推翻，并带来了一个新的结论，人是群居动物，人性是驳杂的，凑在一起有时非常狂热，平心而论是一件很难做到的事。

栓子是大西沟的羊倌，四十多岁，到镇上赶集出了车祸，还没来得及送到医院抢救，给媳妇留下一句"我放了半辈子羊，走了半辈子的羊肠小道，现在也没人管了，出殡就走大路吧"后就死了。等车子刚把他的骨灰盒送到村口，人就黑压压地堵满了，不准栓子的骨灰进村。

栓子的老父亲站在灵车前，不时地作揖，掏烟卷递给周围的人，委婉地说："栓子从小就绵绵善善，不曾给大伙惹麻烦，又给村里放了二十几年羊，没丢过一只羊，就让他在家门口搭棚子吧，车子进村绕远路走，保证不经过你们大门口，望各位成全。"然后，鞠着九十度的躬，"不能寒了一个好羊倌的心"，说完也一直弯着腰。

人群里议论纷纷，但就是没人搭理他，好像那些曾经亲密无间、体谅照顾和憨厚老实的关系从来就没有发生过。

栓子弟弟是个粗人，"这些年都没人管，咋到了我大哥就得遵守，想进就进，凭啥不让进。"说罢，便强行进村。不知是谁灵机一动，让一个疯子躺在车轱辘下，顺便把司机从车里揪出来，几个年轻人看守着。双方僵持了半响，总算争出了结果，他们说："老一辈人传下来的几百年的规矩，栓子是不能进村的，只能在村外搭棚子。"

栓子终究没能进村，灵棚停在了村外，也就不在乎那些体面的事情了。媳妇把栓子的遗言告诉了老父亲，栓子父亲声音哽咽，"咱就听栓子的，走大路，看这个世上是不是真的可以凑一伙人，不讲道理就随便打死一个活人，为难一个死人。"

消息一传出，葬礼上帮忙的人也全都悄悄走了，背地里相互议论着，"凭什么，一个撞死的小口，还想走大路，他们家祖祖辈辈也就是当羊倌，想翻天吗？"

有人相劝道："出殡走大路你家还不够格，再等等吧，也许到了你孙子、重孙辈就能了"。

栓子父亲不退让："凭啥锁祥就能走大路？栓子就不能？不是一个村里的人吗？"

那人直言："你家能和人家比吗？人家兄弟在县里承包大工程，一年能挣几十万元，村里有啥事情不得求人家？"

栓子父亲执拗地说："栓子就走大路，我好赖都尽力。"

那人说："我不管啦，爱听不听"，说罢拂袖而去。

"栓子出殡要走大路"让人闻之色变，生前没有得罪任何人的栓子，不过是死了后想从宽阔的大路上走，一下成了众矢之的，村民翻脸的翻脸，躲灾的躲灾，有人在自家大门口挂镜子，也有人放出狠话："没满六十岁就死的人都是绕着走，谁都不能走大路，倒要看看一个羊倌家有多大的本事，想走大路就从我们身上踩过去。"

阴阳先生询问栓子父亲，看他是否改了主意。他仍然坚持走大路，"早些年大家都遵守，凡是小口的丧事都不进村，走小路，那我二话不说，依礼法行事。可现在怎么就成了有钱有势的能走大路，穷苦人只能走小路呢？栓子没进村里搭棚子，是我最后的让步。"

出殡当天，路边挤满了人，挡住了灵车的去路。栓子父亲声嘶力竭地喊了一声："栓子，起灵了。"悲痛过度，人就倒下了，被抬回家里紧急救治。栓子家的晚辈们全部跪下求情，一个又一个，重重地砸下去，完全没有用，唾骂和诅咒在人群上方的空气炸开，把出殡时的鞭炮声都掩盖了。

栓子父亲醒来又从家里出来，喉咙嘶哑地吼道："我儿栓子生前未作恶，死后亦不害人。礼法乡俗不能改，我死后，不过大路，替了栓子，就算埋在芦草湾都认，任凭你们处置，请不要为难亡魂了。"

刻薄的声音向周围扩散，"你们就这点能耐？死乞白赖的。""想送死的就过来。""天王老子也不准走大路！""一个晦气的小口，还想走大路，不看看你们家的长相？"……有人举起木棍、锄头和耙子，个个虎视眈眈，眼看一场乡村混战在所难免。有人暗中打了电话，乡里迅速派人来阻拦。最后村委会出面调解，给了一块村里的荒地下葬，栓子仍然走大路出殡，却不是走去二王峁的大路，而是一条年久失修的老路。栓子就这样草草地安葬了。

一场声势浩大的乡村械斗被扑灭了，但那些隐藏在背后的积怨仍未能平息，栓子家与村里人算是彻底闹僵了，旧礼法尚未完全退去的大西沟恐怕再也容不下他们。栓子媳妇带着孩子改嫁到另一个村子里，栓子父亲和弟弟到县城去打工。栓子的事情成为许多人不愿意提起的"晦事"。

多年后，一位开明的老人说："人世间的确有该敬畏的东西，不是鬼神，而是人心。黄土地厚重、肥沃，养育着世世代代的人，从来不恼怒，不抱怨。打闹的、起哄的、纠缠的都是人。"

六

"怎么瞧着灶膛出了神哩？"祖母问我，我赶忙向灶膛填了两根木头，黯淡的柴火又点旺了，扑面而来的热浪一下子拉回了我的思绪。

祖父走了有九年多了，祖母依旧寡居，一个人做饭、生火、起炉灶。几个爹爹也商量着让祖母到自己家吃饭，不用生火了，但祖母一直不肯。偶然和姑姑说起，"你祖母可是村里出了名的会烧柴的人了，她是舍不得那口土灶啊。"

每次回家，祖母虽佝偻着背，却坚持给我烧柴做饭。在灶膛前挑挑拣拣地往里填柴火，又都恰好避开了通风口，我仿佛又看到了祖母教我烧柴生火的场景……人吃五谷杂粮，都会有走的那天。倘若祖母走了，她娴熟的烧柴手艺又该流传给谁呢？

去年夏天在镇上的集市遇到了一个本村嫁出去的女人，四目相对的瞬间，我称呼她"三姐"，她站在路边迟疑了一刻后，接连说出三个与我无关的名字。我只好笑着回应她："我是四爹家的文宇，你刚刚说的是我的表哥。"她赶忙解释："你们家族里和我同辈的孩子们太多了，你叔伯哥哥们我挺熟的。"

一瞬间，我突然有些慌乱，又感到一丝丝恐惧。是啊，我自己能确定是住在名叫"大西沟"的村里吗？我不过离开村庄丨多年，并且每一个假期都回家，村里也不过是每年死去几个老人，离开几个小后生，娶过门几个新媳妇。现在村里的人与我竟然有如此的隔膜，要是以前，在村里任何一个地方，只要是远远地看见一个人影，瞅一瞅走路的姿态和衣着打扮，几乎都能叫出对方的名字。

原以为村庄是我从城市生活中退守的最后落脚点，万一哪天无处可去，依然可以将它作为最后的防线，乃至落叶归根……只是，生活中耀眼的东西太多，我反而看不清了。

在县城的闲暇时候，我依旧会在屋里燃起炉火，感受着万物的记忆跨越时空，一脉相承，生生不息。

指导老师：薛青峰

作者简介

白文宇：宁夏理工学院财务管理专业学生，曾获《中国地名大会》（第二季）节目组征文三等奖，第六届内蒙古职工文学奖。

初评评委推荐语

写柴与火，其实在回望故土，写乡情、亲情，写风物、乡俗，写农耕文明、人情伦理。文章内容丰富，耐人寻味。（李敏）

杨家河坝

杨阿敏

离开杨家河坝的时候，我6岁，再回杨家河坝的时候，我26岁。

离开杨家河坝的时候，爷爷抱着我，再回杨家河坝的时候，我扶着爷爷的棺椁。

杨家河坝，我的故乡。比起故乡，我更愿意称它为老家。老家，老去在记忆里的地方，回到这里，很多尘封的往事又翻涌起来，在眼前鲜活。

杨家河坝因一条河而得名，这条河叫什么名字，发源哪里，流向哪里，无从考证，即便是一辈子沿河而居的老人，也说不出来。但有一点大家都很清楚，如果没有这条河，就没有沿河的这些村落，就没有我今天还能回到的故乡——杨家河坝。

驱车进入杨家河坝，四面环山，没有平整的大路，是这条河带着我走进了父辈们曾居住过的村庄。关于杨家河坝，我知道得不多，在这里只度过了人生的最初六年，能记住的也就更少了。对它的了解多数都来自爷爷，杨家河坝的树，杨家河坝的山，杨家河坝的人，都是以前爷爷给我讲故事的素材。少时家贫，故事书是奢侈品。可是哪个孩子又能抵挡住没有故事的寂寥童年呢？于是，爷爷就变成了一本故事书，供我阅读，了解这个世界。他嘴里的故事成了我了解世界的全部。可是，他的世界太小了，小到一个杨家河坝。

爷爷是20世纪30年代出生在杨家河坝的，那时候的杨家河坝，穷、苦、靠天吃饭。赶上闹灾荒的年份，饿死的、病死的、出逃的，数不胜数。爷爷的母亲就是在一个灾荒年份里病死的，失去母亲的那一年，爷爷5岁。转年，爷爷的父亲在干活的时候被塌陷的山体砸中。6岁，爷爷成了孤儿，被寄养在他的大伯家。寄人篱下的生活，不用过多描述，也能想象它的艰辛。这个故事不是爷爷讲的，是长大后辗转听来的。爷爷从来不在孙子面前提起他的父母，我们也从不向爷爷打听这件事，像是一个无声的契约，我们守着这个人尽皆知的秘密，听着杨家河坝的故事，一天天长大。

　　爷爷的左小腿肚子上，缺了一块肉。一圈清晰的齿印，跟了他一辈子。这是他年轻时上山放羊，被野狼咬伤留下的。那个年代的杨家河坝，稍往深山里走走，就能遇到野生动物。狐狸和狼是庄户人家的劲敌，狐狸偷鸡，狼叼羊羔。那时候，家家户户都养着一条狼狗。主人吃什么，狼狗就吃什么，白天带着狗上山放羊，晚上狗拴在圈门口守着鸡和羊。爷爷被狼咬伤的那天，狗病了，不能上山。奶奶担心，"要不今天就别去放羊了，狗不在，不安全。"爷爷心疼羊，"不能让它们饿着肚子。"襁褓中的二叔还需要羊奶续命。"靠着羊群过日子，就要勤往山上跑"，爷爷留下这句话和一脸担忧的奶奶，便赶着羊上山了。一整天，羊群安然无事。爷爷留了个心眼儿，没敢走太远。暮色四合的时候，爷爷赶着羊群在水坝里给羊饮了水，提心吊胆的一天就要结束了。突然，羊群不动了，面对着羊群，一只狼正怒视着眼前着这一朵朵洁白的云。"坏了，是狼！"爷爷几乎叫出了声，手里的羊鞭攥得紧紧的。爷爷拼了命地呼喊，试图让声音穿过水坝，到达坝上的人家院子里。爷爷一吼，狼疯了一样闯进羊群，羊群四散，一只跑得慢的羊羔转眼就被狼叼在了嘴里。与此同时，狼已经端端站在了爷爷面前。大概是脱离狼群，饿了许久的缘故，狼很瘦小，目光涣散，叼着羊呆呆站着，并没有撕咬。看着面前这个虚弱却不失凶狠的野兽。爷爷知道，狼的目标不可能只是这一只小羊羔。

爷爷扬了扬手中的鞭子，一鞭子打在地上，清脆的鞭音传出回声，接着又是一鞭。这是杨家河坝的人为了遇到狼群迅速传递信号而发明的一种特殊信号。但是，它不能确保每一鞭下去都能叫来人，离村庄太远的时候，基本没用。幸运的是，水坝离村庄不远，爷爷抱着一丝希望，渴望这一鞭子下去能叫来几个帮手。爷爷和那匹狼僵持着，狼开始撕咬小羊羔，没几分钟，小羊就成了狼的腹中之物。吃完小羊的狼，张着血淋淋的大嘴直扑向爷爷，爷爷的左小腿被狼咬进嘴里，爷爷抓起一块石头，砸向狼的头部，被砸疼的狼咬得更紧了。忍着疼痛，爷爷抓起一块石头，砸向狼的头部，一次、两次、三次……爷爷失去了知觉。

再醒来，爷爷看到的是躺在他身边正喝着羊奶的二叔。几乎整个杨家河坝的人都来了，挤在爷爷的屋子前。虽说狼祸在村子里已经不是什么新鲜事，可是，咬伤人还是头一回。爷爷没有死，是鞭音救了他，是闻声赶来的村民救了他。他们带着火把和狼狗赶到的时候，那匹狼已经咬着爷爷左腿上的那块肉逃开了。孤狼怕人群，在人群到来之前，它走了，留下一路血迹……

故事讲完了，爷爷补充道："那天我遇见的是一匹孤狼，要是狼群，你们就没有爷爷了；要是没有杨家河坝的人，你们就没有爷爷了；要是没有那几块石头，你们就没有爷爷了；要是没有那一声鞭音，你们就没有爷爷了。"有，都有！这是生活为了弥补过早带走了爷爷的双亲而给予他的补偿吧，我经常这样想。即便这世间，很多东西都不能简单对等。

爷爷从狼口中捡回来一条命。活着不难，难的是活下去。那个年代，药品奇缺，麻药更是不敢想的东西，被咬掉一块肉的疼痛，该怎么去形容，我想只有经历过的人才懂吧。为了不让那碗口一样大的伤口感染，清洗和消毒是必备的。如何忍过这份疼，爷爷说太疼的时候，他就咬一根木棍在嘴里，无论如何，他要活着，他不能让还在襁褓中的孩子失去父亲。

听到这些的时候，我不止一次地恨起杨家河坝。恨那个给爷爷那么多痛苦的地方，恨那个山大沟深不见希望的地方。可是爷爷却常说，杨家河坝对他有恩。他吃着百家饭、穿着百家衣长大。长大后，靠着村里人的帮衬，娶了妻子生了孩子，才有了能延续下来的家。少时失去双亲，成年后遭遇狼祸，爷爷就像是一个被命运抛弃了的孩子，但是，杨家河坝、杨家河坝的人没有放弃他。被狼咬伤后，爷爷的院子里街坊邻居进进出出，这个手里拿着几颗鸡蛋，那个手里揣着几把粗粮面。这个担一担水倒进水缸，那个抱一把柴火放进柴房。养伤的日子，被视为一家命根子的羊群一天也没有饿着，地里的庄稼如期收割，粮食倒进了粮囤。杨家河坝的人用淳朴、善良温暖了爷爷最冰冷的一段人生路。借着这份温暖，单门独户的爷爷在杨家河坝活了下去。

父亲决定举家搬离杨家河坝的时候，爷爷无论如何也不同意，即使他亲手垒起的房子已经无法遮风挡雨。夏雨来得急，经常是屋外下大雨，屋里下小雨。爷爷说，他在这里住了一辈子，习惯了，不走。父子二人僵持着，谁也不肯让步。最后以搬出去为了让孩子们接受更好的教育为由使爷爷转变了想法。但作为条件，爷爷百年后，必须回到杨家河坝。父亲答应了，大概他当时也没有想到，这一天会真的到来吧。

可是，这一天，真的来了。

山路陡峭，我拉着父亲的衣角，一步一颤地往山上走，泪水模糊了眼睛，一半是痛苦，一半是感动。送丧的队伍跟在身后，一路过来，杨家河坝的人见一个算一个，不断有人加入。很多人，我不认识，甚至连父亲都不知如何称呼。可当送丧的队伍经过，他们还是放下手中的活，拿起纸钱、黄表纸，面色凝重地走进了送丧的队伍。

在杨家河坝，只要你曾经在这里生活过，什么时候离开，从哪里回来，都不重要。回到杨家河坝就是杨家河坝的人。即使我们家离开杨家河坝已经20年了，即使这20年与杨家河坝唯一的联系是每年一次的清明祭扫。可是，此刻，当爷爷的棺椁回到杨家河坝，杨家河坝还是张开怀抱接纳了他，就像当年遭遇狼祸后，杨家河坝没有丢开他一样。

爷爷一生没有出过远门，从杨家河坝到红寺堡是他最长的旅程，他的世界很小，所有的故事都围绕着杨家河坝讲，可他的世界又很大，杨家河坝那么宽广，宽广到足够用一生去跋涉。

离开杨家河坝的时候，我上山摘了一捧蓝色的野菊花，一半放在爷爷坟头，一半放在车上带回红寺堡。关于杨家河坝，爷爷总有讲不完的故事，现在他长眠在这里，睡在杨家河坝的怀抱里，一定又会有很多新的故事，以后，我会常回来听听的。

指导老师：张春波

作者简介

杨阿敏：宁夏大学新闻传播学院新闻与传播专业硕士研究生。宁夏作家协会会员。有作品发表于《诗刊》《延河》《奔流》《散文诗世界》《黄河文学》等杂志，作品入选《青年诗歌年鉴（2017年卷）》。

初评评委推荐语

作品开篇时，就比较抓人。6岁时离开家乡，26岁时回到家乡，牵扯着作者乡愁的，绕不开故土的，却是爷爷。这里的生活环境可谓苦焦，却成长了一辈辈人，像我这个年龄段的人感同身受。爷爷虽然离开了家乡，但故土难忘，最终的遗愿是落叶归根，因为，少时失去双亲，成年遭遇狼祸的爷爷，淳朴厚道的家乡人一直视他为自己的孩子、亲人。而事实上，苦焦的环境，艰难的生活，更照见和历练人的性情。作者在故事情节选择上把握较好，表达力较强，能感受到丰沛的感情和对故土及曾经生活在故土上的乡亲的敬重。（李新立）

梦里花落知多少

锁菲娅

老院子里有八棵树，大都是果树，大都长在园子里。只有一棵梨花树单独长在大房门前的一口"浅井"里。

家里只有我叫它梨花树，从不叫它梨树。梨花树与梨树分明有着不一样的灵魂，尽管它们寄生于同一株木里。

听母亲说，"浅井"里那棵梨花树是奶奶亲手种下的。它的姿态饱满，枝丫四散开来，略带些雍容的味道。一枝一条却又是瘦劲的，让人想到了古瓷瓶上美丽而痛苦的裂纹。我想，再没有哪棵树可以把梨花开得那么美了，不是纷繁如雪的场面，而是斜枝缀玉的风骨。

奶奶喜欢梨花白，她头上常年戴着白纱盖头。我眯着眼睛看她的时候，那片白盖头就像是一朵倒扣的梨花，包裹着她。或许因为爷爷是银行职员，是有固定收入的，奶奶跟着他没吃太多苦，所以即便奶奶脸上有了蜿蜒的皱纹，皮肤却还是那样白净透亮，月光下的梨花瓣子似的，连我都十分羡慕。梨花树下有一个小石头凳子，上面套着一个旧毛巾做的兜子，奶奶常常坐在那里，擦擦洗洗。有风吹过时，树上的梨花摇摇，树下的"梨花"飘飘。

至于那口"浅井"，它并不是真正意义上的井，只是样子像一口井。我猜想着它应该是爷爷收拾出来的。圆月样的口，一米多深浅，外围有一圈单薄的水泥，护着梨花树。我常想，这口没有盖子的"浅井"里会不会也埋着一片或半片的月亮呢？

梨花树就在大房门口，跨出门槛，迎面就是它。我不喜欢直接在阳光下看梨花树，骄阳响晴里的它木愣愣的，没有半分情致。因而天晴的时候，我总趴在大房里的窗台上隔着玻璃看它。大房比较老旧了，和园子里的其他树一样，是前院主留下来的。那木头窗框已经有了细细的裂纹，上面的几扇双层玻璃应该被换了很多次，所以连颜色也不一致：有艾绿的，有绀蓝的，也有阴黄的。我来回辗转于不同的窗前，恍惚间竟觉着这几扇窗里的梨花树有着自己的情绪——艾绿窗里似盛着平静生活里的淡然生机、绀蓝窗里似描着独蜷心房时的无状悲凄、阴黄窗里似流着风沙肆卷时的无助苍白。

我还是更喜欢看有着淡然生机的那一扇。

暮春时节，梨花盛开，偶有细雨在清晨落下。即便那时我还在睡梦之中，也能感受到我外露皮肤的毛孔是如何慢吞吞又贪婪地饱食了一口氤氲开来的雨气。身体渐软凉，我自然是睡不住了，却也不想立时就起来，便开始在脑海里幻想窗前梨花此时的清灵之态。想想那被雨水浸泡之后的红砖地，那种沉重饱满的红色与掉落地上的白梨花该有多么相配。我脑海中蓦然出现了一位红靥的唐装美人，她鬓边的玉梨花上也落下了一滴雨！我满意地结束了幻想，起床刷的一下拉开了窗帘。窗前景致，比我幻想得还多了几分自然的生气，清灵明净，美至失语。我快速洗漱、收拾，之后便坐在大房门槛上，放空自己，肆无忌惮地、痴痴地看着它。那时虽没读过几首酸诗，却也被雨中梨花的凄凄之姿打动，心中生出些莫名的哀愁来。那哀愁如蛛网盘结，千丝万缕，但也轻若无物，散去之后，甚至还留几分愉悦，实在是少年心性。我在奶奶的脸上也见过哀愁，但那种哀愁是有根的，深深扎在心里，让人不忍细看，不能品咂。

雨渐渐开始大了，奶奶叫我去他们屋里喝早粥。刚跨进屋子里，我就完全浸在了食物温热软香的气味里，身上冷气顿扫。我实在想不到还有什么能比此时的一切来得更幸福，我确信我是幸福的、喜悦的。孩子的心情总是毫不吝啬地泼在脸上，奶奶看见我这副莫名美滋滋的样子，也笑了。她很喜欢看我吃饭，她总说我吃饭吃得香，看着让人"心疼"得不行。我和奶奶一起吃着饭，听到爷爷那双笨重的老雨鞋开始在院里走来走去，声音一顿一顿的，很有分量。我知道他是去拿那几个大铁盆了。果不其然，紧接着就是大铁盆放在屋檐下的声音——"哐啷""哐啷"……再接着，屋顶上汇集的雨水顺着那些个"铁鹰嘴"一样的东西流了下来，一缕一缕，直直地砸进了铁盆，声音盖过了雨声……

雨过天晴，又是心情大好的日子。铁盆里收集的雨水沉淀分层了，白水在上，黄土在下。爷爷奶奶坐在梨花树下，也要用那雨水大洗一场了。他们都是极爱干净的老人，洗完晾晒起来的衣服从不让我们这些孩子碰。老两口说说笑笑、话长话短，不一会儿，从院东到院西，晴空之下，就挂上了一整排干净惹眼的颜色。阳光透过湿漉漉的棉布，泛着钝钝的微光。我不自觉地开始发呆了。

…………

年纪渐长，我的学业负担与日俱增，再也没有大片的时光和奶奶待在一起了。生活继续着，只是时间快了些，再没有什么变化。从某一天起，她开始伴着夕阳站在院门口等我回家，然后继续等着母亲回家，再等着爷爷回家。这样的次数多了，我开始有些讨厌。学校离家本就近，奶奶一再站在大门口，我总是不能和同学尽兴地聊完我们的话题。她在我写作业时、看电视时和我说话，我也变得不耐烦起来。

她感觉到了。她怎么会感觉不到呢？

她的话越来越少。越来越多的时间，她总是坐在梨花树下的石头凳子上兀自发着呆。梨花谢了，只有繁繁沉沉的绿叶随风翻摆，像即将压下来的一堆混沌的绿云，而树下她的背影，看上去像一小座连时间都遗弃了的孤岛。而这些，竟是我在后来可悲可憎的懊悔自责中才回想发现的。是不是所有人都会有如此可悲、可憎、可恨的时候？我厌恶我自己，鄙视我自己，可怜我自己。

…………

奶奶生病之后，和其他生病的老人一样，一步一步，开始遗忘，开始痛苦。后来，甚至不能一步一步，只是躺在那里，熬。熬的时间太长，熬得大家似乎都有些习惯了。终于，爷爷开始频繁进出那屋，拿着尿盆；母亲开始频繁洗那屋的衣物，抽抽噎噎；某一天，甚至四个舅舅齐齐到了家。我终于明确知道了这无法挽回的结局。

奶奶快去世时，我没有敢去看，只死死地躲在自己的屋子里哭，我很害怕，却不知道自己究竟在害怕什么。直到快要下葬了，母亲才带我去见了她最后一面。看到她一动不动地被摆在那里时，我崩溃了，我才真真正正感觉到何为阴阳两隔，它原来是这么一种尖锐、冲突、不容辩驳的事。她走之后嘴还微微张着，母亲说是因为奶奶最后喘不过气来才会如此。忽而我记起一件事：那也是一个寒冷的冬天，下了冰雹，我和妹妹在院子里玩疯了。我在院子东南的角落里找到了一颗干净圆滑的小冰雹，兴冲冲地跑进那屋里，喂给了奶奶吃。奶奶说了什么，我早已忘记，只记得她的笑脸一如既往。

阴冷的冬天，没有春雨，只有泪水滴落在那块盖在她身上的白布。我愿意蒙蔽我自己，我只当是梨花盛开在她洁净的身体上。

…………

再后来，我离乡求学，连着错过了好几个梨花盛开的春天。偶然一日，看到学校一角的小梨树开了花，只多看了几眼，那些拉拉扯扯着的旧事就又被带了出来。情难自已，接着又是一晚上的梦。

第二天是一个平常的周六，我接到了母亲的电话，她说老院子那一片地方就要被拆了，爷爷和那些邻家们也已经搬了出去。拆迁的事早几年就通知了，工程拖了三四年，如今，也终于是拖不住了。

等我再回去时，那里已是被拓宽了的柏油马路，不见梨花树。但我知道它没有离开。离开的人和事已经太多。在我这个多梦人的梦土里，它依旧是每个故事的开头和结尾，在没有形状的四季里继续开花、落花。

指导老师：张富宝

作者简介

锁菲娅：宁夏大学人文学院汉语言文学（教师教育）专业学生。

初评评委推荐语

作者一开始用"灵魂"这一难以捕捉的概念，把梨树和梨花树区别开来，继而引向浅井边奶奶栽植的一棵梨花树。以物寓人，并不鲜见，如果恰到好处，就能出彩。作者把奶奶比作梨花树，看她的春天绽放，看她的日常生活，感受她的哀乐，体味她的风骨，在琐碎事中照见奶奶对作者的"爱"与作者对奶奶的"烦"。洁净有如梨花的奶奶去世了，梨树也在拆迁中消失，而她和她的精神似乎仍然没有离开人间，"在没有形状的四季里继续开花、落花"。应该说，本篇散文在构思上下了工夫，沉稳的叙述也显成熟。（李新立）

讲故事的人

马绘素

最近读日本著名童书编辑松居直等人关于绘本的论述集《绘本之力》，对书中"没有听过故事的人是不会讲故事的"这句话感触颇深。

松居直特别强调幼年听故事对孩子的重要性，因为"听"，是一个在一起的状态。有人读孩子才能听，这是一个讲述者和听讲者同在一起的过程，在一起不仅意味着时空融合，还意味着视、听、触、味、嗅等众多感官充分交汇的过程。

妈妈给幼儿讲故事，把孩子抱在怀里，感受着孩子的分量，闻着他的奶香，心中涌动着爱意；孩子听妈妈讲故事，听着妈妈的声音，闻着妈妈的味道，感受到妈妈的心跳，看着绘本的画面，进入想象的世界，这种感官的调动是多层次的。

所以，在儿童时代获得"同在一起"这一重要的人类体验，习惯认真听取传达叙述和情感的语言，多多积累经验，自由自在地进入语言的世界，建立起人与人之间联系的纽带，对孩子的早期生命体验来说十分重要，也是为今后的阅读打下良好基础。

虽然人们很强调父母给孩子讲故事的重要性，但有趣的是，我早期听故事的体验却是来自我的奶奶。奶奶是个文盲，连自己的名字都不会写。但因为奶奶小的时候跟着太爷到处炸石头、修水渠，听来了很多故事，也就是她常说的古今。我小时候听奶奶讲了太多故事，过去了二十多年，到现在仍能记得一些零散的片段。用现在教育学的理念看，奶奶无疑是个很优秀的讲故事人。

奶奶很有耐心，除了农活很忙的时候不能打扰她，其他任何时候，只要我想听故事，她就会不厌其烦地一个接一个地给我讲，直到我睡着。她不会拿讲故事当条件威胁或者要求我，从来没说过"你不听话我就不给你讲了"这种话。经常是她坐在炕上，一边缝缝补补，一边讲故事，牛粪煨的炕暖烘烘的，屋里飘着炕土味，我躺在旁边手也不闲着，一边听故事，一边抠炕面上铺着的席子。

奶奶讲的故事种类十分丰富，讲过孟姜女哭长城、魏徵梦斩泾河老龙王这种历史故事，讲过民间传说故事，讲过劝人奋进的故事。还记得她给我出过一个谜语，谜面是"四四方方一块砖，里面瓜子有万千，谁能识来其中味，不是文官是武官，"谜底就是字典，把汉字比作瓜子，把识字读书的过程比作品尝味道，也是很精妙了；但大多数讲的是野狐精的故事，我也不知道是不是因为西海固地区那时候人迹罕至，狐狸泛滥，奶奶讲的大多数故事都是围绕狐狸展开的。印象最深刻的就是狐狸精把顶针和门闩的妈妈吃了，假装成她们的妈妈，晚上想吃她们，说："胖的挨娘睡，瘦的挨墙睡。"还有一个姑娘被野狐精抢到山洞当媳妇，她妈妈千方百计寻到女儿，狐狸回来后，吓得老奶奶藏到了缸里，他在洞里转了一圈找不到人说："往天进来香喷喷，今天进来生人味。"这些话通俗好懂，用固原方言说起来还很朗朗上口，听一遍我就能记个大概。

奶奶讲故事时语言极其丰富，还特别有想象力，我初中读《聊斋》时，想起奶奶给我讲的一个故事，那种感觉如出一辙。故事大概是："有个货郎担了一担花去村子里叫卖，从一扇大门走出来个姑娘叫住了货郎，她精挑细选，给头上别满了花，让货郎等着，她进去拿钱，但左等右等，不见人出来。货郎等不住了，敲门，出来了个老奶奶，说自己家没儿没女，只有老两口。货郎不信，老人只好让他进门看，屋里院外没有姑娘的影子，货郎找来找去，发现灶房水缸旁一把笤帚上插满了花。"这个小故事怎么想怎么有聊斋的味道，明明是鬼怪传奇，却不让人害怕，反而觉得万事万物都有情。

奶奶还特别能共情，我小的时候，可能是因为听了太多这种民间故事，现在回头看也是因为孩子特有的年龄特征，还有就是农村天地太过于寂寥，导致我经常分不清现实和想象的关系，常常会幻想出很多既不存在又存在的事情、动物或者人，会习惯性地自言自语，或者莫名其妙地害怕，一个人不敢睡觉，不敢去上厕所，奶奶总会陪着我，去地里干活的时候会把我带到身边，也没为此呵斥过我。

到了上小学的时候，我无意中得到一本《西海固民间故事集》，打开一看大吃一惊，书里大多数故事情节和奶奶讲得几乎一模一样，我惊诧她一个农村老太太，怎么可以听得到，记得住那么多故事，简直就是个故事匣子。后来，这本书被同学的哥哥抢去了，一直是我的一个遗憾。

我第一次发现自己会讲故事，是小学四年级暑假的时候，那时候互联网还不普及，父母还用着老式的按键手机，孩子们也没有电子产品玩，漫长的白天需要事情打发。我家巷子口有兄妹两人，他家临近街道的二层门面房开了一间澡堂，我们几个每天就在澡堂的过道里玩耍。一天，实在无聊，不知道是谁提议要讲故事，我就很自然地讲起了奶奶讲过的故事，没想到小朋友们听得津津有味，一个讲完了还要讲一个，后来他们每天都会摆好板凳，到家来叫我。于是，我就在澡堂氤氲的热气和海鸥牌洗发水的味道里给巷子里的伙伴讲了一暑假的故事，收获了"故事大王"的称号。从那时候起，就一发不可收拾，为了讲出更好的故事，我就不断看书，也很自然地爱上了阅读。

有一次和爸爸无意说起，说小的时候听奶奶讲了那么多故事，那么被疼爱，长大了却莫名其妙和奶奶不亲了，她去世的时候，我忙着高考，在青春期莫名的惆怅里独自闯荡，都没怎么难过。

但现在随着年龄越来越大，对奶奶的感情却像解冻的泥土，不断在复苏。觉得自己能在文学上有所悟性，奶奶才是我的启蒙老师，却没在她生前意识到，也没能回报一点一滴，十分遗憾。因为这个心结，爸爸很注重给我寻找民间故事，近几年，西海固一些民间团体，还有政府部门都选编了《西海固民间故事集》，爸爸只要找到了就带给我。每读一次，我对奶奶的敬意就越多一层，但总觉得这种选编印刷的集子没有奶奶用方言讲出来的那种毛茸茸的故事动人。

指导老师：杨克敏

作者简介

马绘素：北方民族大学文艺学专业硕士研究生。在《宁夏日报》《银川日报》《固原日报》发表散文3篇，在北方民族大学文传学院院刊《塞声》发表散文1篇。

初评评委推荐语

听过故事的人果然能写出关于故事的一些名堂来，这篇散文即如此。委婉的书写中，讲故事的奶奶就是最神秘的人，最可爱的人，最有力量的人，而穿插在行文当中的民间故事元素，也给文章增色不少。（李敏）

暖　春

李煜珩

　　阳光从云朵的罅隙里溜了下来，随着水面的波澜辗转跳跃，映得我一阵阵地晃神，半截入水，绷得笔直的毛线忽地动了，荡起一圈涟漪，我瞬间回神，拿起木棍轻轻一提，一只红得发黑的龙虾紧咬着螺蛳肉被拉出了水面，随着我娴熟的动作精准掉进塑料桶里，和它的若干兄弟们打了招呼，原本安静的塑料桶里一时噼啪作响。"闷乖儿，吃饭了！"外婆的声音从身后小木屋里传来，我大声回道："要得婆婆，马上来。"接着抓紧把自制的"鱼竿"甩着收好，提着一桶战利品的我笑着向小屋跑去……外婆和她的水库，住在我心底最柔软温暖的地方，每次回想起来，都仿佛暖春降临，驱散所有寒冷与黑暗。

　　自我记事起，外婆的容貌便是这样：花白的齐肩短发，根根利落，黑色的头绳在一侧轻轻栓起一小撮，服帖地搭下；外婆的眉毛颜色很浅，所以一打眼你就能注意到她的眼睛，那里承载着的热情会让你不由自主地跟着露出微笑。外婆不高，但总能帮我从衣柜最高处拿下来一堆"精心珍藏"的零食；外婆很瘦，却能背动装满了蔬菜水果的大背篓送我回家。早在外婆还年轻的时候，就和几个舅公合伙承包了我们当地最大的水库，养鱼喂虾，管理供水。这里抬头就是蓝天白云，低头就是青山绿水，不知名的鸟儿带着绚丽的尾毛从头顶划过，受惊的野鸭子消失在水中，徒留下一圈又一圈涟漪。水库真的很大，大得需要外婆载着我划上两个小时才能从头划到尾，大得承载了我好多个春夏秋冬的快乐与回忆。

外婆在水库坝子旁的小木屋里开了一间小卖铺，方圆几里仅此一家，又因为地处连接两山的"交通要道"，每每放学就有一大堆小孩过来"采购"。小时候的我十分"拮据"，爸妈以他们都是老师、全家吃住都在学校的理由不给我一分零花钱，所以外婆的小卖铺成了我每个周末的期盼。外婆会趁爸妈不注意，偷偷塞给我一堆当时卖得最火爆的小零食，说："闷乖儿，快拿着藏好，婆婆专门给你留的。"然后努努嘴，让我进到小卖铺的里间慢慢吃，我会站在里屋窗台前的凳子上，当着那些"小屁孩"的面啧啧有声地把零食吃完，或者大方地分几根"小麻辣"给他们，那是我一周里最"辉煌"的时刻。因为外婆，我成了方圆几里唯一一个拥有一整桶星球杯小饼干的人，因为外婆，我的童年时光分外多彩。

外婆是水库的管理者，既要管理不同区域的鱼箱，也要处理好农忙时期周边各处的供水问题，每到这些时候，外婆就会暂时关上小卖铺，住进由她改造好的小篷船里。小篷船只露出船头和船尾，船身部分由拱形的木板围起来，两边挂上布帘，内里再钉上几层棉布，一个只容得下一人的小房间就搭好了。因为供水和整理鱼箱都要赶时间，外婆就在船上铺好了小床，夜晚就在船上休息。婆婆的小篷船，今夜晚风会把你摇到哪个湾？我曾跟着外婆去整理鱼箱，夜里我们俩枕着水波入眠，第二天天还没亮，外婆就起来了，我闭着眼，听着木浆有节奏地起起落落，很快又陷入梦乡，再次睁眼已是天大亮。揉着眼掀开帘子，外婆把船停到了水箱处，船头是一捆捆刚割下来还滚着露珠的鱼草。外婆稳稳地站在由竹竿搭成的鱼箱上，往里面扔鱼草，阳光洒在她的头顶，汗水在发丝间隐隐发着金光，这个画面从此刻进我的记忆。

外婆有一手做饭的好手艺，尤其是做酸菜鱼，每次都让我拍手叫绝。做鱼，要从打鱼开始。外婆划着船选定一处位置，把船停在水面上，我坐在船尾，看着她手中的网"呼"地散开撒下去，在水面开出一朵不规则的花。外婆挽起袖子，多年做农活的手呈现出有力的弧度，一点一点，拉出泛着水光的渔网，几条大鱼在网中挣扎，外婆不慌不忙，一边理网，一边说："闷唉，婆婆今天这鱼跟你管够哈。"把鱼拎回家，外婆熟练地把活蹦乱跳的鱼拍晕，然后剔鳞、剖腹，宰切成鱼片，码在大盆里放上调料腌制。我接过了烧柴火的活，以便第一时间接收到铁锅里的美味。热油、香料、本地辣椒、酸菜依次下锅，辛香味扑了我满面，再加入适量的水，我紧随其后加大火让锅里煮开，然后又在外婆的示意下把火控小，在没有大颗的气泡时，再把鱼片小心地下进锅里，几分钟后，鲜香的酸菜鱼大功告成。一碗鱼汤下肚，再寒冷的冬天也会享受到春日的温暖。

我慢慢长大，从前一周能见一次外婆，到高中时这已成为奢望，在最艰难的那段求学日子里，每想起一次外婆就是一次感动、一次激励，每当经历挫折情绪崩溃，外婆的笑容总能把我心底的黑暗驱散。

高考前的最后一个寒假，我记得那年的冬天特别冷，我回到久违的外婆家中，烤着火炉和外婆分享趣事。外婆好像感冒了，一直咳嗽，我嗔怪着"数落"她为了干活不注意身体，又拿出妈妈提前买好的针织帽给她戴好，她笑着，但我总感觉有什么地方变了，沉浸在春节喜气洋洋氛围中的我并没有多想，直到晚上陪着外婆在客厅里烤着火炉看电视，才发现了问题——外婆眼里的精气神黯淡了，她的笑容里少了许多阳光明媚。暖春，好像要下雨了。

我缠着爸妈告诉我外婆到底生了什么病，情况不太乐观但又有着希望，是尘肺病，虽然无法彻底治愈，但只要好好调养就不会有大问题，所以后来爸妈把外婆接到了身边，每个周末，我仅有的半天假期也会通过视频和外婆联系，嘱咐她保重身体。我的暖春只是下雨了，它会重新迎来晴天的。

高考结束，我长舒一口气，回到家还没来得及欢呼，就被说漏嘴的姐姐给了当头一棒——外婆得的不是尘肺病，是肺癌，肺癌晚期。这是真正的晴天霹雳，爸妈为了不影响我高考向我隐瞒了这个事实，我当下就哭出声来，委屈、痛苦、埋怨、理解种种复杂对立的情绪挤占在我的心头，我想发泄，却又不知道向谁发泄；我想诉苦，但是家里的每个人都和我一样痛苦。外婆不知道自己的病情，大家希望她能保持住好心情，别太早被病魔带走。所有人都憋着，憋着痛苦，憋着真相，大家都在伪装，包括外婆。春天怎么会不知道自己即将结束呢？在看着那些花儿都凋谢了的时候。

外婆有了一个口头禅。妈妈单独给她做营养餐，她说："我不要。"妈妈说我们出去散散步吧，她说："我不去。""外婆你看，我做了一条手链，给你戴上吧。"她勉强露出一点微笑，说："我不用了，闷乖儿自己戴"。我说着好吧，转身进了房间眼泪就憋不住滚了下来。春天好像真的快结束了。外婆迅速地憔悴下来，我不忍回忆那些细节，只记得她在火炉旁的身形越来越瘦弱，有的时候甚至快看不清她的样子了。

后来，我的妈妈再也没有妈妈了。

后来，我再也见不到我的暖春了。

指导老师：王岩森

作者简介

李煜珩：宁夏大学人文学院汉语言文学（教师教育）专业学生。

初评评委推荐语

文字自然，真切，亲情的牵系中弥漫淡淡忧伤，打动人心。（李敏）

他乡逢集忆往昔

李进宇

坐着公交车驶到了城市的另一角。远离了市中心喧嚣的繁华，这里低矮的楼房，熙攘的街道，像是回到了数年前的家乡，那热闹安逸慢节奏的生活。

我匆匆下了车，深秋的早上，一件呢子外套还是觉得微凉。

走到一家包子铺，要了屉小笼包。手抄兜里等着包子出炉的间隙，我四处张望起来。远处的街角拥着一簇人，离得太远，也看不清究竟在干吗？

"大娘，远处那街边干吗呢？那么热闹。"

老板娘笑眯眯捧着屉冒着蒸气的热包子放我桌前，两手在围裙上摩挲几下，擦了擦手心的汗，望向我所指的方向："你说那呀，街边赶集呢，你等会儿去看看呗，可热闹咧。"

我心想：赶集，这么多年第一次听城里还有来赶集的，不知都卖些什么稀罕玩意儿，竟能这般热闹。狼吞虎咽地吃完了早餐，我急着赶向街角。

还未走近，吆喝声便循着街道传了过来。

刚刚远望簇拥的人群，是围在街角边支起的爆米花摊旁。一老头熟练地摇动手柄，另一手摇着鼓风机，火炉上铁葫芦似的锅子在跳动的火苗上来回翻转。

"好嘞！"老人喝了一声，加紧又摇了几下鼓风机。几个小孩吓得往后缩了缩，头往一侧一歪，两手紧紧地捂住耳朵，藏在大人身后。老人取来身旁炭火熏得发黑的铁筐子，熟练地抽出根铁管，把锅子抬起，支到筐子口，脚踩在锅子上，铁管向下顺势一扳，"砰"的一声巨响，热气裹挟着爆米花的香气，在空气中弥散开来。

周围的人凑得更紧，给老人递上自家装满玉米粒的手提袋子，或是装满黄豆的米筛，老人笑意盈盈，不紧不慢地倒出铁筐的米花，说道："别急嘞，都别急嘞，今天都能轮上，都能爆好。"

我挤过拥挤的人群，这路本就不宽，两旁密密麻麻排着各类摊铺，路中间川流的人群中偶尔传出卖糖炒栗子，烤红薯地瓜的吆喝声，却也望不到小贩的模样。向前望去，铺面排得很长，一眼竟还看不到尽头。

深秋天气有些微凉，小吃铺上氤氲升起的热气，在这季节注入融融的暖意。两旁的铺面上有人捧着个纸碗，大口大口嗦着面条。临吃完时，再向老板讨碗冒着热气的面汤，咕咚咕咚几口喝完，抹抹嘴离开。有小孩手里啃根羊棒骨，稚嫩的牙口用力撕扯着鲜嫩的筋肉，再大口吮吸那流汁的骨髓，粘得满嘴油香。然后满足地舔舔手指，接过大人递来的纸巾。

扎着头巾的农妇操着一口方言吆喝着自家的果蔬，新鲜油绿的时蔬引来路人驻足问价，直到行人两手的布袋在精挑细选后渐渐鼓囊起来，才算结束了这桩讨价还价的买卖。偶有卖鸡贩鸭的，将那活物往竹篓笼里一搁。遇有路人问询，随手提着膀子拎出一只，拿根绳来绑住腿儿，递给买主挑选。贩鱼虾海鲜的腰间系条皮围裙，踩双高筒雨鞋，麻溜儿地伸手从水里捞出鱼来，称重，刮鳞，清洗，动作娴熟，一气呵成。

我漫无目的地向前逛去，顺手买了串糖葫芦。纵然隔了多年，年龄长得再大，再去品尝最外层糖冰的味道，那裹着的甜蜜都能慰藉舌尖，味蕾乃至那颗喜欢糖果永远长不大的心。

远处呜呜哇哇悠扬的乐声传来，我循声走近。回族小伙手捧陶土色牛角形的乐器，手指灵活地在几个孔洞上跳跃，动听的乐声就顺着手指的开合流淌而下，汩汩不绝。我捧起铺面上一枚鱼形的样品，路人说，这叫泥哇呜，是由匠人们用黄胶泥捏制而成。黄土大地的滋养，回族文化的濡染，孕育出它独特的来自西北大地豪迈旷达的音色，清亮悠扬的曲调和饱含民族韵味的旋律。有人说它像是中原地区的"埙"，或许，它们本就是一物。泥土打磨，传承千年的乐器，沧桑乐声里倾泻而下的，都有历史的厚重和乡土的亲切。

一曲终了，我猛地想起，今天来这是有公务在身，慌着找了个最近的出口赶着去处理公事。等结束再回来时，已过了晌午，街边的集已散了，稀稀拉拉地散着几个摊位还收拾着铺面。路上有点冷清，很少有人经过，一下竟就无处可寻早上熙攘的热闹。

早上这偶然相遇的集市，让我想起小时候那期盼赶集的日子和村镇集市红火热闹的场景。那时，要是听家里人说明天要去赶集，那可是心底最期盼的事。早上天不亮就睁了眼睛，催着大人洗漱打扮，骑车捎着往村里去赶集。

不等大人停好自行车，就拉住他们的手，跑着扎进人堆里，探着脑袋四下张望。若是见了插满糖葫芦的小车，两眼便泛起光来，手上也不觉用上力，硬拽着大人挤过人群，缠着他们买来一串解馋。

就算是买来了心爱的零食，那双小眼睛也不安分，还要四处寻着别的好吃的。还没怎么逛，往往是小手里已捏满棉花糖、米花棒、糖葫芦、菠萝块长长短短的竹签。

遇上画糖画的，那必会扯着大人的衣襟驻足看上一会儿。糖画摊前常是个白胡老头，支着小锅小灶，拿柄小勺，就倚着砧板开始作画。琥珀色的糖浆顺着勺沿溢出，洒在板上，流畅地勾勒出粗细圆润的线条，腾飞的龙，展翅的凤，便都在板上鲜活起来。临毕，老人趁热把竹签粘到画上，拿刀具轻轻铲动边角，再拿着竹签完整地揭起，一幅"龙凤呈祥"的画作便大功告成。十二生肖、花鸟鱼虫、飞禽走兽乃至神仙鬼怪，在老人手中，糖丝往板上一洒，个个便都栩栩如生起来。老人"以勺为笔，以糖代墨"的精湛画技，引来不少围观的大人小孩，贪吃的小孩纵然缠着大人买来一两串，那也会舍不得下口，紧捏在手心细细端详一番后，才会小心翼翼地舔上几口。

集上要有游乐项目的时候，早早就会被小孩们围个水泄不通。拿上大人给的零花钱，玩上几把投壶，几轮套圈，偶尔中个沙包、毽子，高兴得在小伙伴面前举起，炫耀一番。

正午天热起来的时候，问大人要上一两块钱，约上两三个同村的小伙伴，买来几根冰棍大口舔起来，甜味尚在唇舌之间游荡，清凉则已透过味蕾蔓延开来，悄然散去身上的暑热。

中秋前后，恰逢庙会，集市的规模也会扩大两三倍。

贩卖瓜果蔬菜、鸡鸭鱼肉、锅碗瓢盆的摊铺也多了起来，在集市酝酿着较往日更为浓郁的生活气息，周围村落乡镇的小商小贩，也会起个大早，来赶这一年一度大型"农贸交流会"的热闹。

逛完庙会，顺着人群移动，不由自己迈脚，那也会被人流推着搡着汇入集市的队伍。

家里的妇女最喜欢买些针织的小玩意儿。绣花的鞋垫，针织的衣衫，常常驻足挑选一番，给家人添置几件。小孩自不必说，对于吃食的摊铺没有一丁点儿抵抗。手打的枣泥月饼，拿印花的白油纸一裹，不等回家，小孩就急着要吃上几块。正赶上秋枣收获的季节，枣泥糕、枣泥酥这些点心也多了起来，酥脆的外皮裹着软糯的枣泥，轻咬下一口，唇齿间便溢满枣香的甜蜜，这滋味便是秋天最美味的馈赠。

晌午，庙门口的戏台开始吹吹打打，上演起京剧名曲的经典片段。村里的老人，歇脚的行人，都挤着围坐在凉棚下观赏。小孩子也看不懂，三五成群地在周围玩起跳方格、弹珠子、打沙包的游戏。

临近年关时，几乎天天都是集市。村民们往往是去置办炒货干果，储备过冬的蔬菜肉类。巧手的妇女支个小摊，卖些窗花剪纸。家里有毛笔字写得好的，一般都会添上几幅红纸，一套笔墨，要书写这春联的喜庆。临回家时，年货早把车筐填得满满当当，还不忘再买上几挂鞭炮，这年货才算是基本置办齐了。

小时候，只觉得赶集红火热闹，集市上有好吃好玩的东西。多年后，在他乡重逢集市，纵然琳琅满目的商品多了现代化的元素，但逛集市悠闲愉悦的心情，自始至终没有改变。习惯了城市高楼大厦快节奏的生活，偶尔慢下脚步寻觅人间烟火气息，听听为了三毛五角的讨价还价，尝尝久违的儿时糖果的甜蜜，看看添置柴米油盐、瓜果蔬菜买卖的琐碎，这便是街头巷尾最质朴、纯粹的生活。

沿街走近了站台，公车还没有要来的意思。我看见包子铺的门还敞着，径直走了过去。

老板娘没抬头，两手专注地清洗着餐具。

"包子卖完了，想吃明天来早点啊。"

"大娘，我不买包子，我跟您打听个事。"

缓缓抬起头来，老板娘用袖子抹了抹头顶的汗，笑着说："是你啊，啥事你说吧。"

"这里什么时候还赶集呢？"

"哟，这集还成了个稀罕！下次就到了九月九，菊花遍地开时，你来就对了。"

坐上了回城的车，高楼大厦渐渐跃入眼帘，城市的气息扑面而来。突然，我有些想家，这季节的集市又该是枣香四溢的时候了吧！

指导老师：周学山

作者简介

李进宇：宁夏医科大学临床医学院临床医学专业学生。

初评评委推荐语

没有对生活的细微观察和刻意洞察，乡村集市上的乡村生活是不会如此清晰，秋天收获后的人们，把所有快乐和美好集聚乡村集市，大地色彩斑斓，生活丰富多彩。（程耀东）

小

说

乌托邦

文丽蓉

民国三十年七月一日，早晨，上海，极司菲尔路，76号。

经过一夜大雨的冲刷，空气格外新鲜，就连那经久不散的硝烟味和令人作呕的血腥味也好似不存在一番，天空已由灰蒙蒙的一片变得蔚蓝，几朵白云轻轻地飘浮在天空，给湛蓝的天空增添了一方色彩，旭日正慢慢地从东方升起，光线透过天边层层白云照射在大地上，给久经战乱的土地上增添了一丝丝色彩与光明。天空恬静如画，似一面镜子照映着这个充满硝烟流血的破碎的大地，不时的一两声鸟叫给安静的空气增加了一点乐曲。

街道上依旧人来人往，人们的脸上表情不一，长久的战争早已消磨了胜利的期待，他们或麻木，或平静，或左顾右盼，或低头匆走，唤醒他们的并不是对生活的期望，而是一种无可奈何的生存。他们始终保持着默默无闻，事不关己，只是为了能够在这乱世中多活一分，多活一天，承受着乱世的动荡，多么地可笑，活着竟然成了一种奢望，一种期盼，但又无可奈何。偶尔路过的一两个人中，脸上流露着难得的笑容，可能是对生活的期盼和努力吧，也有可能是被今天格外好的天气所影响，旁人无从得知。

东方既白，极司菲尔路两侧，百乐门的霓虹灯早已熄灭，静安寺的钟声响彻云端，一路向北，街道愈发的冷清，空中不时地传来几声乌鸦的哀鸣，周围的空气中仿佛都染上了血腥味。在一处深宅大院中门口的牌子上写着：极司菲尔路76号。

从76号大门口进入，入眼的是一座三层楼的办公楼，大门门口设置了两个值班室，左右两边分别为男女宿舍，办公楼的后面是食堂和审讯室，不时地传来几声撕心裂肺的惨叫，整个布局呈回字形，仿佛提醒着里面人的处境，周遭的气压低得令人喘不过气来。

办公楼的二楼最里间，房门紧闭，墙上的牌子写着"情报科科长办公室"，办公室的布局很简单，一把椅子，一张宽大的办公桌和一个接客用的沙发茶几。一位女人正坐在桌前办公，乌黑的头发一丝不苟地盘到脑后，未施粉黛的脸庞反而衬得其容颜姣好，眉间浮现着阵阵幽冷和孤寂，脊背挺得直立，一身干净简练的军装更是衬得她如孤山雪峰一样，两杠三星的上校军衔诉说着她的军功，左上衣的履历条代表着她的经历，可望而不可即，她的一对秀眉时而舒展时而撅起，素白纤细的手指握着铅笔在纸上写着旁人晦涩难懂的数学公式。静谧的空气中只有笔尖在纸上摩擦的声音。阳光透过身后的玻璃，为其镀上了一层淡淡的光圈。

"吚，小徐，忙着呢"，在门被推开的同时声音也一起传了进来，李士群走了进来，作为传闻中"魔窟"的主人，李士群外表与常人的想象大相径庭：他年纪轻轻，不到四十岁，面容和蔼，脸上总带着三分笑意，个子不高，身材中等，穿着一身熨帖的西服，梳着时下流行的偏分，戴着一副银边眼镜，若是不认识他的人恐怕还以为他是个温文儒雅的教书先生。

可徐洁音知道，在李士群这一类人的皮囊下，不是什么血肉骨骼，而是藏着一个肮脏卑鄙、杀人如麻、卖国求荣的恶鬼，不知道是踩着多少同胞尸体才爬到今天这个位置，成为76号的掌权者。

随着李士群进来的还有一股淡淡的血腥味，虐杀犯人，是李士群一贯的"乐趣"，也不知道什么时候成了76号的"传统"，那天心情不好了就随便从牢里拉出来几个无足轻重的犯人，严刑拷打一番，最后弄死。说来可笑，这些所谓的"犯人"都是不知怎的就被冠上了赤匪蒋匪的名头给抓了回来。

"小徐，从现在起，放下手头一切工作，全力破解从共党截获的316号电文，我会让科员叶梦微配合你"，正说着，一份棕绿色的文件夹就放在了徐洁音的办公桌上，上面标有红色"密电"字样。

"喂，后勤处么，我，李士群，情报科科长徐洁音和科员叶梦微要破译重要密电，从现在开始执行一级安保，直至任务完毕"。李士群放下电话对着徐洁音说道："小徐，好好干，等任务结束了我向汪主席给你申请嘉奖。"

"主任，您太客气了，为党国效力是我的本职，我一定会好好干，不负主任所托和主任对我的栽培。"徐洁音站起来神色认真地对着李士群说道。

"哈哈哈，不错不错，一心为党国效力，不错不错，等这次任务完成，我亲自给你举行庆功宴"，李士群说完就出去了。

木制的楼道地板上传来一阵"哒哒哒"的皮鞋敲击地板的声音。

一位身穿绿色军装的年轻女军官飞快地走着，军装领口处的肩章上别着一杠一星的少尉军衔，左上衣的上方贴着与军衔相对应的履历条，干净利索，面容白皙，五官立体，给人一种望而生畏的感觉。

"咚咚咚"一双白皙的手，食指和中指微扣，有节奏地敲了三下门。

"进"，清冷的声音从门后传来。

女人走入门内，说道："情报科科员叶梦微，奉李主任之命，前来协助科长您破译316号密电"。

"嗯，知道了，"徐洁音在说完后，眼神里闪过一丝不易察觉的探索目光。

经过一天一夜的破解，密电内容已跃然于纸上，徐洁音看着密电内容，陷入了深深地沉思中，忽然好像是记起什么，猛地看向旁边的人，只见叶梦微早已因为疲惫而沉睡。

也就是说，现在除了自己，没有人知道密电的内容。

纸上秀丽有劲的字，写着：中共特务，代号—老汉，于七月三日早上在浦江茶馆和上海中共地下间谍—老虎接头，接头暗号为"这西湖龙井固然好喝，但却不适宜早晨喝，午饭后喝最为合适；人各有所爱，阁下说是不？"

徐洁音再一次陷入了沉思，老汉要来上海和老虎接头，消息已被76号截获，行动已经暴露，一旦自己的上级老虎被捕，那将会对整个上海地下情报网造成严重损坏，届时会有更多的同志被捕，自己一定要将这一情报传出去，阻止接头。

徐洁音，毕业于美国宾夕法尼亚大学数学系，主攻电讯破译，五年前回国，一步步坐上情报科科长位子，于民国二十五年加入中国共产党，是潜伏在76号的中共高级间谍，是插在敌人心脏上的一把利刃，代号庄生，上线老虎，下线影子，单线联系。

徐洁音抬手看了一下手表，距离李士群给的时间就剩最后几个小时了，自己一定要将情报传出去。可是，在抓捕任务完成之前，自己是出不去76号的，贸然出去之后引起暴露的风险，怎么办？怎么办？

看来，只有这个方法可行了，徐洁音眼眸暗了暗。

"喂，后勤处，给我和叶少尉端来两杯绿茶，对，现在就要，好。"

刚放下电话，叶梦微就醒了。

"对不起科长，我实在是太困了，不小心睡着了"，叶梦微慌忙站起来对着徐洁音说道，表情诚恳，像极了一位害怕挨上级骂的下属。但仔细看其眼神，又好似深井一般，捉摸不透。

"不碍事，电文已经破译完成了，我让后勤送来两杯绿茶，喝了就好好打起精神工作。"徐洁音漫不经心地说道，只是眼光早已在叶梦微身上扫视了好几遍。

一个文职人员，手上会有长时间握枪才会形成的茧子，睡觉时全身会形成一种自我防护戒备的姿势，恐怕就连刚才的假睡都是有意而为之，种种迹象表明，叶梦微绝不可能是一个破译人员的简单身份。

思考间，茶水已经送进来。

徐洁音望着杯中漂浮着茶叶的茶水，像是下决定一般，端起来仰头喝下，这一举动把旁边的叶梦微都惊呆了，这得是有多渴。

于是出声劝道："科长，您慢点喝，不够的话我让后勤再拿来一杯"，说完又自顾自地品尝起手中的绿茶，打趣道："科长，您还别说，这76号的茶还真不错，比我家的茶都好喝。"

见没人回答，又叫了一声，"科长"，抬头看去，只见徐洁音早已不知为何趴在了桌子上，满头大汗，双手死死地揪着腹部，双眼紧闭，脸色惨白。

"科长，科长您怎么了，哪里不舒服？"在说话的同时还看了一眼密电内容。

叶梦微见徐洁音情况严重，于是朝门外走去，大喊着帮忙，错过了徐洁音睁开的双眼。

很快，行动队的张队长和电讯处的王处长赶来。

"小叶，怎么回事，不知道保密守则了吗，大喊大叫的，你们科长就是这样培训你们的？"王权抽着雪茄说道，一张老脸阴沉，好像别人欠了他多少钱是的。

"不是的，处长，是徐科长她突然晕过去了，而且看情况十分严重；""真的，不信您看。"害怕王权不相信一般，还专门侧过身去，让王权看清楚。

只见徐洁音还是如刚才一般，只是情况好像更严重一些，隐隐有休克的迹象。

张封航走到徐洁音身旁，看了看刚才徐洁音喝水的杯子，转头问向叶梦微"徐科长是不是对绿茶过敏？"

"这，我也不知道呀，科长平时都一直在办公室中，很少和我们说话，更不要说这些问题了，现在咋办呀，要不送医院吧，我看科长好像快不行了。"叶梦微慌忙答道，话语间已有丝丝哭腔。

"王处长，您说送不送医院？"张封航把这个问题踢给了王权。

面对这种情况，王权抽了一口雪茄，缓缓说道："这恐怕有所不妥吧，这徐科长奉李主任之命，破译电文，这任务还未结束，现在就离开，不好吧，万一情报泄露了，这个责任该谁担当？"说完又抽了一口雪茄。

叶梦微此时脸上已经有了愠色，恢复了她大小姐的脾气"情报情报，眼里就只有情报没有人命吗，情报不是已经破译出来了吗？"把密电举起来给王权和张封航看。

"再者，徐科长破译能力过人，如果她有个三长两短，这科室里的电文恐怕要堆积了吧，到时候李主任怪罪下来王处长您能承担得了吗？"说完又看了一眼不省人事的徐洁音，开口道："我承担不了情报泄露的后果，只是不知道这整个叶家能不能承担得了？"

说完后狠狠地盯着王权看，大有一种你要是不同意我就先弄死你的表情。

王权犹豫了几秒钟，笑道："小叶呀，不要冲动嘛，有事好说，这整个上海谁不知道你叶家呀，整个76号都是靠着你父亲养活，就连汪主席都要给你父亲三分面子，我王某人一个小小的电讯处的处长，怎么敢不给你叶大小姐的面子呢，我这就安排送徐科长去医院。"

趴在桌子上的徐洁音把对话一字不落地全听了进去。

不一会儿，徐洁音便被送到了医院，安排了急诊，而叶梦微则盯着手术室的门，脑海里想着那封密电的内容，共党要来上海接头。

急诊室内，徐洁音满头大汗，神色痛苦地摸了三下耳朵，主治医生看罢，对着旁边的助手说道："去医药室再多拿一剂止痛剂"。

待助手出去后连忙趴在徐洁音耳旁。

"行动暴露，取消接头。"说完后徐洁音再也坚持不住，昏死过去。

"好的，庄生同志，我知道了。"没错，这个医生就是徐洁音的下线，中共地下党影子。

经过一个小时的救治，徐洁音脱离了生命危险。

医生打开急诊室的大门，对着叶梦微说道："幸好送来得及时，目前已脱离生命危险，可以转入普通病房，过几个小时就可以醒过来。哦，病人对茶叶严重过敏，情况严重时会导致休克，家属给病人告诉一声。"说完便走了。

五个小时后，徐洁音醒了过来，想抬手看时间，便感受到了自己的手被叶梦微牢牢握住，看向叶梦微的眼神中除了探索还有一丝别样的情绪，说不清道不明。

徐洁音手上用力，弄醒了叶梦微，以玩弄的口音说道："怎么，叶大小姐这是累了，委屈得只能让你陪我在医院里睡觉了，这要是叶会长知道了会不会弄到76号和汪主席那里，说我虐待你。"说完后看着叶梦微。

叶梦微听完后撇了撇嘴，用大小姐的口吻说道："那科长想好怎么给我赔罪了吗？说不定我心情好了就不告诉爸爸"，随后又一本正经地说："科长，你对茶叶过敏知不知道，还敢喝那么浓的绿茶，差点休克了，真是不要命了。"

说完后意味深长地看了徐洁音一眼。

经过一夜的休整，徐洁音恢复得差不多便出院了。

和叶梦微回到76号，徐洁音便感觉到了氛围的不对劲，李士群一张老脸拉得老长老长，脸色铁青，身边的人个个都低下头，一副挨训的样子。

"徐科长回来了，身体如何？"说完后虚伪地笑了两下。

"多谢主任关心，已无大碍。"徐洁音不卑不亢地回道。

"哼，你无大碍，我有大碍了，你知不知道，由于情报泄露，导致抓捕任务失败，为了此次的抓捕，一举打尽上海地下中共情报网，梅机关和76号花费了多大的时间和精力，才找到确切的情报。徐科长你告诉我抓捕情报为什么会泄露，提前让共党知道。"说完后看向叶梦微。

"哎哟，叶大小姐也在呀，徐科长昨天是去医院了，那你昨天又是去哪里了"李士群又阴阳怪气地对叶梦微说。

"报告李主任，这里是76号，只有叶少尉或者情报科科员叶梦微，没有什么叶大小姐，昨天因为科长过敏休克，我便送科长去医院了。"叶梦微和徐洁音一样，不慌不忙地说道。

"呵呵，李某人可不敢，谁不知道你叶大小姐的名气，叶会长的独生女，叶会长又是上海经济委员会和叶氏商会的会长，和汪主席以字相称，亲如兄弟。只怕叶大小姐告诉你父亲，到时候我就要从76号的大门里滚出去了。"

叶梦微只是在李士群说完后扫了一眼他，眼神告诉他："算你识相，敢在我面前嘚瑟"。

随后便拉着徐洁音往情报科科长办公室走去，对李士群一个多余的眼神都没有。

"这个李屠夫，迟早有一天我让我爸爸弄死他，敢欺负到我叶梦微的头上。"叶梦微一进门就开骂，完全没注意到自己现在就像是一头生气的小海豚，气鼓鼓的。

面对这样的叶梦微，就连一向严肃的徐洁音都忍不住想笑，捂着嘴笑个不停。

"好呀，科长，我都冒着生命危险送你去医院了，把我叶家的头衔都搬出来了，你居然笑我，哼！我生气了"，叶梦微一副你不哄我我就不好的样子，这惹得徐洁音更想笑了，但为了这个小海豚，还是硬生生地忍住了。

"好了好了，为了给你赔罪，你现在可以下班了，两天没回去你父亲也该担心了。"徐洁音收敛笑意说道。

"小姐回来了。"

"嗯，爸爸呢？"

"先生在书房。"

书房内

"爸爸，我有话对你说"。叶梦微神色严肃地对着叶会长说道，此刻叶梦微的脸上不再是桀骜不驯的大小姐神色，也不是害怕上级的新人，而是一副成熟、严肃，间谍才有的表情。

叶梦微，叶会长的独生女，毕业于德国哥廷根大学数学系，于民国二十九年加入军统，代号江石，上线叶会长，隶属戴笠直接管辖，任务：刺杀军统叛徒王权。

"爸爸，我怀疑徐洁音是共党埋伏在76号的间谍——庄生，三天前李士群交给了她一份共党接头密电，我协助破译完成，在电文完成后她因为过敏而送入医院，但巧的是，由张封航带领的抓捕队由于消息提前被共党知悉，抓捕任务失败。所以我现在怀疑徐洁音就是共党间谍庄生。"

"爸爸，对于这件事您怎么看？"

"梦微，你还是太年轻了，你以为中共高级间谍庄生会这么轻易让你猜到她的身份。"

"那爸爸的意思是，徐洁音她在试探我？试探我是军统的、中统的，抑或是日本安插在76号的眼线。"

"梦微，你记住，庄生能在76号这么久而不被发现，他一定有着超高的智商和反应能力，不是你能够找出来的，你不要再试探徐洁音了，隐藏好自己的身份，切不可鲁莽行事。"

"好的，爸爸我记下了。"

"但是，爸爸，这次情报泄露，76号和梅机关一定不会善罢甘休的，到时候还不知道会有什么动作。"

"好了，梦微，爸爸知道了，你先去休息吧。"

"好的，爸爸。"

窗外风刮得厉害，乌云黑压压的一片，压抑得令人喘不过来气。

暴风雨前的宁静！

在第二天早上，叶梦微刚到76号便被梅机关的特务带走，一起被带走的还有徐洁音、王权、张封航三人。

一行四人被带到梅机关的地下审讯室。

在四人打量审讯室之际，一阵军靴叩击地板的响声传来，待来人在上方观看台上站定，四人都吸了一口凉气。

南造云子，有着"帝国之花"称号的日本女特务，曾化名廖雅权打入国民党国防部的汤山镇温泉招待所做招待员，窃取了许多重要军事情报，太平洋战争爆发后，开始担任梅机关第一科科长。此外，南造云子还是土肥原贤二的爱徒；1942年4月的一晚，南造云子被军统特工暗杀在法租界霞飞路的百乐门。

"奉日本司令部土肥原大将之命，由我负责，调查潜伏在76号的中共高级间谍——庄生"。南造云子居高临下地看着四人。

"来人，将他们带到梅机关的员工宿舍，分开关押。"

"庄生，记住，这里是梅机关，是你的法庭、你的刑场、你的监狱，不要抱任何幻想能够活着离开这里，也许，早些招供，早些死亡是种解脱。"南造云子在四人即将离去时阴冷地说道。

梅机关员工宿舍

四人在进入后都找到了放在不同位置的窃听器，但并没有破坏，而是在思考着今天发生的一切。

三个小时候，王权的房门被敲开，带入了审讯室。

"王处长，你是老间谍了，在你手上被捕的间谍没有一百也有七八十了吧，你认为你们这四个人当中谁是庄生？"

"南造科长说笑了，你太抬举我了，要真说谁是中共间谍，我认为徐科长的嫌疑最大，密电是由她破译的，而且在抓捕任务还没结束之前，她去了一趟医院，有传递消息的机会……"

"叶少尉认为你们之间谁是庄生呢？"

"这我怎么知道，我又不是庄生。"

"哦，我一直很好奇像叶大小姐这样，家境优渥，富豪的掌上明珠，年轻、聪明、漂亮，为什么会进入76号来？"

"南造科长知道'死神似乎是我征途上的仆人'这句话吗？"

"不知道。"

"'死神似乎是我征途上的仆人'。这句话出自托马斯·爱德华·劳伦斯的自传《智慧七柱》，我是一个天生的冒险家，在德国留学时期，经常和朋友做各种极限运动，只是为了追求那一瞬间的多巴胺，享受荷尔蒙飙升的刺激感，享受死亡，就连爸爸都说我是一个天生的冒险家；南造科长，我现在这么说，你明白我为什么要进入76号的原因了吗？"

"疯子，你可真是一个彻彻底底的疯子，进入76号居然是为了体验冒险。"南造云子评价道。

"那你以为，谁是共党？"

"张队长。"

"为什么？"

"因为是他负责抓捕的呀。"叶梦微一脸天真地说道。

南造云子没说话，只是以眼神示意叶梦微继续：

"说不定是张队长在抓捕前就悄悄地告诉了共党呢。"

"徐科长怀疑谁是庄生呢？"

"不怀疑。"

"徐科长，你撒谎了，在你刚才说不怀疑的时候你右眼快速地眨了一下，嘴唇微抿，这是典型的撒谎表现，告诉我，你怀疑谁，又或者你认为谁是庄生？"

"叶梦微。"

"哦，叶梦微，有意思，说说看你怀疑的原因。"

"张队长，可是76号里有名的活阎王呀，听说死在你手下的人不计其数。"

"南造科长这话什么意思，我杀的人可都是军统和中共的人。"

"张队长你战功赫赫，连我都敬佩不已。"

"张队长有怀疑的人吗？"

"王处长。"

"张队长怀疑的理由呢？"

"王处长在来到76号以前，是军统的人，这一点南造科长不会不知道吧。"

"王权这只老狐狸，谁知道他是不是假意来投降，好获取情报向戴笠邀功；说不定早就加入了共产党，做一个三面间谍。"

两个小时的审讯，南造云子一无所获。

魔鬼投票法

"哼，这四人还真是玩得一出好计谋。"南造云子眼神阴鸷。

四个人都被投了一票，看似每个人都有嫌疑，实际上每个人都没有嫌疑。

一夜过后，王权被南造云子请进了梅机关的刑审室，映入眼帘的是各种沾满血迹的刑具，有些上面还带着犯人的皮肉。

"王处长就没什么想说的吗？我记得，密电的内容王处长也是有机会知道的，为此王处长你不解释解释吗？"南造云子手握鞭子，漫不经心地说着。

"是，我是看到过密电的内容，那时徐科长晕倒了，要送去医院时我不同意，叶少尉拿给我和张队长看的，但我确实不是中共的间谍。"

"啪"，鞭子甩在了王权的身上，瞬间皮开肉绽，随后越来越多的鞭子被甩下；待南造云子停下时，王权早已昏死过去，浑身上下血迹斑斑，了无生气。

"把他带回去，看好了，不要让他死了。"说完便丢下鞭子向外走去。脸上沾染着刚才因审讯而留下的血迹。

梅机关徐洁音房间内，接头失败，老汉和老虎都是安全的，上海的情报线没有遭到破坏，只是自己身陷牢狱之中，无法脱身，看南造云子的架势，不找到间谍是不会罢休的。看来只能找个替死鬼了，三个人之中，谁才是最合适的替死鬼哪，应该找谁？徐洁音陷入了沉思。

张封航，此人莽夫一个，只会杀人，想把他诬陷成中共间谍，没人会相信。

王权，多年沉浮在间谍的世界，城府颇深，又是军统的叛徒，倒是可以。

叶梦微，一个千金大小姐，想必是刚成为间谍不久，还不会隐藏自己的身份，才会让自己这么容易试探到她的真实身份，只是不知道她进入76号的目的什么，把她弄成间谍，自己也于心不忍。

不知为何，徐洁音想到叶梦微时，眼神中会流露出别样的情绪。

梅机关叶梦微房内

要抓中共间谍，那自己这个军统间谍倒是乐得清闲，这四个人中，自己不是，张封航那个蠢货就更不是了，王权早已叛逃军统，自己的任务就是杀他，南造云子若是认定他是共党间谍，倒也省了自己动手了。那，就剩一个徐洁音了。

看来自己有必要和她好好谈谈了。

"科长，是我，梦微。"

"不知道叶少尉找我有何公干？"徐洁音倚靠在门上，并没有让叶梦微进来的意思。

"当然是来和科长说说话，讨论讨论破译方面的知识了。"叶梦微边说边往里面挤。徐洁音无奈，只能让她进来。

…………

"科长，你有信仰吗？"叶梦微问道，

"人活着，总要依靠一个信念，就像婴儿依靠母亲一样，旧的信念破灭了，总要有个新的，人便可以重生。"徐洁音看着叶梦微缓缓说道。

"那科长，你的信念是什么？"

对于这个问题，徐洁音避而不答，而是反问："你知道谍报人员的职业生命是什么吗？"

"是忠诚"，"不，是毁灭，毁灭黑暗、毁灭光明、毁灭正义、毁灭秘密、毁灭信任、毁灭一切不能被毁灭的存在。间谍，就是从天庭上盗下火种的普罗米修斯，让黑夜里的秘密再也无法隐藏。如果真有人们所说的无法破解的秘密，那也无所谓，只要我把自己投入火里，让这把火烧得更热、更烈，直到烧掉秘密。"

"疯子，我一直以为我是一个疯子，现在看来徐上校才是一个彻头彻尾的疯子。"叶梦微在听完徐洁音的话后，开口说道："这样比起来，我与徐上校可谓是小巫见大巫，在下甘拜下风，时候不早了，我先走了，晚安，科长。"说完便退出门外。

南造云子房间

有着"帝国之花"称号的南造云子也不是个傻子，叶梦微能想到的问题，南造云子自然也会想到。这四个人当中，看来徐洁音就是庄生无疑了。

"马上提审徐洁音。"南造云子对着副官说道。

刑讯室内

"徐上校，你说，我是应该称呼你为徐科长呢还是徐上校，又或者庄生"。

"南造科长这是什么意思，我并不明白你在说什么。"

"没关系，一会儿徐上校就明白了。"

徐洁音被绑在刑讯椅子上，南造云子捏着她的下巴看着她："告诉我你的上级是谁？你们的接头联络在什么地方？"

"南造科长是不是说错话了，我不是庄生，又怎会知道你说的这些问题。"

…………

两人之间距离极近，徐洁音目不斜视，从始至终不曾折射出半分恐惧，反而每次都把问题又原封不动地推了回来。

南造云子拉开了和徐洁音的距离，取下来一条鞭子。

"啪。"

徐洁音咬紧了牙，不发出声音来。

铁链扯着手臂又往上绞了些，随后密集的鞭子落了下来，在白色的衬衣上形成朵朵红梅。

……铁链绞着手腕，刑架上的女人低着头，眼睛里是海上的夜色，浓得化不开，纯粹又朦胧，只有海上的夜风才会看清楚那里面盛着什么。

"徐上校，好些了吗，现在想清楚要说什么了吗？"

自然不怎么好，挨了那么多的鞭子，胸腹间都是伤痕，呼吸拉扯着伤处，翻着绞着地疼。潮湿发霉的空气侵扰着气管，徐洁音强忍压抑着想要咳嗽的生理反应，实在是没有什么力气去回答这种毫无意义的问题。

南造云子搬了把椅子坐在徐洁音的面前："这样真是辛苦徐科长了。"

外面雷电交加，虽然是夏季，但地牢终究阴冷，而徐洁音身上穿的还是带了血的衬衫。

南造云子又取了一枚铁钉，簇新的刑具还闪着亮光，此时正在行刑人的指尖流转。怒上心头的南造云子手起钉落，徐洁音的肩上又开出一朵红梅。

"啊！"

徐洁音的惨叫声冲击着南造云子的耳膜……

难得赏心悦目，南造云子又捡起一颗钉子，放在鼻下嗅了嗅，铁腥味。

她走了过来，一点一点拔出深埋在血肉里的钉子，徐洁音疼得不断抽气。

"啊……"

马蹄形的铁圈贴在手腕上，电流发出滋滋的响声，流过神经，传遍全身，走入骨髓，每一个细胞都在遭受着电的炙烤……徐洁音不由自主地随着电流的强弱而痉挛，耳内轰鸣，眼前乌黑，时而清醒，时而迷乱，意识就如同海啸中的桅杆，忽隐忽现，随时都有可能被折断。

"告诉我你的上级是谁，在什么地方，接头暗号是什么？"

"南造科长……我不知道……你再说什么，我不是……共党……间谍，又怎么会……知道你所说的……这些呐。"

"还不说吗？"

"我没有……什么……好说……的，就算你……杀了我……我也……没有！"

电流一次比一次加强，徐洁音一次又一次地昏死过去，两眼青紫，已经肿得有核桃那么大……

"徐上校，你这又是何必呐？"

"吾将……上下……而求索，虽……九死……而犹未……悔！"

"啊……"

濒临昏迷的徐洁音终于从电刑椅子上下来了，脸上的血迹已经干涸，在昏黄的灯光下就像带了假面一般。双腿几乎无法站立，侍卫刚把她搀扶起来，没走两步就又跌在了地上。

南造云子面无表情地看着这一切。

"送她回房间。"

叶梦微正躺在床上看书哦，便听到了隔壁徐洁音房间开门的声音，从床上坐起来，开门看见的是犹如一只破碎的洋娃娃。

"科长，你没事吧，南造云子这个狠毒的女人，居然把你打成这样，等我出去了我一定让我爸弄死她。"叶梦微一边狠狠地说道，一边扶着徐洁音，眼泪却不争气地流了下来。

"科长，你先躺着，我去给你拿医药箱上药。"

躺在床上的那一刻，徐洁音眼前阵阵发黑，胃里也是翻江倒海地疼，若不是这些痛感过于明显，她甚至都怀疑这副身体到底是不是自己的，如果不是咬着牙苦苦支撑，她现在一定早就和一摊烂泥一样了。

军装被脱下，入眼的是狰狞的伤口和已经不能被称为衬衫的衬衫，松松垮垮地套在身上，全身上下没有一块好的皮肤，脸色惨白，嘴唇也有点开裂。叶梦微的心在发疼，虽然她也不知道是为什么，用颤抖的声音问："告诉我，疼不疼，你说你……为什么呀？！"

想要紧紧扣住徐洁音的肩膀，但自己现在连碰都不敢碰一下，生怕弄坏她，双手无处安置，只能死死地抓住徐洁音身侧的床单。

"徐洁音……你这个疯子……你他妈真是疯了……"

现在所有的事情都需要为给她处理伤口让步。

意识到这一点后，叶梦微在房间里翻出了医药箱，将碘伏瓶子连同手上的棉球，镊子一起放到床头柜，随后又将那个小盘子拿了出来，等准备完毕后，便低着头把椅子拉过来，坐在徐洁音的面前。

低头看着徐洁音染了血的衣服，搅了搅手指，似乎是在做什么心理斗争，最后深吸了几口气后努力调整好自己的情绪才敢抬起头。

手指飞快地将衬衫解开，里面的皮肤毫无保留地呈现在眼前，比自己想象得还要严重些，叶梦微喉头一哽，死死皱着眉头。

纵横交错的裂口，淤血，叶梦微此刻仿佛感到了那些鞭子狠狠打在自己的心上，疼得她快要窒息。

眼泪成串地往下掉，身体更是因为哭泣不停地抽搐。

最终只能一边掉眼泪一边将一旁的棉球镊子拿起来，沾了些碘伏，"可能会痛，你忍着些。"说完后便将镊子向前送了送。

在棉球接触到伤口的那一瞬间叶梦微就感觉到了徐洁音的颤抖，以及额头上肉眼可见地冒出汗来。

经历了一个多小时，徐洁音的伤口终于处理好了，层层纱布包裹在洁白的娇躯上，因为处理伤口的缘故，嘴唇比刚才又白了几分，额头上渗出了层层密汗。

"你先休息一下，我让人给你送点吃的。"

"好。"

床上的人睡得并不安稳，伤口隐隐作痛，胸口急促地呼吸着，额头布满大汗，双手死死地抓着睡衣的衣领。

"科长，你刚受伤，先喝点粥！"

端着粥回来的人一进门便看到这样的景象，徐洁音躺在床上死死揪着胸前的衣服，布料因用力而变形，额头上满是虚汗，仿佛陷入了什么梦魇；叶梦微将手中的粥放下飞快地跑到床边。

"科长，醒醒，醒……"

南造云子这边也因为审讯而心烦，庄生这个共党间谍，一直是她心头的一根刺，早在以前就和庄生交手过数次，但从未见过庄生本尊，连声音都未曾听过。庄生就好像是黑夜中的夜魅，在夜色的掩护下，进入日本情报部的心腹，向共党传递这消息，这次，好不容易有了庄生的消息，自己无论如何都要把他揪出来。

"来人，提审徐洁音。"

经过短暂的一夜休息，身体并未恢复，伤口一动就会隐隐作痛。但南造云子可不管这些，指挥手下粗鲁地将徐洁音架在刑架上，微扬起下巴，懒懒问道："徐科长，伤口还疼吗？"

这不废话吗，徐洁音闭上眼睛不做回答。过了好一会儿，开口道："我不知道南造科长是从哪里听到我是庄生这样的消息？还是你只一心想要捉住庄生，而屈打成招。"虽然被绑在刑架上，但气势却丝毫不输南造云子。

南造云子看着徐洁音，笑道："徐科长好定力，都现在这么个时候了，还能如此气定神闲，说话有理有据，在下佩服，既然你这么想知道我是如何确定你是庄生的，告诉你也无妨，毕竟死人的愿望是不可以拒绝的。"

"根据李士群所说，电文主要是你破译的，巧的是在密电破译完成后，你设计去了一趟医院，成功地将密电内容传给你的下级，阻止了接头。"

"南造科长大概是忘了，密电的内容可不止我一人知道。"

"李主任确实是让我破译密电的，但还派叶梦微来协助我，在我晕倒期间，王处长和张队长也来过情报科科长办公室，所以他们三个人都有嫌疑。"

徐洁音顿了顿又说："现在南造科长一来就一口咬定我是所谓的庄生，想屈打成招，恐怕这样的供词逼问，不能写入共党间谍的审讯报告吧。"

"那徐上校可以告诉我，你明知自己喝绿茶会过敏，却偏偏还要喝，其目的不就是为了能够将情报传出吗？"

"我并不知道我对绿茶过敏，只是在杂志上偶然间看到绿茶有提神醒脑的功效，你也知道破译是很费脑子的，很容易疲劳，忙了一夜，喝一杯绿茶不过分吧。"

⋯⋯⋯⋯⋯

两人你来我往，唇枪舌剑地不分上下。

"既然这样，那徐上校不妨告诉我，其余的三个人中，谁最有可能是庄生。"南造云子盯着徐洁音的眼睛，仿佛想从徐洁音的眼睛中看出来她的惊慌和无措，但显然是失败了，一个间谍是很容易控制自己的面部表情的，更不用说是像庄生这样的高级间谍。

徐洁音懒懒地说道："我并不知道。"

"不知道？我记得上次的时候，徐上校还指控叶梦微是庄生了呢。现在又说不知道，我该相信你说的哪一次呢？"

"我记得上次我并没有百分之百地告诉你叶梦微就是庄生吧，我是一个数学家，对于任何事情的结果都是用既定的数学公式加变量得出来的，关于上次我说的叶梦微可能是庄生这样的话，只是我根据当时的情况推断来的。"

"那徐上校现在又为什么不认为叶梦微是庄生这个推理了？"

"蠢货。"徐洁音薄唇轻启，缓缓吐出两字。

"你说什么？"

"我说，废话，浪费人的智商。南造科长难道不知道叶梦微的家世吗？一个富豪千金，家境优渥，感情动得比脑子快，人动得比形势急。这样一个人，根本不适合做间谍，不管是军统或是中共，都不会选这样的人来传递情报。"

"而且，叶会长是上海乃至全国数一数二的大富豪，大资本家，这样家庭出身的人，绝不会是共产党。"

"那照徐上校这么说，叶梦微不是共产党，有可能是军统的人了哦。共产党是无产阶级，但国民党不是。"

"这只是你的个人猜测，我无权评价。"

徐洁音说话滴水不漏，南造云子并没有从中得到有用的消息。

"提审王权。"这是徐洁音走出刑讯室时听到的话。

行至房门前，便看见叶梦微在自己的门前来回踱步，不知在低头思索着什么，连自己来了都不知道，戴笠培养的间谍警惕性都这么差吗？徐洁音心想。

"咳咳……"

"科长你回来了，南造云子没有再对你动刑吧，伤口还疼吗？"

"无妨，你来干什么？"徐洁音边说边推开门进去。

"来给科长你上药呀，你后背有伤，自己上不上药，而南造云子派的医生你肯定不放心，这算来算去，好像也只有我了，嘻嘻。"叶梦微一脸我是为你好的表情说着。

药涂了一半时，徐洁音突然开口说："戴笠没教过你撒谎的时候不要说太多细节吗？"

上药的手停顿了一下，时间很短，一般人根本察觉不到，但作为庄生的徐洁音还是察觉到了。

"科长，你在说什么呀，戴笠我压根就没见过，他又怎么可能教我撒谎。"

"你还是太年轻了，看来是刚入行不久吧，我猜戴笠给你的任务是让你除掉军统叛徒王权吧。"徐洁音虽说的是疑问句，但语气是肯定的。

叶梦微停下了上药的动作，抬起头来坐在椅子上和徐洁音对视，眼里不复刚才的神色："你就这么肯定我是戴笠的人，那你又是哪一方的人，我猜是共党吧，我说得对吗——庄生。"

徐洁音只是对着叶梦微微笑着，并不做回答。

"算了，管他哪方人，现在最重要的是你的伤，万一感染了可就不好了。"叶梦微率先败下阵来，自己果然不是庄生的对手，还是太年轻了。

"既然你已经猜到我是庄生了，为什么不告诉南造云子，这样你的嫌疑就可以洗清了，也可以早点从这里出去了。"

"你不也一样嘛，知道我是戴笠的人，不也没告诉南造云子吗？"

待伤口处理好之后，叶梦微坐在徐洁音的身边，问道："科长，你说是你所信仰的乌托邦好呢，还是军统的好？有时我真不知道我当初加入军统，成为一名间谍这个决定到底对不对？"

"人活着，总要依靠一个信念，就像婴儿依靠母亲一样，旧的信念破灭了，总要有个新的，人便可以重生。我相信那份信仰足以拯救所有误入歧途的生命，也许完美并不存在，但追求的道路一定比起随波逐流更有意义。"

"梦微，你，可明白？"

"科长，你先好好休息。"叶梦微说完就出去了，只剩徐洁音一人在回想刚才的话，自己真是不太对劲，竟然对军统间谍说出这样的话，虽然两党现在是一致抗日，但冲突还是有的，这种自爆身份的事，自己还真是第一次做。可能是出于间谍的直觉，认为叶梦微是可信的，不会出卖自己，可是在这乱世浮萍中，人心有用吗？徐洁音忍不住问自己。

这边，叶梦微回到自己的房间后，内心也是久久不能平息，自己本来就是诈徐洁音的，根本就没料到徐洁音会承认得这么干脆，还对自己说出那样的话。说自己年轻，她不也一样，随随便便就承认了自己的身份，就不害怕自己告诉南造云子来换取平安吗？见鬼了，担心她干什么，当务之急是想想怎么出去，爸爸肯定知道自己被带到梅机关了，当下出去的唯一办法只有让南造云子找出庄生了，但这个庄生不是徐洁音而是其他人。找谁当这个替死鬼呐，要不就王权吧，他本就是军统的人，加入共产党也不会觉得有什么。再者，如果王权被认定是庄生，南造云子肯定不会放过他，也倒省了自己动手了。

叶梦微是这样想的，徐洁音也在考虑找替死鬼这件事，但发现并不是很顺利，南造云子不傻，相反她很聪明。这次想要脱身好像不是很容易了。

接下来的一天风平浪静，但都知道这只是暴风雨前的宁静。真正的灾难还未来临。

王权在刑讯室待了一天一夜后被人架了回来，看得出来南造云子是下狠手了，比当时徐洁音的不知道要严重得多少。但也意味着王权是庄生的这条嫌疑洗清了。接下来又是如何，不知道，毕竟人为刀俎我为鱼肉。

现在没有进刑讯室的只有叶梦微和张封航了。叶梦微是身份摆在那里，动刑之前是个人都会考虑后果，毕竟叶会长的独生女，叶家的大小姐不是谁想动就能动的，再者就像徐洁音所说，叶梦微是军统和中共的可能性都不大。张封航充其量只是个杀人的天才，不知道有多少军统和中共在他手上丧命，这样的一个人绝不可能是共党间谍。

是徐洁音还是王权，南造云子的审讯陷入了瓶颈，刚才老师来电说，叶会长亲自致电给汪精卫和松井司令，询问叶梦微被抓进梅机关一事，松井已给出答复，三天内一定会让叶梦微完好无损地回到叶家。

南造云子闭眼回忆着刚才王权说的话："我是进去了情报科科长的办公室，也看了密电的内容，但我直至抓捕任务完成后的这期间都一直待在76号，连76号的大门都没出去过，又何来泄密一说呢？"

按照王权的说法，徐洁音是庄生无疑了，可她是如何把消息传出去的呢？难道是……

叶梦微这边，"科长，你还记得刚来这里时，你告诉我谍报人员的职业生命是毁灭吗？"

"记得。"

"那科长现在还是坚持认为谍报人员的职业生命是毁灭吗？"

"那你认为谍报人员的职业生命是什么？"徐洁音反问道。

"是信仰，就像你所说的人活着总要依靠一个信念。"

"我现在告诉你，谍报人员的职业生命究竟是什么，我不知道，每个人看问题的角度不同，所得到的答案就不一样。我只知道，民族已到危急存亡之际，寄意寒星荃不察，我以我血荐轩辕。我要天下一统，要黄金时代，要国泰民安，要这世间再无家破人亡，妻离子散，要因战争流离失所的难民不再无家可归，要失去父母的无辜孩童不再无依无靠。我要赶走日本人，让这片土地上再无硝烟弥漫、流血牺牲。"

"梦微，你可懂我？"

人生一世，草木一秋，活下去都需要自己所需要的。

叶梦微不知道，这次的对话会是她们最后一次见面。

徐洁音再度被带到了刑讯室

"徐上校可认识这个人？"南造云子将一个打得面目全非的人丢在了徐洁音面前。

"不认识。"

"不认识，没关系，我可以帮徐上校好好回忆回忆。在你晕倒被送到医院的那天早上，这个人就是你的主治医生的助理，她告诉我她曾出去过一段时间，这中间你们有交接传递消息的可能，我顺着这条线索查了下去，果不其然，在当天晚上有人看见那个医生走进一栋居民楼里，片刻便出来了。我猜那个医生便是你的下线吧，本来想让你和他见个面的，可惜了，在抓捕的过程中枪走火了，你的下线死了，但这并不影响你是庄生这个事实。"

"徐上校，徐科长，庄生；你还有什么想说的吗？"

徐洁音在听完南造云子的话后，表面上虽然依旧是不动声色，但内心更多的是对同志牺牲的惋惜和如今情况的被动。自从进来到这梅机关开始，也许自己就不可能活着出去，之所以一直和南造云子周旋，可能是为了那渺茫的希望和多陪陪小姑娘吧！不知道自己死后小姑娘会如何……

面对徐洁音的沉默，南造云子心下了然："将徐洁音押到犯罪室，二十四小时严加看管，明早移交司令部交由老师亲自审问。"

坐在犯罪室板凳上的徐洁音，看着从小窗口投下来的丝丝太阳光线，伸出手在光线中挥动着，让阳光包裹着自己的手，似是想要从中抓住最后的阳光和温暖。

良久，从军衣上领处取下一颗白色的小药片，氰化钾，糖衣外包皮，八十五毫克，十秒钟便可毙命，这是汪伪政府每个军官的标配，为的是在被军统或是中共抓到时，可以防止消息泄露用来自我了断。

徐洁音拿着氰化钾，看着阳光，吞了下去，被移交到日军司令部自己肯定会没有尊严地死去。谍报人员可死不可辱，相比较，吃氰化钾可体面多了。

在接到徐洁音自杀的那一刻，南造云子砸了身边能砸的所有东西，就连来报告消息的士兵也被殃及，倒在地上血流不止，片刻间便不动了。本来想着这次可以连根拔起中共上海的整个情报网，可结果却是如此。

"恭喜各位，庄生已经找到了，并且服毒自杀；各位的嫌疑洗清了，我会安排人送各位回去。叶小姐，你的父亲很想你，对于此次事件我深感抱歉，改日我会登门向叶会长谢罪。王处长，当初多有得罪，对不住了，现在一切真相大白，庄生系徐洁音无疑，我会向司令部申请对这位的嘉奖。"南造云了一脸虚伪地说着。

"南造科长过奖了，为大日本帝国效力是我的职责所在，现既然庄生已死，我身上的疑点消除，也就没什么了。"王权打哈哈说道。

四人进，三人出，而庄生永远地留在了这吃人的地方。留下的好像还有什么。

回到76号，李士群为了表现自己体恤下属，庆祝庄生被捕，便在百乐门为三人举行宴会，76号全局上下的人都参加，可谓热闹至极。觥筹交错，灯光闪烁，众人酒酣。一场宴会举行到晚上十一点多才作罢，一群人摇摇晃晃地走出门去，有车的便被自家司机扶上车，没车的便被服务员拦了黄包车报了地址拉走，叶梦微也醉得不省人事，临别时还和李士群和王权唠叨了几句，便被自家司机扶上车了。

王权的专车维修去了，也没乘坐黄包车，一个人哼着小调走在路上，很是得意，徐洁音死了，自己虽然让南造云子打伤了。但祸兮福之所倚，福兮祸之所伏。自己因公受伤，不知道日本人这次会给自己什么补偿，说不定会是76号的副主任一职呢，王权边走边盘算着，丝毫不知危险的来临。

"王处长很高兴嘛，那我再让你高兴高兴。"说完就扣下了扳机。

王权只听到声音，还未作回答便倒在了路边，一颗子弹从太阳穴中穿过，脑浆和血液顺着弹孔流出，流在人人踩踏的青石地板上，而后又淹没在黑夜中。

叶府

"小姐，需要给你准备醒酒汤吗？"

"不用了，爸爸呢？"

"先生在书房，说是要等你回来。"

"嗯。"

"爸爸，王权死了，戴笠交给我的任务我完成了。"

"梦微，你太莽撞了，你可知你今天贸然刺杀王权，很容易让76号和日本人怀疑你的。"

"爸爸放心，当时我是和李士群、王权打过招呼才走的，而且已经喝醉了，一个醉酒的人是不可能完成刺杀的。"

"爸爸，一个靠刺杀的政党，真的能拯救这个破碎的国家吗？我们一直以来所坚持的信仰是对的吗？"叶梦微第一次对自己的信仰发出疑问。

"汉奸是民族的叛徒，人人可以得而诛之；现在这个国家在这样的时刻，任何阶级，党派，军队都不该是敌人。英租界里走的是伦敦时间，日占区里走的是东京时间，蒋公的官邸里走的是华盛顿时间，在这个黑铁时代里的人们，连眼里的时间都是分裂的，都是靠信仰支撑下来的。你父亲只盼望着在有生之年，这些在中国分裂的时间能够统一，所有的中国人都能像指针一样按照中国的时间，以同一个频率，一直走下去。"

"爸爸，"

"好了，休息去吧。"

"号外号外，76号电讯处处长被人暗杀街头，号外号外。"卖报的小童手里拿着报纸边走边摇。

对于王权的死，76号和日本人并没有说什么，对外宣称是死于军统锄奸队。

因为徐洁音已死，叶梦微破译能力出众，被提拔为情报科科长。

不是所有的故事都能被流传，然而所有的故事终将被遗忘。水中火，火中冰，笼中兽，枕边刀。一切都是那么的疯狂，然而最疯狂的还是时间，时间让一切都轻易地飘散，就像短暂的一啸而过的风声。

如果雪山能看见，如果风声能抓住，如果命运能预知，如果时光能倒退，如果岁月能重来，如果，那么我想，我依然会像当初那样。

作者简历

文丽蓉：银川能源学院商学院能源经济专业学生。

初评评委推荐语

一个很不错的谍战文本。写了一段发生在国共联合抗日期间的故事，文章对日本人、地下党、军统间谍等人之间的周旋、拉锯抒写细致，结构环环相扣，引人入胜。尤其在典型人物塑造上较为突出，对具有双重身份的两位女主人公形象塑造得比较丰满、生动。文笔较为老练，故事情节设定也合乎逻辑。（计虹）

一等奖

雪里的麦子（节选）

朱江龙

一

农民的日子，总是在不紧不慢中度过。他们不像上班族的人群，每天都按照程式化的生活方式去度过。对于农民来说，一年四季，最忙的季节是夏天和秋天，因为只有在这个季节，他们才会收获自己的心血。夏季金黄的麦子，伴随着阵阵热浪，扑面而来。皮肤黝黑的农民站在田间地头远远望着。他们的眼神，就像是看着自己的孩子一般怜爱。而最闲的日子就是冬季。世间的每一个生命体，仿佛在这个时候冬眠，因为仅仅是如同冬眠，便没有春天的盎然，没有夏天的火热，也没有秋天的萧索。还有一个季节，应该依旧用"不紧不慢"四个字去形容这种状态。春光灿烂，万物复苏，看着个个生命的还原，我们总想着，生命的过程是一段非常奇妙以及幸福的旅程。在这段旅程中，有时候会出现荆棘满途，也会出现大红大紫。但是，无论何时何地，只要每一个生命体在阳光、空气、水源等条件中行走，便是对上天所给予的生命最好的回赠。

赵二因为那天听了赵冲老婆说的一番话之后，便一直闷闷不乐。那些话经常在自己的脑海里打转，但是他始终不相信，自己的媳妇自己最了解，可是为什么自己一直会在脑海里浮现出大哥和自己媳妇私会的场景。事情过了好几天，赵二的心情便跟随着暖和的阳光而变得舒朗起来。他告诉媳妇自己要去街上转转，顺便买点东西。赵二媳妇就满口答应，让他放心地去吧，自己在家里看着孩子。赵二一个人走在蜿蜒的山路上，好久都不见同路人。直到走到塬上时，人才渐渐多了起来。忽然听到后面传来一串"丁丁零零"的声音，自己回头一看，原来是一个男人骑着自己家的骡子要去街上卖。看那黑毛骡子，背子上搭着鞍子，还有给骡子绑的大红色布条缰绳，脖子下戴着一个铜铃，嘴上套着马嚼子。长长的鬃毛，大大的眼睛，看起来比毛驴漂亮多了，但还是缺少了高头大马的那几分豪气。一路的铜铃声打破了中午艳阳高照下的寂静。赵二也全神贯注地盯着那匹骡子，听着节奏感极强的铃铛声呆住了。正在自己也幻想着什么时候换掉自家的毛驴，能够买上一匹骡子，用来拉犁耕地，不仅威风而且有劲儿的时候，忽然听见后面传来一声："老赵，等等我，咱俩一搭儿走吧。"赵二回头一看，原来是屯子里的小李，便停住了脚步，等上小李便问道："你咋才去街上呢？"小李便说道："你不也是嘛，天气热死人了，去那么早干啥呀！"赵二想想说得也是。赵二便掏出了喜梅牌香烟给小李发了一根，小李赶忙用双手接住，笑着说道："老哥现在在外面混得好了，抽的烟也这么上档次。"赵二笑了笑说道："出去在外面，人家都抽这烟，也不是啥好烟，就是比咱们的老旱烟好点儿。"于是，小李掏出自己的打火机先给赵二点上，然后给自己点上。抽了一口，便感叹道："唉，好东西就是好东西。就是咋感觉抽起来没有旱烟硬一点。"赵二说："纸烟都这样吧，可能是烟草加工过了，没有咱们的旱烟硬吧。"于是，两人边走边抽，小李忽然问道："老哥，外面是不是能挣住钱得很？"赵二抽了一口烟，说道："有活的话还行，比在家里种粮食强多了，没活就闲下来了，这不我回来了嘛。"小李便笑嘻嘻地问道："老哥，那你下次走的时候，看能不能把我也领上。"赵二说："也行，我到时给你问问吧。"想了想又接着问道："你走了家里咋办？"小李思考了一会儿说道："家里也没啥，老爸老妈自己还能照顾自己，我也没娶媳妇。光杆子一个人，出去了给自己挣点钱，也好瞅个媳妇么。"赵二听了这话，回答道："你能这么想，也好呢，趁着年青，出去干点活挣点儿钱，以后瞅媳妇儿也好瞅。"两个人就这样你一言我一语地说着走着，赵二忽然又想起了赵冲老婆说的那些话，心下便又有点怀疑，就对小李说："老哥想问你个事儿，你能给我说说嘛。"随着，又给小李发了一根烟，小李便笑着说道："看老哥这话说的，有啥事还不能说的，你尽管问就是了。"说着，便接过烟，这次没有抽，便将烟夹在了自己的耳朵上。赵二说道："咱俩说的话，就咱俩知道，你可不敢给别人说啊。"小李便摆手说："放心吧，老哥，我这个耳朵进，那个耳朵出！"赵二问道："我出门不在家的这些日子里，你有没有听到关于你嫂子的啥闲话呢？"小李想了想，很干脆地回答道："没有的，老哥，我嫂子的为人，你还不清楚吗？天天就想着怎么过好日子。"赵二听了，心里有几分高兴和满足，又轻轻地问道："真的假的？你可不能哄我呀？"小李在心里嘀咕着，关于赵二家的闲话，自己还真听过了，不过呢，自己一直都没放在心上，屯子里的妇人们说的闲话，在自己的眼里，就当是放屁一样，自己压根儿就没有放在心上。另外，自己要是把这闲话说给赵二，以后家里出个事儿，那自己可就内疚死了，况且，自己还想跟着赵二去外面混呢。因此，小李便肯定语气，斩钉截铁地说道："哎呀，看老哥你呀，咋还连我都不信了呢。我说没有，那就是没有。"赵二听了这话，此时的心里便更加放心了，笑着拍了拍小李的肩膀，说道："老哥相信你，相信你，走，咱俩赶集走吧。"

到了街上之后，摆摊的没有几个，赶集的也没有几个人。快到夏天了，中午的天气显得异常烦闷与燥热，对于农家人来说，这样的温度，的确适合在忙完家务之后好好午休午休。一般家里没有什么必须买的东西，没人去赶集。赵二和小李两个人有一搭没一搭地闲聊着，在这里问问这个摊子上东西的价格，在那里问问那个摊子上东西的价格。一二百米的街道，站在这一头可以望见那一头，走了一圈儿，两人便没心思再转了。小李对赵二说："老哥，要不咱俩去牲口市场转转，看看最近牲口啥价儿。"赵二点了点头，两个人便悠悠嗒嗒地来到了牲口市场。没想到，街道里没有多少人，倒是把所有的人都集合在了牲口市场。在焦灼的太阳下，伴随缕缕热风，牲口排出的尿臊味迎面扑来。赵二捂了一下鼻子，说道："真他妈难闻。"小李便笑着说："我觉得还行吧，老哥这几年在外，很长时间不干家里的活了，可能一下子有点受不住了吧。"赵二听了这话，说不清楚为什么，感觉心里抖了一下，一时感觉不好意思，不知道该说什么了。两个人走到一个卖骡子的跟前，只见骡子周围站满了大老爷们。他们大多数穿着脏衬衫，破褂子。有抽烟的、说笑话的、聊家常的、讨价还价的，等等。唯独赵二穿了一件白色的衬衫，虽然算不上特别崭新，但是洗得非常干净，黑蓝色的裤子，干净的布鞋。多多少少给别人的感觉就是，站在自己身旁的这个人，有点和自己不同。站在中间的骡子，大大的眼睛一眨一眨的，好像在思考着自己将来的命运，是被买去杀了，还是依旧活下来，为自己的主人在田间地头效劳。卖骡子的那人，巧舌如簧地和顾客们讨价还价。其实，他知道，这些人并非真心实意地买自己的骡子，只是想在无聊的光景中打发无聊的时间，而自己又何尝不是呢。做生意这种事，本来就是如此，消磨时间，能把自己的货物说成花一般，才是最好的效果。就像卖骡子的这位，在他的心里，自己的骡子貌似相比于那匹高头大马，无论各个方面，都会略胜一筹。他红着脸，嘴里的唾沫星子就像浑浊的雨滴一般活力四射。他说到激动处，旁边的骡子被惊了一下，猛一抬头，差点儿把自己的主人摔了一跤。卖骡子的这人脸依旧红着，看不出来，到底是因为天热，还是因为尴尬。便哈哈大笑地朝着骡子骂道："我把你个驴×的，你难道还要成精了不成？"说得众人哈哈大笑，自己也跟着赔笑。

　　牲口市场的周围有一排大柳树，一到这个季节，大柳树枝繁叶茂，四散开来，将毒辣的阳光仿佛隔绝开来。陪自家男人来牲口市场的妇女，大多都不愿意陪着晒太阳，因此便两人一对、五人一群地集结起来又在说闲话，比如说：谁家养了几头猪、几只鸡、谁家的粮食在地里被谁偷了、谁家的男人有人了、谁家的女人偷汉子了、谁家的孩子学习好之类的家庭琐事，因此听起来乱七八糟的，说到高兴处，看起来更是手舞足蹈。赵二因为向来习惯安静，便离开了"卖骡子"的群体，独自一个人准备溜达到大柳树底下去乘凉。距离大柳树大约有十步之远的时候，看见一群妇女后背对着自己，坐着聊天。忽然随着一股风吹来，他隐隐约约地听到了自己的名字，赵二原本以为，这些妇女在夸自己和别的男人不大一样，且这两年出门在外混得好呢。就准备悄悄过去，和她们打个招呼。于是，又悄悄上前几步，只听到她们说道："唉，这个世上，啥人都有，你看那赵老二，这两年刚出去外面混好，谁知道，他那个老婆又和赵老大有一腿，你说，这让人咋说呢嘛！"赵二顿时心里揪了一下，又听到一个女人说道："唉，就说嘛，这人谁能说来呢，平常看着赵老二媳妇，咋看咋正经，你说这是怎么了，真的是世道变了吗？"又一个女人说道："谁要是把谁能看透，那还了得。好了，咱别说这些了，人家的事嘛，咱们不管。"赵二听了这话，心里顿时凉了半截。两腿灌了铅一般沉重，自己想要上前问个究竟。可无论如何挪不开脚步，便转身往回走。那些妇女只听"唉"的一声，还以为旁边的女人叹气，笑着问道："好好的，你们叹啥气？"这些女人这才反应过来，原来不是她们在叹气，倒是像个男人的口气。猛地回头一看，见是赵二，个个顿时变得目瞪口呆，不知该要说什么……

二

赵二原本在小李口里没有问出什么多余的话，就一直以为自己之前所听到的都是些无厘头的话语，便放心了很多。然而，在这个不经意之间的举动中，传入自己耳朵的，仿佛已经不仅仅是个笑话、耻辱、背叛，更多的是一份莫名其妙的失落感，甚至是对生活的一种绝望。他慢慢地走在路上，柳树上的蝉鸣更加聒噪，接近于歇斯底里的悲鸣。骄阳如火般地依旧照在大地的每一寸肌肤上，路旁的花儿垂下了头，草儿弯下了腰。赵二手指的烟，一根随着一根。他现在的心情就像那一团交错复杂的丝线，难以分理出来。他也说不出自己为什么会这么失落与悲伤？是太过在乎，还是仅仅因为受不了别人的冷嘲热讽，流言蜚语。

赵二晃晃荡荡地到了家中，看见妻子一个人在洗衣服。他站在大门口的角落里，望着眼前的这位女人，结婚已经三四年了，虽说家里的生活一直都是平平淡淡，没有太大的起伏波澜，一日三餐，两个孩子，早已让这个曾经同样拥有过如花年纪的姑娘变成了一个为油盐酱醋而奔波的黄脸婆。想到这儿，赵二心里泛起了阵阵心酸与不安。自己原本不想去相信所谓的那些飞短流长，可是，自己的坚强性格又让自己时时感到不安。终于，他走进了大门，来到妻子跟前。

赵二媳妇将衣服放在用了许多年的搓板上，使劲地揉搓着，间或将衣服放在水里蘸点水，继续重复着之前的动作。赵二静静地站在她的面前，而她却全神贯注地看着手里的衣服上下翻滚。因为洗了很久很久，所以两只手通红，就像是冬月小孩子的手。不过，此时她的手只是很红，很瘦。并不像冬天被冻了手的孩子那样，很红，很肿。赵二终于开口了，问道："唉，我问你，你说自从咱们结婚到现在，我对你怎么样？"赵二媳妇听有人说话，由于太过认真，被吓了一跳。赵二明显看见她的身子发出了一阵剧烈的抖动。赵二媳妇的眼睛直勾勾地盯着赵二，惊讶地说道："哎哟我的妈呀，你想吓死我呀，回来怎么也不说一声呢，悄悄地站着，心差点都被你吓得跳出来了。"赵二慢慢坐下来。蹲在媳妇的面前，面无表情地问道："你说，咱俩结婚这么多年，我对你怎么样？"赵二媳妇一时有点不好意思，以为赵二要对自己说一些关于情情爱爱的肉麻话。低着头笑着说："都老夫老妻了，两个孩子都这么大了。还问这些话，你也真是的。哎，对了，你去街上买了啥？有啥好吃的吗？给两个孩子带进去吧，我洗完了就做晚饭。"赵二听了这话，一时竟感到无语，但他还是不甘心，再次问道："我只想问你一句心里话，我对你怎么样？"赵二媳妇这才笑着说道："你今天咋了嘛，哎呀，你对我好得很，好得很，这下行了吧。"赵二听了这话，心里又有了几分满足。可正当这种满足萦绕于整个身体以及周围的环境时，不知不觉又说出了一句话，等这话说完之后，他才完全清醒了过来。赵二说道："既然好，那你为什么还要对大哥好？"赵二媳妇依旧揉着手里的衣服，大洗衣盆里的水就像激流的小溪水碰撞在了石头上，她竟然没听见。于是便问："你说啥，大点儿声，没吃饱饭似的。"赵二这次完全清醒了，他后悔了刚才问的那么愚蠢的话，可是，自己心里的耻辱感和好奇感在相互碰撞着。最终，这种耻辱感和好奇感还是战胜了之前的自己心中的那份可信中的不可信。他咳嗽了一声，问道："你既然对我好，为什么还要对大哥好？"赵二媳妇完全听清楚了这句话，就毫不思考地说道："咱们的大哥，不对他好对谁好？"她刚说完这句话，感觉心里就像被电击了一下。她马上感觉到，自己的男人一定是听了别人的闲话，而怀疑到了自己。于是，便停止了手里的衣服，问道："老赵，你说这话啥意思？你是不是听到谁说啥了？"赵二轻轻地苦笑了一下，回答道："嗯，确实。我就是有点想不通为啥，没别的意思。"赵二随即缓缓地站起来，叹了一口气，轻轻地抬起脚步，准备进到屋里去。赵二媳妇放下衣服，站了起来，问道："老赵，你到底听到啥闲话了，你给我说清楚吧？"赵二这才转过身，轻视地笑了笑，然后说道："好啊，你既然想知道，我告诉你。我在街上听他们说，你跟大哥做了不干不净的事。"赵二媳妇连忙解释说："你难道宁愿相信别人说的闲话，也不愿意相信我吗？自从你走了之后，大哥就来过咱们家一次，那是因为看见我太忙了，来帮帮忙。大嫂和旁人不理解，说闲话也就罢了，现在连你怎么也不分青红皂白了吗？"赵二听了这话，顿时感觉火冒三丈，便冲着媳妇大吼道："我不分青红皂白，这样的丑事，没有大风，哪能起得大浪？"赵二媳妇此时也被自己的男人气得发抖，说道："好，你不相信我，我也不解释了，你爱听谁的话就去听吧。"赵二听到她如此说，便十分肯定，这件事并不是谣言，的确是确有其事。便过去把地上的洗衣服盆子踢翻在地上，铝盆子里的水肆意流着，几件衣服洒在了地上，就像跌倒的孩子，委屈地趴在地上，盆子被踢了一个深深的凹坑，叮叮当当地在院子里滚了几圈，就像受了伤的战士发出的呻吟一般。赵二因为气急败坏，又冲着媳妇骂了一句："做了不要脸的事儿，还这么有理。"便走到媳妇跟前，踢了她一脚，只见赵二媳妇哭着进了屋子里。赵二这时候才发现，虎子站在自己的后面，拉着他的衣襟，说道："爸，不要打俺妈。"里面炕上的龙龙听到声音，吓得也大哭了起来。

此时，天边的红霞如血一般红，整个大地仿佛也如晚霞一般。

三

一连几天的时间，赵二和媳妇一直处于冷战的状态。他每天心不在焉的，早晨睡起来收拾妥当之后，便出去外面溜达去了，有时候甚至一天都不回家，赵二媳妇也不知道他的活动范围。那天，天气阴沉沉的，赵二媳妇心想，天气暴晒了好几天，难不成要下雨了。便将自家院子里的所有物件都收拾起来放在了零碎屋子里，将几天前洗的衣服也一一收了进去。那几天前洗的衣服，就像一位老人一般，经历了太多的风吹雨打，显得有些褶皱。她把衣服抱在怀里，轻轻地嗅着，扑鼻而来的是一缕泥土的味道。赵二媳妇这才明白，原来洗过的衣服在外面放了好几天，早已被尘土再次吹脏了。但是，这在每一个生活在这片黄土高原地区的人们看来，人的一生，从出生到成长，直至死亡，都是与黄土打交道。

小时候和黄土玩耍；长大了，为人妻，为人母时，依旧是在黄土地里耕耘；等到去世之后，还是安安静静地被黄土埋没。因此，他们已经习惯了与黄土朝夕相伴的日子。赵二媳妇这才将手里的衣服抖了抖，明显地看见了尘土的飘扬。自己转回身子向屋子里走的时候，由于心情不好，没有注意脚底下的一块砖，一不小心摔倒了，手里的衣服散落在了眼前，而自己趴在地上，感觉到浑身无力。这时候，她的内心充满了太多的无助。她觉得自己的内心充满了无奈和痛苦，却没有一个人真正去理解自己。她，哭了，而且哭得很伤心，声音很大。屋里的虎子听了，吓了一跳，赶紧跑出来，看着自己的母亲摔倒在地上伤心地哭着。便赶忙跑过去，伏在母亲的旁边说："妈，你怎么了呀？很疼吗？"虎子一边说着，一边给母亲拍打着衣服上的土。用自己细细的手拉着母亲起来，她慢慢地站了起来，一只手摸着虎子的头，另一只手抹着脸上的眼泪，对虎子说："虎子长大了，妈没事，好着呢，就是不小心摔倒了，摔疼了。"她说完这句话，破涕为笑。虎子也高兴地笑了，两只眼睛扑扑地闪着，说道："妈竟然还哭，好羞呀。"说着说着，娘俩都笑了。她去捡起了散落的衣服，虎子也跑了上来，将地上的衣服迅速捡起来交给母亲，才跟在母亲的身后进了屋子。

快到中午的时候，天气依旧阴着，却是迟迟不见下雨。因为两人怄气，赵二媳妇也想去外面转转，散散心。正巧这天是赶集的日子，自己便将头发洗了洗，给两个孩子换上新的衣服，取了点儿零花钱，抱着龙龙，手里拉着虎子，娘儿三个赶集去了。她此时此刻的心情，就像这弯弯曲曲的山路一般，走了一路，沉闷了一路。只有虎子一个人叽叽喳喳，跑跑停停，就像一只快乐的小鸟儿飞来飞去。约摸过了半小时之后，娘儿三个才走到了塬上。眼前的景物，没有了山的阻挡，变得豁然开朗，逐渐地也看到了很多人的身影。因为这一天的天气格外凉爽，所以赶集的人也多了起来。人们大多一来是为了出来散散心，二来也是为了准备点蔬菜等家用的东西。赵二媳妇正走着，忽然听见有人喊，回头一看，原来是邻村的熟人。那人问："哎呀，最近好长时间都没看见你，一天在家里忙啥呢？"赵二媳妇说道："最近这几天也没啥活儿，在家闲着呢。"于是，两人便说说笑笑地去了街道，她的心情也逐渐好了许多。到了街上之后，果然今日人数比往日的多了许多，但人虽多，却不至于拥挤。摆摊的商贩也多了几家，但所有的商品还是只有那些。她抱着小儿子龙龙，虎子依旧在后面跟着。虎子看着街道的人们和卖吃的地方，小脑袋转来转去，一双眼睛也在滴溜溜地转动，像是从未见过这么多人似的。或者，更像是刚出生的小婴儿，对这个世界充满了好奇心。虎子看见了一个卖苹果的摊子，便趁着母亲不注意，一个人呆呆地站在摊子跟前盯着苹果看，一根小指头噙在嘴里。卖苹果的人问道："孩子，想吃苹果吗？很甜的。"虎子头也没抬，只是答应着说道："想吃。"卖苹果的人说道："想吃就让你妈来给你买几个吧。"虎子这才想到，自己可以让妈妈买。忽然一抬头，却看不见了妈妈，转动着自己的脑袋，东南西北，上下左右都看了，就是没有看到自己的妈妈。虎子便被吓倒了，"哇"的一声大哭了起来。赶集的人也被吓了一跳，以为有人抢孩子呢。便一起拥了上去，七嘴八舌地问虎子怎么了。虎子抬头一看，这么多陌生的面孔和眼睛齐刷刷地看着自己，又被吓了一跳，竟哭得比原来更大声了。卖苹果的人一时无奈，便连忙取了一个苹果塞给虎子，问道："你哭啥呢？你家人呢？"虎子看了看手中的苹果，便不哭了，说道：

"我找不到妈妈了。"这些人才明白，原来是因为孩子走丢了而找不见妈妈了，于是松了一口气。且说赵二媳妇回头一看，不见了虎子，隐约听到了孩子的哭声，以为虎子遇到了危险，便跑了过去，一看虎子没事，便放心了许多。向买苹果的人问清缘由，倒把大家都惹笑了。虎子泪眼巴巴地啃着手里的苹果，还把手里的苹果让给母亲吃。赵二媳妇笑着对卖苹果人说了谢谢，随即也买了几个苹果，领着虎子走了。走的时候，虎子回过头来，冲着那人笑了笑，那人看着虎子也会心地笑了。赵二媳妇取出一个苹果，用手擦了擦，咬了一口，嚼了几下，吐到龙龙的嘴里。龙龙的牙齿没有长全，慢慢感觉着苹果的汁水在嘴里慢慢融化，便高兴得手舞起来，赵二媳妇看了一下虎子，然后看了一下龙龙，会心地笑了。赵二媳妇和自己的两个孩子在街上转了一下午，一路上碰到的路人都热情地向他们打招呼。热心的大妈们都会上去和赵二媳妇聊聊家常，而赵二媳妇也非常有礼貌地陪着大妈们说说心里话。在这个名不见经传的小地方，生活着一群名不见经传的人。她们的脸庞，有慈祥、和善、信心；也有无助、失意、狡猾……正因为如此，才让她们的生活变得有趣。在这个小地方，当一群人出现在一起的时候，总是会显得有点儿鱼龙混杂，就像这条街道上的建筑物，有经过风霜雨雪侵袭的痕迹，同样也有被翻修过的印记。所有的变化都只是随着时间的推移而显得除旧布新。这条街道有过属于自己的繁华，比如每年唱大戏的时候，人们交头接耳地讨论着，将自己融入整个戏剧中。人们在自己的心里扮演着属于自己的生活方向与理想中的生活方式。繁华的日子，拥挤的人群，咿呀的秦腔，都构成了这个地方每个人的生活细节。从秦腔中，对于每一个人都会或多或少地产生过影响。青年男子总是在心里将自己扮演成一个侠士，或者是风流才子。中年男人将自己想象成王侯将相，富贵风流。老人们则将自己想象成江上渔翁，或者是德高望重的儒士。同样地，对于每一个女人来说，也有同样的想法，然而，人生本来就是一场戏。很多的时候，人们总是在想象中去完成自己所向往的那个天堂。只是，当梦醒了的时候，却依旧驻足在原地，不曾有过任何的风吹草动。他们才明白，人生如戏，然而人生和戏比起来，却显得太复杂，也太苍白。尤其是在面对生与死的徘徊时，更是一种痛苦与无望。

　　日落时候，拥挤的街道在不知不觉之间变得萧条。当西山的霞光铺在这片土地上时，人们这才开始回家。赵二媳妇带着自己的两个孩子，手里提着自己买的东西，虎子也帮母亲提着东西，高高兴兴地跑跑停停。赵二媳妇夹在人群中走在回家的路上。忽然，听到一阵女人的偷笑声和窃窃私语声，她不禁停住了脚步，竖起了耳朵，听到有人说："你看那赵二媳妇，听说和大哥有一腿呢。唉，这啥世道呀，还有心情出来转……"赵二媳妇的心突然震了一下，就像是被电击了一般，此时的她，感觉自己眼前的人群都是一些张牙舞爪的妖怪，更可怕的是，他们的眼神就像狼的眼光一样盯着自己在笑。她突然回头用幽怨与愤怒的眼神看着那群女人，那群女人这才知道她们的话被赵二媳妇听到了，于是便一下羞得面红耳赤，面面相觑。其中一个女人低声说道："快走吧，快走吧。"赵二媳妇什么话也没说，只是面无表情，用呆滞的眼神看着那群女人匆匆忙忙的身影，直至消失在自己的视野之中。这时候，虎子拽了拽母亲的衣角说道："妈，你在看啥，快回家吧，俺肚子饿了。"赵二媳妇轻轻地答应了一声"嗯"，也是在这时候，赵二媳妇才知道自己的眼眶里有了泪水，双眼蒙眬地看着脚下的路。虎子看着母亲的脸，说道："妈，你咋了，眼睛这么红。"赵二媳妇连忙说道："没啥，可能是有小虫子飞进了眼里。回去可别给你爸说。"虎子若有所思地点点头，并没有回答。

四

走在回家的路上，赵二媳妇不知道为什么感觉今天回家的路如此漫长，仿佛真的走了几百年一般。暑气渐渐消退，倦鸟归林，路旁的白杨树哗哗地响着，仿佛是一位老人在哭泣。正在这时候，赵二媳妇碰见了屯子里的一个女人。那女人问道："嫂子今天买了这么多菜呀？可够吃几天了。"赵二媳妇勉强地笑着回答道："唉，多了也可能吃不完，我还不知道能不能吃完呢？"那女人说："嫂子今天怎么说话怪怪的，买回来就好好吃嘛。你看你，现在家里日子过得还行，好好照顾两个娃娃，好好种庄稼，别愁眉苦脸的昂。"赵二媳妇木讷地回答道："大妹子说得对呀，说得对。"于是，两人说了一会儿，便各自分开回家去了。在离家剩下不远的路程里，赵二媳妇因方才听了那女人的话，心情这才稍微好转了许多。她想：不管别人怎么看自己，只要自己的家里人相信自己就行。看着两个孩子的乖巧，赵二媳妇便又多了几分面对生活的信心，因此也加快了回家的脚步。由于自己的丈夫给自己置气，她也想趁此机会回家好好做几道菜，来缓解乃至于消除这种无厘头的误会。

回家之后，赵二媳妇看见自家的大门锁着，便知道是赵二又去外面了。她掏出口袋里的钥匙刚打开门，只见家里的几只鸡趁着门开一下子跑了出来。虎子看见家里的大公鸡雄赳赳、气昂昂地带着母鸡跑出来，吓得他也赶快捡起脚下的一根棍子。原来，家里的公鸡总是喜欢偷着在人的背后啄人。虎子也因此吃过几次亏，所以自那以后见了公鸡跑，就早早吓得躲得远远的。除非手里拿着棍子之类的东西，才能给自己壮壮胆。然而，家里的大公鸡，总是像一位披着红披风的将军。虎子越是拿棍子打它，它就越是倔，撑着脖子，一副不可一世的样子，足以将小孩子震慑住。因此，虎子以后见了家里的大公鸡，第一反应就是跑，剩下来的，就是在实在没办法的情况下，才会捡起棍子，也不敢攻击，只是用警惕的眼神看着公鸡。家里的公鸡，你如果硬是和它较劲，那它一定和你硬碰硬。如果你躲着它，态度温和一点儿，它或许还会"昂首挺胸"以及"不屑一顾"地从你的身旁悠然走过。但虎子家的公鸡，只怕虎子的父亲和母亲。

有一次，一只大公鸡看见赵二大大咧咧地走着，便悄悄地从背后跟上去，然后振起翅膀，努力地飞到一定的高度去啄赵二，然后听见"啪嗒"的一声，就落在了地上。赵二返回一看，愣了一下，随即反应过来，盯着看那大公鸡，而那公鸡也同样盯着赵二看。好像在说："别以为你是家里的主人，就可以学我走路。"赵二心里也想："这两年过得还不如一只公鸡，它都欺负人。"便抬起腿踢了公鸡两脚，谁知赵二踢一脚，公鸡跳一下，而且每次还尝试着攻击赵二。赵二这次真生气了，破口大骂道："他妈的，一只老公鸡还成精了，你是不是要吃人，看我不打死你个狗东西！"于是，便在一旁捡了一根棍子，抡起来打在了鸡腿上。老公鸡顿时倒下来了，可能是因为太疼，失去了知觉，就卧了下来。赵二这才解气地说道："真是个杂种，不打你我看你是痒得慌。"于是转身回了屋子。这只公鸡等了一会儿慢慢地站了起来，用一只爪子跳着走，而另一只爪子被打断了拖在地上，悻悻地走了。

且说虎子拿了棍子站得直直的，大公鸡原本是往出疯跑，虎子倒是吓了一跳。大喊了一声："妈，快点！老公鸡要啄我了？"赵二媳妇便把大公鸡踢了一脚，说道："狗改不了吃屎，你还改不了啄人。看我啥时候闲了不宰了你。"正嘀咕着的时候，看见大公鸡早已经跑得远远的觅食去了。

赵二媳妇进门之后，将两个孩子安排好之后就忙里忙外，喂猪，喂鸡，烧炕之类的。不多一会儿，便将一切打点停当。洗手就准备做晚饭，她提起热水壶摇了摇，原来壶里已经没有了热水。烧了一锅开水之后，就开始切菜做饭。不大不小的灶房里，顿时充满了一种浓浓的家的味道。因为一家子人好几天都没有在一起好好吃顿饭，用他们的话说，家里的厨房显得有几分"冰冷"。虽然是夏天，然而却是一种给人内心的冷基调。家，永远都是家。一个家庭，每一个成员都有他的作用，缺了一个人或者两个人，便是一种没有理由的孤独。赵二媳妇准备好了菜，此时的天色已经全部黯淡了下来。炒菜的时候，赵二媳妇听到大门哐当地响了一声，便知道是赵二回来了。只听赵二拖拖拉拉地进了屋子，她还以为是赵二在外面溜达了一天累了。过了一会儿，菜已经炒好了，就喊着虎子过来帮着端饭。虎子进来到厨房说："妈，俺爸喝酒了，好像喝醉了。"赵二媳妇这才明白刚才的声音是因为赵二喝醉了，拖着酒醉的身体踉踉跄跄地进屋。但她什么也没说，只是叮嘱虎子看着脚下，端好饭菜先进去。自己往锅里倒了两瓢凉水，用烧过的灰烬热着水，说是一会儿也好洗锅刷碗。

赵二媳妇收拾妥当之后从灶房走到正屋里。只见赵二烂醉如泥地躺在炕上，出着粗气，虎子喊了好几遍都没有清醒。赵二媳妇在洗脸盆子里倒了点儿热水，然后又掺了一点儿凉水。对虎子说："你先自己去吃吧。"虎子便拿起来筷子，一个人吃了起来，龙龙在炕上坐着玩弄着自己手里的物什。赵二媳妇走到赵二跟前说道："在哪儿喝了这么多酒，快起来洗洗吧！清醒了再吃饭。"赵二依旧呼呼大睡着，没有理她的话。赵二媳妇又去给他倒了一杯热水，放了点茶叶，想让他喝点茶醒醒酒。她将茶递到赵二跟前，赵二这才坐了起来，喝了两口。然后又下了炕，但没有洗脸。稀里糊涂地往前走，不小心碰到了脸盆架。于是脸盆里的水稀里哗啦地流了一地，因为盆子是个搪瓷的，落到地上之后，滚了两圈。发出的声音，就像是一个受了委屈的孩子在啼哭着。赵二非但没有捡起脸盆和架子，而是狠狠地把脸盆踢了一脚。盆子撞在了桌腿上，发出"哐当"的一声，赵二媳妇、虎子、龙龙都被吓了一跳。龙龙大哭了起来，虎子呆呆地看着父亲，不知道发生了什么。赵二口齿不清地骂道："他妈的，倒霉了喝凉水也塞牙，烂脸盆也碍眼。"赵二媳妇问道："你咋了？是不是抽风呢？有啥事你不能说出来吗？拿东西出什么气？"赵二骂道："你赶紧滚得远远的，老子看着你就心烦。"赵二媳妇听了这话，心里一时委屈，自从她来到这个家，虽说自己和赵二也吵过架，但是还从未听赵二骂过这么严重的话。

　　想到这里，赵二媳妇的眼泪簌簌落了下来。低声问道："我做错了什么？你为啥这样骂我？"赵二吼着骂道："做什么？你说你做了什么？就为你这些破事儿，我被别人看不起。好了，啥都不说了，你赶快走远点，别在我眼前晃，我看着心烦。"赵二媳妇便抹着眼泪走了出去，到了灶房之后。一个人坐在灶口的小凳子上偷偷地抹眼泪，听见龙龙的哭声，自己又感觉到心疼。可怜的虎子下午帮妈妈忙前忙后地准备，就是为了让妈妈做一顿好饭，自己想多吃一点儿。而此时的虎子，已经完全没有了胃口，呆呆地看着那几盘菜。圆圆的眼睛、红红的脸蛋、嘟着的小嘴，但他一直低着头，一时间显得了无生趣。

　　虎子站了一会儿，一个人去灶房，忽然听见天空打了一声雷，远远地看见一道闪电。虎子害怕，但他硬装着像个大人一样不怕。到了灶房之后，看见妈妈满眼的泪水，虎子坐在妈妈的跟前，用自己的小手抹着妈妈脸上的眼泪，带着安慰的口气说道："妈，别哭了昂。"赵二媳妇回头看着虎子，满脸泪水地摸了摸虎子的头，带着哭腔说道："虎子乖，快好好吃去，妈知道你饿了，凉了就不好吃了。"虎子站了起来，去到正屋里将盘子端了回来，把菜都摆在母亲面前，给妈妈递了一双筷子，说道："妈，你陪我吃吧！"赵二媳妇说道："好，咱娘儿俩吃吧。"赵二媳妇吃了几口便放下了筷子，对虎子说道："妈吃饱了，很香的，你多吃点。"虎子又叹了一声气，低着头吃菜。赵二媳妇看着虎子，知道虎子现在已经长大了，懂得了一定的人情世故，便从中得到了些许安慰，此时的心情，百感交集，难以形容。等虎子吃得差不多了，赵二媳妇便站起来收拾碗筷去洗刷，听见外面起了一股风，不久便滴滴答答地下起了雨。这场雨，来得不早不晚，好像是在悼念谁，也好像是在可怜谁。

指导老师：马晓雁

作者简介

朱江龙：宁夏彭阳人。宁夏师范学院文学院在读研究生，宁夏青年书法协会会员。作品：长篇小说《雪里的麦子》、长篇散文《太阳下的红领巾》等。文章见于《六盘山诗文》《彭阳文学》《夏风》《搜狐文学》《当代诗刊》等。

初评评委推荐语

其一，这是一部书写底层民众生活的社会小说，跨度很长，人物较多，故事以民众的日常生活作为叙写元素，反映一定历史时期内底层人物的生活原生态，折射出底层人物命运的艰辛。其二，这是一个故事，是老杨给蛋娃讲的一个故事。准确地说还不是一部小说，小说要以写人为中心，故事要围绕人物的需要而取材、展开，不是为讲故事而讲故事，要以刻画人物的动作、心理、思维、处理事情的方式方法，表现人物的情绪，反映人物的内在气质，外在表现。长篇小说写的是人的命运。本部小说要叙写的任务是，完成对麦子命运的叙写，而不是其他，一切要为这个主题服务。其三，人物太多，文学地理模糊不集中，有随心所欲的感觉。其四，语言也不像小说语言，太随意，引用的诗词、歌词、历史资料等不够精准，有拼凑的感觉。（张荣超）

狐

杨书琴

他们全当我愚昧痴傻，看不见我藏起来的爪牙。

一

山脚下的树林好寻，难寻的是这林里的路，林外的人。花草生得茂密，放眼望去尽是斑驳的绿色，那里面夹杂着的全是些你见过的或没见过的野花。哪一棵树都是苍劲魁梧，生机勃勃到了极致的。这样大的树冠实在为虫儿、兔儿提供了荫蔽的好地方，再加上阵阵恰到好处、或停或续的风，这方圆几里间便只剩下树浪拍打的声音。绿浪是不会告诉你它的尽头的，只是在阳光下用粼粼的"波光"一个劲儿地伸展自在。

"这林子也忒大了！这可怎么寻？"眼瞅着再往前走就要入林了，张生拽了拽手中的缰绳，前头毛驴还没站稳，后头张生已经从板车上跳了下来。

"大也得寻，想办法寻！"张大直愣愣地望着眼前没有尽头的绿波，好一会儿才想起来车子已经停稳。瞅着那毛驴低头嚼草露出来的大牙，张大有些庆幸出发时带了干粮。

张生瘪了瘪嘴，眼瞅着自己老爹也是两眼一抹黑，啥也不知道，又还有什么可问的？于是，两步三步跟上张大就这么入了林。刚入林时仅是寻不到路，走了许是有一刻钟后干脆连东南西北也辨不清了。张生有些心急，随手拽了根细枝条鞭打着脚边的花花草草，激起一堆小飞虫。

"这虫咋这多？"张生扔开了枝条。

"虫多算什么？他们说……"

"爹，好大的狐狸！"

"哪呢？可是银的？"

"似，似是银的……"张生吭哧着，抬眼看见老爹蹙起双眉似是要发火，又连忙解释道："那太阳晃眼，我瞅着像是银的，又像是红的。爹，咱要是寻不着瓜爷就去寻银狐狸吧，村里人不都说银狐狸的尾巴能治百病？肯定也能治好爷爷的病！"

张大气急，手一拍，脚一跺，"那你倒是去追那狐狸哇！"

张生见老爹发了火，又忙忙地赶着那狐狸的方向去了。倒也不怪老爹生气，要说这张生好歹也是十五六岁这么大一人儿了，没跑两步路竟在急忙慌里又叫野草绊住了脚，狠狠摔了个"狗啃泥"。心想定是又要挨老爹一顿骂，手脚并用着赶忙要起来，又扑腾起了半天的灰尘。紧跟其后的张大自然是没躲过，吃了一嘴沙，一边挥着袖子赶灰尘，一边抱怨着儿子的不争气。"叫我说你啥好，你叫我说你啥好！哟，这是……"

在训斥儿子的工夫，灰尘又沉静了下去，张大这才看清了脚下。拨开那些长到小腿肚子一般高的杂草野花，露在眼前的是一长串小小的、梅花般的凹陷，就那么或浅或深地印在土里地上——狐狸，定是狐狸！张大心上大喜，也不顾及自己吃了一嘴灰，拉上儿子，双臂挥舞着一面拨草，一面紧跟着那狐狸脚印朝前走去。这狐狸应当跑得并不快，因而它的脚印才能一个连着一个挨得这样密。可为何就是寻不见它的踪影呢？莫不是只还未完全长大的幼狐，虽然步子不大却行动灵敏？呀，若真是幼狐那更是不枉此行了，只要抓住了它定是能将一窝银狐全给端了！这么想着，张大越发仔细地看这草丛间的脚印，步子也越发轻巧小心，生怕惊动了或许就藏在不远处的银狐。

可儿子说得倒也不假，这太阳实在晃眼，总觉着右脚边草丛间泛着银光，走进了才发现却是朵白花。又觉着左脚边树根后有什么东西在活动，探头过去却发现是只野兔！如今回头，身侧草丛间又是一捧泛着银光的野花，张大颇有些郁闷，回头又狠狠刮了一眼那野花，谁知这一刮却刮出了宝贝——那哪里是野花，那分明就是条什么牲畜的银色尾巴！什么牲畜？定是银狐！张大忙将一旁因寻狐狸而筋疲力尽的儿子按在原地，只身一人弯腰伏背着慢慢靠近那草垛。到了，快到了！别动，你可千万别动！眼看着离那银狐只两步之遥，张大将早就脱掉、系在腰上的布衫迅速解下，朝那尾巴方向罩去，又连忙扑身上去将那畜生压在怀底。这一扑扑得猛，张大双掌压在石块上，纵使有那样厚的一层老茧也没能保住他的手，渗出好些血，双膝更是叫枯枝烂石刮得血肉模糊。可这不打紧，张大能感受到怀里的东西在慌忙拼命挣扎。

"快，快过来！"张大一面紧紧搂住怀中的挣扎，一面回头招呼儿子。张生听见父亲呼唤，连忙起身跑来，左手死死按住，帮老爹制着那畜生，右手一挥，将老爹的布衫掀开。这一掀，两人却双双愣住——是狐狸不假，看着是只幼狐也不假，可这狐狸分明是红色的啊！张大连忙起身，一手扣住那狐狸的脖子将它提溜了起来打量着，似是不可置信，又似大失所望——这是个什么畜生，怎的身上通红，独尾巴是银的！再细细一看，那眼眶中的褐红色也不同于传说中银狐的灰瞳！张大气急，"忙活这样久，却是为了这么一只杂毛畜生，还惹了一身骚！"说罢，抬手就要将这红色幼狐摔死。

"爹，这可使不得！你杀它做什么！"

"我留它做什么！"

张生见那红色幼狐渐渐弱了气息，像是在挣扎不动，不由生起怜悯之心。不过是只出世不久的畜生，又未曾招惹过谁，偏要它的性命做什么！于是，也不顾老爹正在气头上，使足力气双手一打一推，将张大攘在地上，抱起地上的幼狐跑出到三两步之外，眼见着它跌跌撞撞跑进了草丛才停了动作。身后的张大被儿子的举动气得丢了半天魂，也不顾身上伤痛，双脚并用地从地上爬起来就要收拾张生。却见他上一刻才将巴掌抬起来，下一刻却又顿住。张生等了许久都未感受到想象中脸庞上传来的熟悉的火辣痛感，一边疑惑着老爹的巴掌为何没扇到脸上，一边顺着老爹的目光瞅去，忽而大喜——身后有炊烟！原来二人不知不觉间竟已行到树林尽头，寻到人烟了！

"爷爷有救了！"

屋外蝉声扰人，屋内倒是一幅娴静——

"您看您可是歇好了？咱能出发了吗？"张大一边站在椅子旁朝桌上的茶杯里续着茶，一边躬身侧耳对身边人说道。只见那椅子上半坐半躺着个白衣银发老人，头发蓬松，及背的长度——不像是刻意留长的，倒更像是因为懒得打理而任由它自在生长的，这才颇显凌乱，只用了个不晓得从哪里拔来的狗尾巴草绑在脑后。而他的那身衣裳更是破烂不堪，若不是趁他走动时外衫被风鼓起，张生并不能根据他那还算干净的里衬判断出原来他穿的是一袭白衣而不是黄衣或灰衣。换作旁人，若非天天搁地里打滚，一定是不能把衣服穿得这样脏旧的——张生在心里嘀咕道，嘴上却不敢有半点动作，只随老爹低头站在一旁，一边抬着眼皮看那邋遢老头喝了一杯又一杯的茶水，肚皮都被胀得圆鼓鼓的，一边掰着指头算着自己和老爹站得怎么也该有半个时辰了。

半个时辰前，张大领着张生擅自推开了那茅草屋的门走了进去——可真不怪这张家父子二人粗鄙无理，实在是因为二人在那木栏杆围的门前喊了许久也不见有主人露面。再看这周遭哪里还有别的人家？只得先推门而入，想要打听瓜爷的住所。谁知这张大刚把两条腿迈进院子，张生连院子都没跨进来，就从屋里冲出来个褴褛老人向二人大声嚷嚷着：

"做什么的，做什么的？怎么还私闯他人家宅了！"

张大见状，一把将儿子拉近身前，又作揖躬首向老人赔着不是："老人家别慌张，我们父子二人只是想向你打听个人"，话闭，张大抬眼打量着老人，等着对方的应答，却见老人只是一会儿挠挠腮，一会儿抓抓头，俨然没有接自己话的意思，只得又自顾自说了下去："不知道老人家听没听说过瓜爷？就是那位相传能医人百病的瓜爷？"

老人抖抖衣衫，揉了揉自个儿那又圆又红的鼻头，摇头晃脑道："不知，不知！"张大觉得眼前的老人实在不大机敏，怎得连瓜爷也没听说过？莫非又要空欢喜一场！这么想着，张大就要带着儿子转身离开，只扭头的功夫又听那老人开了口咕哝道："从不知自己何时能医人百病了！"听得这话，张大与张生先是一愣，接着又心中大喜——合着眼前这位就是瓜爷！再回头细细打量这老人，虽说身着一袭白衣，却与小说话本里的那些个仙风道骨的白衣老者相差甚远，且他言语疯癫，行为怪异，得——倒是正符合乡亲们口中描述的那位痴癫的再世华佗！

眼见着费了好大劲儿要找的人就在眼前，父子二人哪里还等得住？张大一把捧住瓜爷的手说道："求您救救我们家老爷子啊，前阵子他不知怎的忽然病倒在床，村里的郎中先生都束手无策，如今就吊着口气等您去救他了啊！您是再世的华佗，行行好，快跟着我们父子走一趟吧！"见父亲这般声泪俱下哀求着，张生也不敢再傻站在一旁，干脆两腿一弯，膝盖着地，就这么直愣愣跪在了瓜爷身边。

平心论之，父子二人这求人的架势是半点不糊弄的，偏这瓜爷不知是不分轻重又或是用铁石做的心肠，只虚扶了一把张生就摇头晃脑着径直向屋里走去，哈哈着道："不急不急，我先歇歇"。于是，便有了张生站在父亲与瓜爷身旁，掰着指头算着自己与老爹站了多少时辰的画面。

做儿子的将郁闷全写在了脸上，做爹的虽是未曾面露不快却也在心间暗暗叫苦。抱怨正盛，张大却觉得眼前晃过了个银绢般的东西，定睛一看，便一扫苦苦等待的阴霾——银毛，灰瞳，红鼻，三尾：不是传说中的宝贝银狐狸又是什么？他人苦苦寻求的东西如今就这么乖乖地伏在自己眼前呢！张大面上大喜，却又想到什么似的迅速敛了笑容，只瞥了眼身旁躺在椅子上小寐着的瓜爷便没再动作。

"咳……咳……"老人从椅子上直起了腰板，"歇好了，也该启程了。"瓜爷不知何时从梦里醒来，狠狠地打了个哈欠。"哟，我的祖宗你怎么跑出来了！"瞥眼间看到了地上伏着的银狐，瓜爷连懒腰都未伸完便一把从椅子上跳起，连忙抱起银狐又小心翼翼地将它关回了一侧的笼子里。

张大看瓜爷这般珍视银狐，越发庆幸自己沉得住气，绝口不提不问关于那银狐的种种，只忙去搀扶瓜爷——

"劳您跟我们父子走这一趟了。"

二

"您老安心，我们父子是驾了驴车来的，您只管坐上去，只一会儿便能到了，绝不叫您累着。"这来时路难寻，去时路倒好走，三人不花多会儿工夫便出了林子。可这前脚刚跨出林子，后脚张家父子便傻了眼。

"爹，驴没了！"

张大晃了晃脑袋，又眨了眨眼睛，却怎么也没瞅着那匹黑色的驴子，三步两步赶上前去，又匆匆止了脚步，回头安顿儿子："搀着瓜爷，搀着瓜爷！"

待到了车子跟前，张大是半句话也说不出来了。驴没了，拴驴的绳没了，只剩个光秃秃的木板车——竟还丢了只轮子。

"唉，莫急莫急。"瓜爷看着面前的残车疲人，挠了挠头，又抓了把胡须，最后也只得摆手道："你们父子若实在没了法子便先回去寻驴子，明个儿再来接我也成。"

张大一听这话，心里大叫不好——这好不容易寻着了瓜爷，又花了大工夫才请动了这尊佛，难不成终究是白跑一趟？不成，这可不成！今个儿就是拖也得把这老头给拖回去。想到这，张大脑子里忽然冒出了那些个村里长者们最爱说的那句"敬酒不吃吃罚酒"，看来终究是要请这老头喝上一杯"罚酒"了。心间这么想着，手上也不忘动作着。趁着儿子与瓜爷僵持思考间，张大悄悄挪着步子，移到了瓜爷身后。要不说这老头痴傻呢——只搁原地站着，一个劲捋自己那把并不怎么浓密的胡子，倒是给了张大行动的好机会，眼瞅着脚边躺着半截手腕一般粗的树枝，便要悄身蹲下去够那木棒——先将这老头敲晕，带回村里便是！

"不成！"张大刚要举起木棍，却听得面前背身站着的儿子雄浑气魄的这一声，惊起了林间一众飞鸟，大惊之下扔掉木棒赶来二人身侧。

"你这小子，莫不是要叫我老头子和你一道走回家去！我可不干！不干！"

眼见着瓜爷脸上有了怒色，涨红了的双颊在银发银须间尤为显眼，张大忙起身抬手想要止住儿子再开口。谁知张生脸一抬，头一扭，躲开了老爹的手又道："不叫您累着，我背您！"说罢身子一低蹲在地上，等着瓜爷上背。这下可是叫瓜爷与张大彻底愣住了，一时之间竟不知道该如何动作——从这返家，可有一段不短的距离！

"瓜爷您莫要嫌弃，实在是爷爷的病再也耽误不得。您放心，我走得稳，不叫您颠着！"见瓜爷迟迟不上背，张生心下认定是他老人家嫌弃自己，叫别人背着哪抵得上坐车舒坦？而一旁立着的张大则是叹息连连——一棍子的事而已，哪里需要这半吊子受这疲惫的苦！可转念一想，若是翻了脸，终归会让后面的事不好办，便干脆顺着张生一起请瓜爷上背。

"孝顺娃娃！听你的吧，听你的吧。"眼见父子二人都下定了决心，瓜爷也不再推辞。谁知这刚一上背，张生便身子一滞，却没多言语，走了不到一里路，似是终于忍受不了，缓缓开了口，"瓜爷，您这腰间别的是啥啊，硌得我生疼。"张生腾出一只手揉着腰道。

瓜爷先是一愣，又忽而大笑道："嘿，你这娃娃怎么不早言语，这是我家里那畜生一截断尾锻炼的物件，老头子我皮糙肉厚，穿得又厚实，半天竟都没察觉。"说罢，将腰间物件拆下，系在手腕。张生只觉腰间不再痛了，顿时轻松了不少，谢过瓜爷后又连忙赶起路来，为了省力气一路上没再言语。只偶尔瞥见瓜爷手腕上晃动的狐尾珠，不由在心里感叹——真是个精巧的玩意儿。

要说这返程真是不短，张生认为自己走得已经够快了，除了偶尔的歇脚，一路上没敢耽误半点时间。如今眼见着已经走到了村口，月亮却也挂在了天上，朦朦胧胧的。天空已经不像去时那般湛蓝，污蒙蒙地染了灰色，视野之内目光触及的一切都不像白日里那样色彩鲜艳，灰楚楚的野草，灰楚楚的散花，哦——除了那些烛火，那些村内家家户户都已经点起来的烛火，朦胧细碎，就像是东边那片林子里的萤火虫，其中有一盏烛灯就是张生家的。这么想着，张生顷刻扫除了一天的疲惫，加快了步子，一心只想着快些到家，不知不觉间，将老爹甩在身后，留他独自一人跟在后头，也不晓得又在想些什么。一跨进院子，张生连忙将背上的瓜爷放下，也来不及管他是否站稳了，就要搀着对方去看老爷子。

屋内昏沉沉的，除了窗外有蒙蒙的月光透了些许进来，便只剩下床头点的盏烛灯支撑着这屋内的昏暗。张生先是上前看了眼躺在床上的张家老爷子，又连忙去取火多点了几盏灯。等到屋子里的黑色全都叫烛火的昏黄替代了，瓜爷这才看清了床上躺着的人。若只看模样，瓜爷实在辨不清他有多大岁数，只晓得他脸色灰黄，唇上没有半点血色，花白的头发与胡子纠缠绕作一团，露出两只半阖半睁的眼睛——只见得眼白，整个人干瘦得如柴一般陷在床里。刚进屋时，若不是能听得他因为遭受病痛折磨太甚而时不时发出的几声微弱呻吟，瓜爷压根儿没发现床上还躺着一个人的——真真是大半条命已经送给了阎王爷。

"瓜爷，您看这……"张大看着瓜爷的脸色愈发凝重，心中咯噔不已。张生见瓜爷半晌不说话，更是急得连眼泪也要掉了出来。

"给我备把刀，一碗水。"瓜爷收了视线，开口说道。

"没……没了？"张生站在一旁，不敢置信地说道。

瓜爷抬头，看着眼前的张生脸色惨白，几近与那床上躺着的张老爷子一样没了血色，竟是敛了凝重神色，如先前那般似是疯癫又似是玩世不恭地笑出了声："莫慌莫慌，老爷子的病还是能治得的。你快些去备刀与水，我才好快些把他那大半条命从阎王手里抢回来！"瓜爷话毕，只见张生嘴上虽喊着"好"，却仍是犹疑着一步三回头，干脆又开口说道："唉！那你便再给我备上药钵与药杵，要快！"或许是瓜爷加重的语气起了作用，或许是毕竟又多了两样像样的物件，张生心中多少有了底，拔腿就去寻物件，不一会儿，便匆忙赶了回来，倒是半点看不出赶路的疲惫。

瓜爷接过刀，刚要动作又想起了些什么，晃晃手道："你们二人且出去等着吧。"

张家父子相视一愣，张生更是想开口说些什么，却被老爹匆忙打断，硬生生给拽了出去。

"爹，你拽我做什么，爷爷还在里面呢！"

"你若想你爷爷的病快些好，就好好听那瓜爷的话！"

"你为什么就这么相信瓜爷，他一点儿也不像个郎中！"

"你又是哪只耳朵听我说他是个郎中！我相信他不因为别的，就为……"张大忽然止了声音，又向儿子耳边凑了凑才说道："就为他家里的那只银狐狸和他的那狐狸尾制的物件！"

这边话音刚落，张生还来不及反应老爹话里的意思，只听得身后"吱呀"一声，瓜爷从门内走了出来，双颊依旧红彤彤的，即使在这黑夜里也能看得清楚。"完事了！刚才已经给老爷子喂了药，如今只需再等半刻钟，他的命就算是彻底抢回来了。"张生也顾不得前面父亲说了些什么，更顾不得瓜爷怎么片刻工夫就制好了药，只知道他说爷爷的命保住了，撒腿便向屋内跑去。屋内床上，老人干瘦的脸上添了血色，灰黄不再，有的是能看得见的精神气，先前半合着的双眼已经完全睁开，张生能看见爷爷双瞳里映着的自己。

"生儿……"微弱却清晰的两个字从老人嘴里喊出，若是说张生上一刻心中还有所犹疑，此刻心中装着的就只剩下欢喜了。

"扑通"一声，只见张生身子猛地跪在地下，瓜爷一时分不清他是在跪床上的张老爷子，还是在跪自己。

"若不是瓜爷，张生便没了爷爷，多谢瓜爷的大恩大德！"

看着儿子忽然跪下，张大连忙将思绪从方才所想中拔出，忙不迭地握住瓜爷的手，不住鞠躬。瓜爷看着眼前不住道谢的父子二人，又望着床上张老爷子愈发清明的双眼，心中自是感慨万分，连忙将地上跪着的张生扶起，抖了抖衣衫，望着祖孙三人不住地笑，倒是难得正经了一回——

"心诚之人，定是能心想事成嘛！"

三

天已全是墨中透蓝的模样，蓝只占了薄薄一层。今夜的星密密碎碎，和村后头那一大片干沙砾在太阳的照耀下细光闪闪的明亮一样。今晚的知了倒是出奇得不再聒噪，应是早早入了梦，和屋里头再也不受病痛折磨的能夜夜安梦的爷爷一样。张生心中欣慰却又饱含急迫，爷爷入睡了好，他已经好些日子没能这样美梦过；爷爷入睡了不好，只有他醒来了才能像从前一样，在老爹责骂自己的时候责骂老爹。

"算了，总归爷爷的病是好了！"

"你可知道老爷子的病是怎么好的？"身后传来熟悉的声音，张生回头，这才看见老爹在屋角不知待了多久，正朝自己慢慢走来。屋檐的影子沉沉地罩在他身上，因他走得慢，影子从他身上褪得也慢，过了好一会儿，才叫整个人明亮起来。

"瓜爷治好的呗！"

"呆子！我看见了，他的狐尾珠子分明少了一半！"张大笃定道。"这证明什么？瓜爷一定是将它拿去制药了"，张大愈说愈兴奋。"那狐尾珠果然能治百病！"张大为自己亲身验证了乡亲们间流传的传言倍感欣喜，猛然抬头间却发现儿子竟又是站在一旁发呆，一时气结，"你这个不成气候的，到底有没有听我说话！"

"管他用什么治好了爷爷，治好了就行！"张生见老爹又发了火，却怎么也不明白自己又做错了什么。

"你就不想要那狐尾珠？"

"要那做什么？爷爷的病已经好了！"

"那是宝贝，定能卖个大价钱！"

"瓜爷不会给的——别看他疯疯癫癫的。"张生一边说着，一边向屋里张望，他似是听见爷爷在唤他，不知是不是睡得不舒坦。张大眼瞅着儿子不开窍，也不再与儿子周旋："半吊子！我且问你愿不愿随我去偷那狐尾珠？"听着父亲这么说，张生彻底愣住，他原是想去偷那珠子！

"爹，使不得，要是让瓜爷发现了怎么办！"

"咱们两个人，还怕他一个颠老头子？"

"那总不能害他呀！他救了爷爷的命，我们非但没有报答反而……"

张大属实不明白，为何自己的儿子这般不成气候，性子胆量半点都不随自己。若是再与他纠缠下去怕是要将动静闹大，索性拿起一旁的药杵，重重敲下，叫张生昏睡在了一旁。又抬眼环顾四周，确信没人发现，这才悄悄退身又一次隐在黑夜里。

今日的夜这般静就算了，怎么还偏偏这般亮。张大一边猫着身在院内穿行，一边暗自埋怨今夜的星实在太耀眼，照得似乎这院内土地本身就是月白色的一般，幸而这院子就这么大，又如见先机地早早叫瓜爷睡在了自己屋中。张大轻车熟路地踮着脚径直来到了自个儿屋外，弓着身子趴在窗边向里面望去。房内漆黑一片，什么也看不见，唯有黑色吞噬了他的双眸。张大又缓缓扭动身子别开了视线，这才终于看到一盏烛灯发出的微弱昏黄的光亮——那应当是外屋里那张木桌子上摆的烛灯。张大一边回忆着屋中的摆设，一边故意在门口制造着响动，在第三次伏在门口学了声狗叫，却依然听不见屋内有什么响动时，张大终于彻底安了心——瓜爷是真的睡着了。眼看着时辰已经不早，张大也不再犹豫，轻轻推开门便躬身走了进去。昏黄黑暗很快将张大的整个身子吞了进去，他小心翼翼地摸索着前行，双眼只盯着那木桌上独留的一盏烛灯，以此来辨明所处的位置，回想着身处之地周遭的摆设。

这外屋空荡荡的，少有摆件。走过木桌，左手边应当是摆了个盆架子的，过了盆架子再走个两三步也就到里屋了。张大这么想着，双手轻轻抵在桌面，沿着桌沿缓缓挪动着，昏黄的烛火下，他能看见自己那双抵在桌上又黑又黄的干枯树皮般的老手，看起来与那用了多年的破木桌的纹理也没有什么区别，可他分明也不过只是而立年岁。这三十多年来，他的日子过得实在是太苦了。估摸着到了盆架子跟前，张大慢慢伸出双手摸索着，果不其然，探到了那上面驾着的铜盆，冰凉的触感叫张大心中一惊，紧接着又是一喜——盆是干的，瓜爷应当是早就洗漱过，去歇息了。只要瓜爷睡熟了，就什么都好办了，张大轻轻摸索着盆沿，似乎是在摸索那枚精巧的狐尾物件儿。不再耽搁，张大又轻巧着向前跨了一步，无错。两步，快到了。三步，"咚"——猛地跌了个跟跄叫张大慌了神，啧，怎么就忘记了那还有道门槛子。张大一边抱怨，一边顺着跟跄干脆将身子伏在地上，他能听见自己心跳得极快，像是跌倒时的那声"咚"一样，胸膛处在连续不断地"咚咚"。

动静是不是太大了，瓜爷会不会听见了，是不是被吵醒了，若是瓜爷被吵醒了呢？自己是躲起来？屋子就这么大，能躲到哪里去？干脆随便寻个借口搪塞过去就快些离开！那狐尾珠怎么办？自己还没拿到狐尾珠呢。干脆和他拼了，本也不怕他……

回首，张大能看见透过门缝照进来的月光与方才一般明亮，月亮悬着的位置未变，怎么自己却觉着从进屋到现在已经过去了好些时候。一遍又一遍地催促着自己，又安抚着自己，张大抚着胸口听前方的动静。没有响动？好像是有的，窸窸窣窣。是他醒了吧，或是鼾声。是鼾声！张大总归是安了心，一手抚着胸口——"咚咚"声渐渐息了，一手撑着地缓缓站了起来。向屋子深处又挪了两步，眼前却逐渐明亮了起来，张大这才想起里屋墙上悬着的小窗，再进两步，脚下洒着的月光如霜一般，窗影投在脚下，窗就悬在右边，而瓜爷呢，他就躺在眼前。

瓜爷在眼前，狐尾珠亦在眼前！张大将腰间别的匕首缓缓拔出，收在袖中，一点一点移向床边。床上的白衣银须老人睡得安详，仿佛方才他的身前不曾有过什么动静。他的嘴巴应是微微张着的，张大看不清晰，但是他能听见瓜爷的鼾声。老人睡得自在，领口早在睡梦中被自己拉乱，衣袖也被提在肘间，露出小臂与手腕，他的狐尾珠仍挂在腕上。张大俯身向前，影子投在瓜爷脸上，他小心动作着，将匕首插进那红色的绳系间，紧接着手腕轻轻一转——红绳断开，狐尾珠就这么静静躺进了张大掌心。

张大抬身，一动不动盯着自己的手心，他有些恍惚的，这狐尾珠居然已经到了自己手中。可张大是机灵的，他不像老爹那样迂腐，更不像儿子那般蠢笨——他可没有时间搁这恍惚喜悦，他该快些离开了。张大扭身，然而方走到那道门槛前又忽而转身——他可不能这样走了，如今该走的是瓜爷。

"您老华佗济世了一辈子，做了这么些好事，如今走了也好早些去和玉皇大帝算功德。"

"您若是不走，明早一睁眼就是逼着我们爷三儿走了。"

"我们爷三儿能去哪呢？"

"那便您走吧。"

"我送您一程吧。"

张大自问一开始的确没想着伤害瓜爷，他只是想拿到狐尾珠。可如今狐尾珠到了手，如何才能守住它呢？唯有瓜爷消失。

这么想着，张大又将腰间匕首拔了出来。若说方才担心惊动瓜爷，畏首畏尾，如今便是再没了顾虑，狐尾珠已经到了手，他醒了又如何，总归是决定送他入土的。下定决心间，张大又一次靠近了床边，缓缓举起匕首，他该是要狠狠地、麻利地将那匕首插进去的，也好叫那老人走得痛快些。张大跨出步子，将刀尖对准老人胸口，鼓足了劲儿将匕首挥下。他那相叠着紧握刀子的双手不住颤抖着，月光与夜的昏明相交下，他恍惚看见有殷红的鲜血从被子上绽出，从他的双手下漫开——老人一声不吭了，胸腔没了起伏，鼻腔亦发不出鼾声，一切都结束了。

"吁——"，张大深深吐了口气，将那已不再干净光亮的匕首猛地拔出。

"咚——"

又是一声不小的响动。张大忽觉脚下一空，身子沉沉向下跌去。他手中的匕首与珠子一齐抛向空中，紧接着又一齐向下直直砸去。他想挣扎的，他想挣扎着看一看是什么东西叫他脚下一空，他想挣扎着挪一挪身子叫自己避开半空的匕首又或是避开身后那墙角，可他来不及，可他动不得。匕首直直插入他的大腿，他的头也狠狠磕在了墙角上，张大甚至不能明晰哪里的痛感先出现，哪里的痛感更深刻，便整个人重重贴在了地上。鲜血是从他鬓角处流出的吗？或是额头处。总归是顺着他的脸颊留下，连带着大腿处流出的深红的血，淌了一地，凝在月霜里，沾在那地上躺着的还在晃动的药杵上，溅在那小小的仅剩一半的珠子上。

那血是热的吗，怎么却融不开月霜？

那药杵是什么时候跌落的？竟也躺在了月霜里。

终

"瓜爷，求求您救救我爹！"

"救不成咯，救不成咯。"老人摸了把银须。

"怎的就救不成了呢？您不是说，心诚之人定能心想事成吗！"

"可无心之人又何来'心诚'一说呢？"

"……"

阳光越过木栅栏，直直跨进了院塌，打在二人身上。憨直的少年脸上显露出从前少见的深沉神色，双眉紧皱着，却不同于刚跨进这院落时的焦急慌张。阳光打在他的背上，使人看不清他的面容，只知晓那紧抿着的双唇似乎是在颤动。他的双拳紧握着垂在身侧，似乎是提线木偶般，有人拽着他拳上的木偶线连同着他的手臂一齐不住地抖动。有风过吹动了他的褐衣，风里夹着的翠叶擦过他的拳，这翠叶应当是从前面那片林子里飘来的。片刻，许是感受到了翠叶的鲜艳柔软，少年松开了双拳。

"瓜爷您保重。"

少年人的离开使得大半的阳光没了阻碍，全打在银发老人的身上。老人将整个身子窝在那把藤椅里，轻闭着双眼感受阳光的温度，他的脸颊仍是红彤彤的，却不及先前那般喜气——或许是叫日光晒的。他就这么摇头晃脑着仿佛在听风里的叶与虫细语，一手抒着胡须——尽管那一把银色已经足够齐整，一手抚着怀里与他一般眯着眸子假寐的银狐。

"全当我愚昧痴傻，如何看得见我藏起来的爪牙？"

老人轻轻呢喃着，不知是在给方才离开的年轻人说，又或是在给怀里的银狐说。片刻，他缓缓睁开双眼，细长微挑的眼眶中镶着的灰色眸子紧紧盯着前面那片风起叶打，一眼望不到头的林子。那里，叶浪拍打伸展，一如从前。

"不知晓，这次来的又是些什么人呢？"

指导老师：李九华

作者简介

杨书琴：宁夏大学人文学院汉语言文学（教师教育）专业学生。

初评评委推荐语

从场景、情境开始，引出人物和故事，以灵活的笔法描述了鲜明生动的人物，展开起伏跌宕的情节。即使忘恩负义、自私贪婪的故事已有千年，诚心诚信、善良恪守成为老生常谈，小说也给读者带来了独特感悟与人生准则。作者切割了故事片段，叙述有缓有急、张弛有度，戏剧性极强；表象为救治亲人、寻找灵药的过程，深层次却是关于真善美与假恶丑的抉择对照。奇妙的设置下，容纳了众多人物和丰富情节，犹如一个个近镜头特写：父亲的形象，揭开皮囊，里面全是欲望；儿子的抗衡，彰显着普世的价值观。特别是心理描写，将人物的一举一动、细微变化描摹了出来；环境描述，为读者打开了别具一格的文学世界，充盈着灵气，潜藏着大气，呈现广阔的生活景象，令人回味悠长。（高丽君）

白日梦

魏明悦

一

我拖着一个不大不小的行李箱走进了学校旁边的出租屋，没想到四年的喧嚣过后剩下的东西竟是如此轻便。这里是样板房的聚居地，还算有良心的房地产商在狭窄的楼道口安上了电梯。虽说叫电梯，但除了随意能达到你想要的楼层之外，完完全全可以给它另一个名字，叫作运货机。我在显示有十八的数字上按了下去，我环顾四周，三面都是用木板凿起来的，不知道是哪家的熊孩子在木板上留下了自己的"艺术作"，被胡乱贴上的小广告已经模糊不清了，真是煞费了广告商的一番苦心。现在，我又怪起来为什么行李箱里的东西这么多，真担心脚下这块木板因为承受不住重量而急速坠落下去，那我的小命也得扔在这里了，我还没好好感受生活，我还不想这么快就死掉。就这样胡思乱想着，电梯门开了，我一步就迈了出去，顺手把行李箱也抓了出来，行李箱仿佛受到了惊吓，打了一个趔趄。

我真诚地敲了半天，门终于开了。一个上身赤裸穿着肥大短裤的男子站在我面前，看上去也就二十六七的模样，他揉着眼睛用不耐烦的语气问我有什么事，他显然是因为我扰了他的美梦而不快。得知我是来合租的，他便请我进去。

二十平方米的房间在放置了一张床之后就剩不下几平方米了，甚至连腿都迈不开，但我还是硬着头皮租了下来。他问我是长租还是短租，我不假思索地说短租。他听到短租后皱了皱眉，也没有问我租几个月便和我签了合同。我想我总不可能一直在这种地方住着吧，我一定会过上体面的生活，也许是下个月，或许是明天也说不定。

签完合同后，他又一言不发地回了他的房间，我看到了他在甲方上写下了文明二字。文明，呵，这名字也是够有趣了，说不定还有人叫"城市化"之类的呢，想到这里我不禁笑出了声。由于刚刚太过慌张，现在才得以好好地看看这所房子。白色大理石的地面不仔细看几乎已经看不出来了，上面粘了一块黑色的不明物体。客厅中央摆放了一张茶几和两张沙发，这上面覆盖的灰尘和女子脸上的粉哪个更厚呢，我想这也许是一个千古难题。这是一个三室一厅，除了自己的那间房是私有的，厨房、客厅和卫生间都是公共的，所以这些地方都无人打理。这是后来蓝空空告诉我的。

我开始收拾自己的小房间，幸亏东西不多，不然它们就只能被可怜地丢到客厅的角落里去了，这或许是它们逃不过的命运，但至少现在它们还能跟我待在一个较为干净的天地里。刚在床上躺下，门便被推开了，来人是文明。这和刚刚给我开门时的文明简直是两个人，刚睡醒的鸡窝头梳成了背头，头发在摩丝的捏造下显得很乖巧，还散发着淡淡的香气，一身恰到好处的西装套在他身上，我想如果文明走在大街上，后面再有几个狗仔跟拍的话，应该没有人会怀疑他是一个明星。

"有什么事吗？"我不明地问道。

"呐，这是门钥匙，以后就别再砸门了。"钥匙经由他的袖口滑落到我的床上，一切都显得那么得体。

"我出去办点事，你下午在家吗？"他想了想又补充道。

"我不出去，你不必担心。"

"我没什么好担心的。"说完他苦笑了一下，便"砰"的一声关上门离开了。

待他离开后，我低头闻见了自己身上的酸臭味，忙活了一上午，原本洁净的白衬衣也早已面目全非了。我刚打好肥皂就听到浴室外面有女声从门口轻柔地飘进来："你在洗澡吗？"我"唔"了一声，赶紧胡乱一通冲洗就提上裤子，这是我第一次见到蓝空空。该死，我进来的时候把衬衣泡在了盆里，这会早已湿透了。她可能并没有听到我的回应，仍自顾自地说着话。"这儿的客厅真的不用打扫一下吗？这样的地方谁会想住进来呀？"她说到这时，我拉开了门，一身洁白的连衣裙，裙边带着蓝色的小碎花，白净的脸庞，还有一双能要了人命的眼睛，我猜或许她的眼睛能让人延年益寿，比仙丹来得管用。她应该做梦都没有想到从浴室里走出了一个男子，连衬衣都没穿的男子，更要命的是还不认识！我们就这样面对面站着，时间仿佛静止了一般。还是我先打破了沉默，"我叫张瑾，是刚毕业的大学生，今天刚搬来。哦对，中文系。"我一边说着，一边伸出了手。听我说完后，她笑着说她明年才毕业，是比我小一届的学妹，也主修文学。得知我们是同一个学校毕业的，尴尬的气氛倒也缓和了不少。

"欸，那你也是租客吗？"

"不不，我只是偶尔过来一下，不在这儿住。"她看到我眼里的疑惑便又说："我是文明的女朋友。"

"噢……"我拖长了音，恍然大悟。我看着她的画风和整个客厅格格不入，如同一个仙女被关进了监狱。她就像能够看透我的心理一样地说："这个房间的客厅已经很久没有人打扫了，因为这是公共空间，大家都不愿意去管，久而久之，便是这个样子了。"她也露出了无奈的神情。随便寒暄了几句，我便回房间了。躺在床上，一阵困意袭来，来不及想什么东西，便睡过去了，至于蓝空空什么时候走的，文明又是什么时候回来的，我一概不知。

第二天醒来，发现窗户外的太阳已经升得很高了，我起身把窗帘给拉上，不让它透进一丝光。接下来的三个月里，我把自己关在这个密不透风的小空间里，除了必要的生理需求外，我没有踏出去过一步。等我再次见到阳光的时候，我感觉自己像是一个重见天日的犯人，我被自己重新释放了出来，我又是一个呼吸自由空气的健全人了。我坐在书桌前又读了一遍自己的稿子，我很满意。说是书桌，其实不过是阳台的外沿被我垫起来的一个地方，不过这都不是很重要，重要的是我没有白费力气，我写出了自己较为满意的作品，这些手写稿更像是我怀胎十月的孩子，假使我能生的话。

这三个月里蓝空空又来过几次，得知我正在进行创作，她表现出了极大的兴趣，但没有过多地扰我，只是说如果有幸的话能膜拜一下我的作品。自然，我也很爽快地答应让她做我第一个读者。其实对于她提出想看我作品的要求我是很开心的，因为此刻我身边一个能跟我进行文学讨论的人都没有。记得刚入大学的时候文学社是多么繁荣啊，每个人都雄心勃勃，当自己的名字出现在文章的结尾处时是多么骄傲。我们从来不讲自己想成为一个作家，我们希望作家的称号是由别人封的，而不是自诩来的。渐渐地，我们发现这和我们想象中的世界大相径庭。这就像是原本在祭祀坛上的饭食却被人拿去喂狗一样，写作变成一个敛财的手段，没有人在乎你写作的初衷和你想表达的意愿是什么，而只是在乎你写的是不是普罗大众喜欢吃的，至于是萝卜还是青菜，都随便。大部分人瞬间倒戈，弃械投降跪倒在纸片的脚底下，还在坚守那一亩三分地的，不是看不惯另寻他处，便是穷困潦倒，过着很难堪的日子。现在的我就是其中一员。

我把一沓厚厚稿子全数递给她，"呐，给你。"

她轻轻地接过去，"这么多呀，辛苦啦！"我一时竟不知如何回答，辛苦两个字一直在我耳边萦绕，从来没有人跟我说过我辛苦不辛苦这件事，我只是知道这是我想并且愿意做的事情。

"你可以带回去慢慢看，不着急。有什么意见你可以告诉我。"

"好的。"看到蓝空空的笑容我也总是莫名地觉得快乐，原来笑是有太有感染力并且让人难以抗拒的。

后来蓝空空跟我说，我所有的作品里她最喜欢的还是我的这一篇。讲的是一对少男少女的纯情故事，她鼓励我给出版社投稿，当然就算她不说我也会这么干的，但是她说了之后反倒变得不太一样了，至于哪里不一样，我也懒得去想。

我越过一个抱着孩子的女人坐在了空无一人的长椅上，这儿是330站牌的等候区。我在想那个抱孩子的女人为什么不坐下呢，我走过去一看原来长椅上有些斑斑点点的水珠，我想一定是洒水车刚刚驶过，可与我的惰性相比，这点水算不得什么。我是刚从编辑的办公室里出来，他翻了翻我的稿子，开始大赞这是个好故事。听到这我差点儿从椅子上跳起来，难道这次终于有希望了吗？下一秒他话锋一转，"小张啊，你这个作品要是再改一下就绝对能大卖！"语气里装满了诚恳，像是为以一球之差输掉的运动员感到惋惜。

"怎么改呢？"我靠上前去，认真地看着他。

"你这文章太纯情了，能不能加点劲爆的东西，比如露骨的话、暴力或者……"编辑向我挑了挑眉示意，"懂了吗？"

"懂了，那我回去构思构思。"出了办公室，我拿着稿子朝门口嘟囔了一句：改你大爷。

眼前这个抱孩子的女人来回踱着步，看起来有些不耐烦。她的脚边有一个黑色的塑料袋，看着像是小孩的衣物。她单手抱着孩子，另一只手在口袋里摸索着，她掏出了手机，把电话拨了过去。"喂？！"她声音大得惊人，周围的人都朝她投去了目光，但她好像并没有察觉到，也或许是察觉到了，却并不在乎。"你怎么还没过来？"不知道对面说的什么，她好像一下子变得更加暴躁了，"你牛×！要不是我抱着孩子我用你来接吗？！"她啪的一下把电话挂断，把手机随手扔进了口袋里。

我开始对眼前这个女人产生了兴趣，她穿着一件红色的卫衣，下身是一件紧身黑色运动裤，但因为太肥胖而使臀部显得特别突出，可能是因为走得太久，有一褶裤子被夹在屁股缝里，不知道等车的人里有没有强迫症的人，这对于他们来说简直是一种折磨，一定是难以忍受的。她戴着一个桃红色的眼镜，从面相上看一定是最为和善的那一类。不到两分钟，她又掏出了手机打了过去，这一次比先前平静了一些，不知道是不是这会儿等车的人多了起来，"你到底在哪？你怎么就找不到了？不就在光明报社前面的路北吗？"说着说着声音就高了上去，"你到底知不知道什么叫路北？！你再往前开一下就能看见了！贱货！"听到贱货的一刹那大家都不约而同地抬起了头，不过她仍旧不在意大家投来的目光，好像自己刚刚问对方吃没吃饭一样平常。

女人手里的小孩子指着停在一辆公交车咿咿呀呀地喊着上车，身子不停地想挣脱女人的怀抱。女人悉心地抚慰着小男孩："宝宝，那不是我们的车。"女人指着路上的客车对小孩柔声细语地说："宝宝，你看，一辆车，两辆车，对不对呀？"小男孩渐渐地安静了下来，嘴里不停地喊着爸爸。此时330已经过去两班车了，那个女人还在等她的丈夫，我出于好奇也在等她的丈夫。当然丈夫的这个身份是我猜测的，因为除了对丈夫这样说话，我想不出还能有谁，毕竟贱货这个称号也不是任谁就被随便扣上的。假使来者是爹娘的话，我想我都得上去抽这个女人两巴掌。难不成是情人？那更不可能了，眼前这个女人的身材已经完全走样况且还拖着一个没长大的孩子，除非她的情人有受虐倾向或者脑子进水了，否则我想象不出来别的原因来找她当情人。

她打第三次电话的时候已经完全处于暴怒的状态，"我靠，你个贱货！我发现你就是完全根据自己的想法来，什么？没有报社？行，你就根据你的想法来吧，你慢慢找！"我在想她的丈夫是不是早已习惯了这女人的刁蛮，我猜他们应该也不是大富大贵的人家……我在胡思乱想的时候这个女人又开口说话了："你站着干吗啊？过来拿东西！"从站牌后面出现了一个中年男子，戴着一副黑框眼镜，看上去特别老实。听闻女人的话他便弯腰去把地下的黑塑料袋抱起来，放到了后车座上。但紧接着他又移到了副驾驶座上，然后女人抱着孩子坐上了后座，狠狠地关上了门。

我坐上了330，我在想是什么让这个女人变成了这样？他们恋爱的时候，第一次牵手的时候，第一次亲吻的时候，第一次结合的时候，一切不都应是快乐的吗？而又是什么让女人变成了现在这般？我甚至突然有点庆幸我没有结婚，如果婚姻真是钱钟书先生笔下的围城，可为什么又一对一对的人挤破了头想往里跳呢？我想不明白……我拍了拍自己脑袋，连女朋友都没有的人想那么多干吗呢？去他的吧。

"怎么样？"蓝空空迫切地看着我。

"还行吧。"我看似满不在乎地说着，不用我说，她怎么可能看不出来是什么结果。

"是他们不懂得欣赏，我觉得真的特别好，你不要觉得难过，你要……"她还想再说些什么，可我已经无心再听下去了，我把自己关在房间里，静静地看着天花板。我听到蓝空空离开时关门的声音，但我并不想起身，可待她走之后我却觉得心里空落落的，像是缺了点什么。

文明神出鬼没，平时我基本上见不到他。他有时能在家里睡上一整天，有时整夜不归，我一直搞不清楚他的作息，不知道他是什么时候回来又是什么时候离开的，只有客厅里多出来的烟头证明他真的回来过。在这件事情上，就连蓝空空也摸不清楚，更何况我呢。每当文明不在时，她总会轻轻敲我的房门，我们便时常聊聊闲话，即使有些话并没有那么好笑，她也总是会捧场，可又一点不让人觉得这是在敷衍。跟她谈话，真是一件令人轻松的事。

"文明现在在做什么？"这是我们第一次谈起文明。

"他在创业，不过他还是挺有赚钱头脑的，这栋楼的房子基本上都是被文明租下来了，然后他再转手租给别人，他拿其中的差价，你搬来的时候他也是刚从别的房子里换过来。"

"那你们是怎么认识的？"我很好奇他是用什么手段追到她的。

"我们……是参加一个活动的时候认识的，后来觉得他人还不错，就答应了。"

"那你爱他吗？"我盯着她的脸问道，我也不知道为什么会问出这样的问题，问完我又觉得有些唐突。

她涨红了脸，低下头回答我："嗯，他对我挺好的。"

我点点头，她又说："不过，他真的蛮帅的，是我喜欢的类型。"她冲我笑着说："现在是谈恋爱，又不是谈婚论嫁，想那么多干吗，开心就好了呀！"

"对，对。"我应和地点点头。

为了维持生计，我在附近找了一份兼职，每天下午五点到八点，是看学生写作业的辅导班，每月有五百块钱的收入。虽然这物价像得了精神病一样，但日子紧着点过，也还算勉强撑得过去。反正少点就少点，饿不死就行。何况这就有大把的时间可以去看书，写小说了。日子就这么一天一天地过着，隔壁的租客换了一批又一批。最近有一个同样是毕业生的小杨住了进来，陪他一起来的还有他的女朋友，听说他女朋友正在准备考研。这出租房的墙除了挡羞之外，我还没发现有什么实际性的用处。这几天夜里，小杨和他女朋友的呻吟声回荡在这栋不大的出租房里。早晨文明碰上小杨，坏笑地说："兄弟，身体挺好啊…"小杨不好意思地低下了头，不一会儿，屋里头又传来了喘息声，我和文明相视一笑。有时候，我路过他们房间，还瞥见露在被子外面的屁股瓣，但因为光线太暗根本分不清是谁的。

蓝空空已经有一些日子没来了，我都快几近把她忘了。这天，文明喊这屋里的租客一起吃个饭，说是一起住了这么久了，大家年龄也相仿，不妨交个朋友。我便一口应了下来，自己在这边也没有个朋友，原先身边的朋友不是爸妈给铺好了路，回家当他的公子哥，就是入了体制，过着朝九晚五的生活。没毕业之前满口的之乎者也，能为了一个到底是不是"文如其人"的问题讨论上一个星期，现在想想像是在昨天，却又像是七八年前的事一样。但终归到底说来，那都像是一个天大的笑话。我摇摇头冷冷地哼笑一声，从烟盒里抽了一根烟出来，缓缓地按下打火机，看着微弱的火苗渐渐浸透烟草，我深吸一口，轻轻地从嘴里吐出一丝青烟。我甚至不知道自己是从什么时候开始养成吸烟的这个习惯，但是不得不说，烟这个东西真的很神奇，吸上了就很难再停下来。

我们去吃的是路边的大排档，一来大家都没什么钱，二来路边摊也好联络感情，不拘束。谁也不愿承认，其实最主要的还是因为没钱。

"老弟，听空空说你写的文章挺不错啊。"文明说着顺手拿起了一串羊肉串。

"哪里，都是些没人看的东西，想出头还早呢。"

"我喜欢谦虚的人，哈哈。"文明一只手揽着我的肩膀，外人看来俨然一副亲兄弟的样子，鬼知道我有多烦无中生有的兄弟情。但我又不能一把推开他，大骂他把手给老子拿开之类的话，如果我这样说了，做了，他一定会认为是我脑子坏掉了或者觉得我抽风了。那天晚上，我没再说什么话，也没怎么吃东西，只是猛灌自己，脑子什么也不想想，只有一个字，醉。我想把自己灌醉，灌得烂醉。可要真的问为什么要醉，我也说不上来具体是因为什么难受。那天晚上我们喝到很晚，我吐了好几回，马路上的红绿灯和汽车尾灯逐渐在眼前渐渐模糊了起来，唯一能记得的就是蓝空空在我枕边放了一条湿毛巾和一个垃圾袋。夜里我醒了一次，头痛欲裂，感觉脑子里的神经像是小贩手里那只贱卖的鸡一样，不知道被胡乱塞了些什么东西填充起来，肿胀得不得了。不过，我稍微比它好点，它被开膛破肚后还是得被人揪着脖子，把两条腿盘起来，像是标本一样立在货架上，抬着高傲的头俯视着即将咬掉它艳丽的红冠子的两腿动物，其实它们也很困惑，大家都只不过是一坨会走路的肉而已，凭什么只剩被宰割的命。四腿动物想不明白，自然它们永远也不会明白。它们看着身边的好朋友一个个都被剥去了羽翼，赤裸着身子供人展览，不过这还算是好的，有的甚至被大卸八块，连个全尸都留不下。那天晚上，依然从隔壁房间传来床板晃动的声音，只是传声方向发生了变化，我不知道是蓝空空主动的还是文明提出的，但总之，是两相情愿的。我翻了个身，弓起身子，抱紧了自己。

二

其实大学四年混下来也不是什么没干，偶尔向刊物上投个稿子，七七八八的倒是也选中了不少。可那毕竟是在学校里，大家的文章就像是烧窑的卖瓦的——一路货。虽然也谈了几场恋爱，但现在自己还不是光棍一个。这要是搁在老家，那七大姑八大姨左邻右舍的可是有得忙活了，他们如同接受了圣旨一样，把宁拆十座庙，不破一桩婚的宗旨贯彻到底。在他们眼里，就是自己几天没吃饭也不如促成一桩婚重要，仿佛找不着媳妇的是他，不是你。但要是你不懂事，驳了他的意，就算是你坐了他家门口的砖头他都会在背后抱怨半天。所以就算是你再烦这一套让人烦透顶的好意，你都得笑眯眯地陪着。不然你得罪的可不仅仅是他们，还有他们背后拉闲话的势力群，更关键的是，还在村里落下个不好的名声。他们在这个时候显得格外齐心，听闲话的人比说的人更加义愤，要是不折个柳树梢子在那个不识好歹的东西头上敲上那么一柳条子都不能解恨。很多人都害怕这嚼舌根的威力，我可不怕他们。让他们嚼去吧，就凭老子这一表人才还怕讨不到老婆？等什么时候我发达了，他们自然会来攀我的。我一边想着，一边批改学生的作文，这作文写的是他特别讨厌抢他零食的某某同学，他希望他能变成猪，这样就没人来抢他的东西了。中间还有好几个错别字，我嗤笑着，小孩子的想法总是幼稚的，但有的时候又能直击灵魂，小时候讨厌谁就希望谁变成猪，这好像是中国小孩能想到的最严厉的惩罚。等下，把那个同学变成猪……我突然又想到外国好像有个叫卡夫卡的小子在书里写自己睡了一觉就变成了一只甲壳虫，听说还成了一个新流派，我看中国的娃娃倒是也都很有潜质嘛。想完转头瞥到了自己的窝，不觉有些无奈，可又想到书生大多穷酸，心里便多少安慰些，只好劝自己说是就当积累生活经验了。

每天听着一群小毛孩的咿咿呀呀，虽说讲好的工作时间是两个小时，可总有一些没把心思放在学习上的孩子迟迟做不完作业，有时候都能拖上两个小时，这种情况你还不能扔下他不管。要不然明天他们家长就会来找你，质问你他的孩子作业为什么没做完，差点就说出他不会做你还不会？仿佛没做作业的是你，跟训儿子一样地盯着你，直到你深刻地检讨是自己做得不好，并且立下保证，下次一定按时完成。俨然一副学校老师斥责学生的气势，他没到学校当老师真的是屈了他的才了，我想。有一次，我实在气急了说那孩子，你怎么那么笨哪？没想到他凑过来低声说："老师，你人身攻击，我要回去告诉我妈妈。"眉角尖还透着抓住了我小辫子的洋洋得意。嘿，这家伙要是把这抓细节的侦查能力放在学习上一厘，还不得上了天！这么少的工资一天天的事还不少，爷还不伺候了！自从不在那干了，我就又变成了一名无业游民。虽然那点工资跟打发要饭的似的，可真不干了，那真是巧妇难为无米之炊了。

我的住处离学校特别近，这天闲来无事，想去学校转转，刚进大门就碰上了从外面刚回来的蓝空空。

"张瑾？"她有些惊喜地看着我。

"嗯……我来学校转转。"我有些尴尬地摸着后脑勺。她似乎看出了我的尴尬，冲我点点头，转身就要走。

"那个……你要是没事的话，一起走走？"

"好啊。"她爽快地答应着。

"你那个兼职做得怎么样？"

"不干了。"

"怎么了？"她问道。

"没事，就是觉得没太有意思。"

"我这儿正好有个工作你要不要考虑？"

"什么？"我转头问。

"就是我现在做的这个，一天一百，工作不累，就是码码字。"

"靠谱吗？"

"是我们系的一个老师推荐的，肯定靠谱，今天那个老板说让我再找一个人来，怎么样，去不去？"

"可以。"我当然没什么好犹豫的，虽说我现在是一个人吃饱全家不饿的处境，但我也得先有饭吃。

说话间，我们走到了图书馆，现在恰好是期末的备考期，平时基本上没人的走廊里挤满了人。进去我跟图书馆的老师打了声招呼，蓝空空很诧异地问："你怎么认识这里的老师的？""我在这里做了四年的勤工俭学，你觉得呢？"她会意地点了点头。我一直觉得有些事情可能真的是天注定，尽管我不是一个坚定的唯心主义者，当然，我也不是一个坚定的唯物主义者，甚至我连自己都分不清，因为我既害怕黑夜，又鄙视那些等着天上掉馅儿饼的人。"我初中就开始写小说了。"我跟正在翻书的蓝空空说，"但是都是一些言情校园类的，后来被爸妈发现以为是早恋，就给我烧了。再后来上了高中又开始写，我拿给老师看，老师问了我一句话，就让我打消了继续写作的念头。"

"什么话？"

"你现在主要任务是高考，你想要芝麻，还是想要西瓜？""然后她让我自己好好想想，临走时还补了一句，你这个谁都能写出来。"我苦笑着："我现在发现她当时骗了我，这不是所有人都能写的，但是当时的感觉已经没有了。"不知道是不是所有人都觉得西藏是一个令人向往又充斥着神秘的地方，我上高中的时候，听到拉萨这两个字就对这个地方充满了想象，怀着敬仰又极度想离家的心态我报考了西藏和周边地区的大学，一共六个志愿，前五个几乎是包揽了新疆西藏内蒙古，一个也没中。当时也是因为想逃离家乡，为了考上大学才放弃了小说，没承想，最后还是没能得到西瓜。

"哎……"她叹了一口气，没再说什么。

我挑了一本路遥的《平凡的世界》，她挑了一本余华的书，我们就地而坐。正看得入迷，突然从门口方向传来了一阵喧闹，她合上书准备起身。

"真是一点没变。"我轻声说。

"嗯？"

"这里的老师还是一样吵，肯定又是哪个老师的女儿或者外孙子。"

"你怎么知道？"

"不信你去看看。"

过了不一会儿，蓝空空笑着回来了，"你真是神算子，一个老师把外孙带来图书馆，他在哭闹。"

我合上书，"行了，也差不多了，我们也走吧。"幸亏我在这就待了四年，估计要是再待个四年，我连他们家祖坟朝哪都能摸出来。这还真不是我偷听，毫不夸张地讲，他们就差拿个大喇叭喊了，唯恐别人听不到。

我们在学校的餐厅一起吃了午饭，我就回出租屋了。临走时蓝空空还嘱咐我别忘了那个兼职，我说好。因为工作的地方离学校不是很远，我们就租借了共享单车，骑了没几分钟便到了。我们到得太早，店门还没开，门口挂着"李白醉"的字样。一楼卖酒，我们径直上了二楼，二楼有一张办公桌和一套红木沙发。我这才知道原来蓝空空嘴里的老板就是眼前的这个看上去不是很高但是很壮实的男人。他是艺术协会的会长，兼卖酒。他人很和气，跟我们说什么时候有时间什么时候来就好了。他想编一本关于整个江城的艺术志，于是在征集江城市各县乡镇的艺术资料，而我们要做的就是把送来的纸质版资料输进电脑里。由于来投递的人越来越多，我们这单纯码字的人也被冠以了编辑甚至是老师的称号。

日子就这么一天天无聊地过着，事情也单调地重复着。当然，其中也发生了两个小小的插曲：一是蓝空空被老师骚扰；二是我发现了会长的秘密。先说说蓝空空的事吧，这其实也是我无意中得知的。那天是个大晴天，我们一起到"李白醉"整理文档，蓝空空的手机一直在响，我还打趣，你们这个恋爱谈得这么黏糊吗？蓝空空并没有接我的话，只是抬头看了我一眼，苦笑着摇摇头，然后又低头忙自己的事，我便也识趣地不打扰了。外面的阳光太刺眼，因为蓝空空的桌子靠近窗户，我本想喊她一下，发现她正趴在桌子上，头蒙在胳膊里。我想她可能是最近太累了吧，于是我绕过她去扯窗帘，她手机还在桌子上嗡嗡地响着，很是顽强。我不经意间瞥了一眼亮着屏幕的手机，备注是"吕老师"。"吕老师……吕……"我在内心默念着，"该不会是吕文来吧？"吕文来，大学老师，现龄58，还有两年就该退休了。他姓吕，又正巧长了一张长长的脸，甚至于跟驴比都"有过之而无不及"，所以我们给他起了个绰号叫"老驴"。老驴的头发已经掉得稀疏，当属典型的地中海，只有耳朵两边和后脑勺上还挂着几撮毛，像是秋末时节那路边的枫树上还飘飘荡荡的几片叶子，摇摇欲坠。这个老师有两大喜好，一是喜欢拖堂，二是喜欢女学生。驴老师特别喜欢跟女学生们扎堆讨论，对于男学生却爱答不理。记得当时我们班里的男同学找他要微信，他推辞道："有什么事情当面说就行了。"那个要微信的男同学转头又从同班的女同学那里得知，昨天晚上驴老师和她聊到了深夜。那个男生听闻非常气愤，还写了一篇文章专门来批判老驴，但终究是无疾而终。吃饭的时候蓝空空依旧是郁郁寡欢，"怎么了，不开心？"我问，蓝空空一副想说却又不知如何开口的样子。"是学校里有什么不开心？"虽然我早已经猜中八九分了，但我还是想让她自己说出来。

"欸，吕文来教你们吗？"她犹豫了一会，终于问道。

"大三的时候教了我们一年，怎么了？"我又补充道："听说这个老师不咋地。"

"怎么说呢？"她问我。

"坦白了说，这个老头有点好色。"

"嗯……"

"怎么了？发生什么了吗？"我再一次追问。

"就是前几天的时候，我们有几个同学跟老师讨论文学，然后老师说有问题可以找他聊，后来就加了微信。"我认真地看着她的嘴唇一张一合，不紧不慢地说着。她停顿了一下，我点头示意她继续说下去，"然后呢？"

"然后那天我写了一篇文章，想让吕文来老师给我看一下，他说让我去他家，他家里没人。"我心里想这老流氓，学生都不放过。看着我有些狐疑的神情，她赶忙补充："但是我可没去啊！我说我约了同学吃饭，就不过去了。"

"嗯。"我听着她接着往下说。

"前天他说晚上来教学楼找我，后来又说让我去他车上，他把车牌号发给我，发信息告诉我车在学校门口。"

"再然后呢？"我迫切地想知道接下来是不是发生了我最不想听到的事情。

"刚开始都好好的，就是聊聊天，他给我谈一些文学作品，比如说潘金莲的人物形象啊什么的，后来就开始跟我说他们家小区有很多特殊的女人，那些女人是有家室的男人养的小三。"蓝空空说他们讲到这儿的时候车子已经开出好远了，她也不想跟老驴进行这个话题了，于是打岔道："老师，你这么跑不费油吗？"老驴一副满不在乎的样子，说："没事，这才几个钱，我现在对钱也看得没那么重。"老驴又往前开了一段路，在下桥洞子时靠路边停下了车，老驴伸出了手，蓝空空以为老驴要手机，因为老驴一直让蓝空空给他导航，所以老驴一伸手，蓝空空就把手机递了过去。老驴先是一愣，接过了手机，又把手伸了出去，说："给我手。"蓝空空虽然不情愿，但是也不知道该如何拒绝，并且老驴的手就在眼前，蓝空空尴尬一笑，说："为啥要这样？"老驴看似非常霸道地拉过了蓝空空的手，还丢下了一句："因为我喜欢！"蓝空空的手被老驴紧紧地攥着，她感觉老驴的手心湿漉漉的，但是又很凉。蓝空空的手被老驴攥住的那一刻，她感觉她的脑子嗡的一声，说不上一种什么样的感觉，只是呼吸有些许的困难。老驴之后说的什么她也没听进去，眼前的景象也逐渐模糊。她大脑一片空白，只想赶快摆脱这一切。聊了一会儿，老驴看蓝空空嗯啊地敷衍着，便启动了汽车，蓝空空趁他用手换挡的间隙把手抽了回来，她逐渐清醒了过来。

"你们几点门禁？"老驴问道。

"现在回去就差不多了。"虽然还有两个小时，但是蓝空空现在只想逃离这个老驴头，所以催促着。

老驴把蓝空空送回学校，把车停在了学校对面，他问蓝空空："你喜欢这样吗？"

"哪样？"蓝空空不知道老驴在说什么事情。

"就是拉拉手什么的。"老驴单刀直入地问。

"不喜欢！"蓝空空突然胆大了起来，可能是离着学校近，突然有了底气。

老驴听到这个答案冷哼了一声，说："说不定以后我们还在床上见呢！"

蓝空空开了车门就下去了，临走还说了一句："没有以后了。"说完关上车门就朝着学校狂奔而去。刚走到宿舍门口，蓝空空又收到了老驴头的消息：刚刚是跟你开玩笑的，你不要当真。

听到这我忍不住骂了一句："开他大爷的玩笑！"

"之后我就没怎么理他了，就算是上课我也是坐在最后一排。"蓝空空突然凑近我并且放低了声音说："我告诉你一个秘密，他还给我透了期末的考试题。"据蓝空空说当时只是想去问一个不太明白的考点，顺嘴问了一句期末会不会考，可能是碍于人多，老驴头并没有给出一个明确的回复，没有说考，也没有说不考，只是让蓝空空先回去。过了一会儿，老驴头让蓝空空独自一人去210教室，蓝空空进去以后发现里面空无一人。不一会儿，蓝空空就收到了来自老驴头的消息，打开一看是期末考试的试卷题。老驴头还嘱咐了一句：自己一个人好好复习。这是蓝空空没有想到的事情，她只是想问一个题，没想到老驴头把整张试卷的题都给了她。这应该算是透题吧，蓝空空想。

"那题目是准的吗？"我问。

"甚至连序号都没变。"蓝空空挑眉，双手摊开，一副无奈的样子。

"以后别搭理他了。"我叹了一口气，尽管我知道老驴头没有什么底线，只是没想到他能到这种地步。

"我没打算理他，从那次回来他天天给我发消息，晚上出门下雨要告诉我一声，散步也要告诉我，但是我没理过他了。"

我点点头，不知道再说些什么好。下午蓝空空的精神状态明显好了很多，我却怎么也开心不起来。

夜里，我躺在床上想着蓝空空的事情，我不知道是不是有些事情烂在肚子里比说出来会更好，我想为蓝空空做些什么，可是又不知道该做些什么。我点上一根烟看着窗外的柳树，它被旁边昏黄的灯光打着，一半是嫩绿，一半是枯黄。

三

蓝空空的事就这么不明不白地过去了，这件不大不小的事情除了我和蓝空空没有第三个人知道。或许我下的这个结论还是太早了一点，老驴也可能会因为牵了某女同学的手而津津乐道吧，这谁也说不清楚。毕竟这个老头年轻的时候还在办公室里怂恿一群男老师看那种见不得人的视频，等女老师一来又赶紧关掉。你永远也想不到这个消息的来源是这个老驴头自己在课堂上自己说的，他时常打着文学对性文化的研究来满足自己的口舌之快。可谁又奈何得了呢？被一句这是文学，你思想不要太狭隘给打发了，不仅洗白了自己，还反咬一口说是你思想龌龊，怎一个妙字了得！所以我也不敢说这位快退休了的老头会不会宣扬一下自己的"荣光伟绩"，世事难料啊……

蓝空空的事说完了，现在来说说李会长。说是秘密，也算不上是秘密，我并没有窥探到会长包二奶养小三一类的风流韵事，也没有发现会长赌博酗酒一类的恶习。他的酒馆叫"李白醉"，你们不要听到这个名字觉得他很有诗书气，其实是因为他姓李，而刚好只知道李白，仅此而已。"李白醉"的名气是他万万没想到的，他起这个名字不过只用了三秒。可这歪打正着的三秒给他带来了意想不到的销量，这是他第一次尝到文化的甜头。

他跑去问书店老板："读什么书最能体现文化内涵呢？"

老板看着老李这一身横肉，思前想后，眉间的皱纹终于舒展开说："你想要体现文化内涵，肯定得看咱国内的书。"

"那是，国外的咱也看不明白啊！"老李应和道，虽然他本来也没想去看外国的书。

"不是明不明白的事，我的意思是看国内的书更体现文化内涵。"

"怎么见得？"老李这时来了兴趣，虽没有崇洋媚外，但不至于如此自大。

"不是你想的那个意思，并不是说外国书不好，好多中国书都借鉴外国作家的痕迹呢？"

"那你是说是外国的好？"

"不是说外国作家的好，是……"

"你一会儿说要读就读中国的书，一会儿又说外国的书好，到底啥意思？"老李打断了老板的谈话。

"我的意思是你想要在国人面前展现内涵，你不看他们辨识度高的书，怎么体现？"

"你直接说不就完了嘛，磨磨叽叽。"

书店老板无奈地摇了摇头，递给他一本《水浒传》，老李又问："这本书怎么样？"

老板头都不抬地说了一个字："好！"

老李悻悻地结了账，刚走出门，老李心想：这书店什么破服务态度！现在一个卖书的也这么猖狂了吗？他想回头踹一脚，再想还是作罢了。

他翻开目录，他惊奇地发现里面有一个熟悉的名字：武松。他知道武松，就是打虎的那个英雄，他小时候在村口说书老大爷那里听过这个故事，很是感兴趣。他泡了一杯香茶放在手边，本来还打算点一支香，他见电视里都这么演的，后来觉得太麻烦，也懒得点，径直地翻开书来。看着满张排列得密密麻麻的字，他就已经感觉到头有些疼了，但还是耐着性子看了两分钟，但他感觉这书已全然失去了当时小时候听老大爷说书的趣味。越看越烦，他甚至想撕掉它。他并不以为是自己的问题，而是觉得纸上的字堆得太满让他烦躁，更何况中间掺杂着些文言文。他觉得是书店老板糊弄了自己，他决定自己来选。当时正值中国作家莫言获诺贝尔文学奖，他就拿莫老的作品来读，可当他读自己选的书也产生了类似的情绪后，他不得不承认这并不是书的问题，是自己的问题。

自己不是当文人的那块料，他就另辟蹊径，结交了一堆"文人"朋友。其中不乏一些记者、编辑、高校老师、诗人……介绍蓝空空来这里的老师就是高校里教授写作学的任课老师。他笔名叫鹪鸫鸟，出了一本诗集叫《鹪鸫集》。每次上课他都是一副醉醺醺的样子，两边的腮红红的，他从来不讲那些写作技巧，也不讲他是怎么写作的，而是大肆地鼓吹自己的那些写作经历。例如，自己帮哥们写了一封情书给校花，校花因倾慕其才华答应了那哥们，后来校花知道是老鹪写的，还埋怨过为啥老鹪不追。再不然就是今天又到哪个风景旅游区，因为给人家写了一首词，而免了门票。老鹪跟我们说过，他是从农村出来的，小时候拿着残缺的半本小说读起来就舍不得撒手，后来考学的时候是以第一名的成绩从村子里考出去的。等到二十多岁上完大学的时候，他就开始着急了，他想名和利他总得占一样吧。至于他是如何走到今天这一步的我不知道，我也不知道他是不是真的名利双收了。或许有吧，又或许没有吧。鹪老师写诗以"快"出名，他能在十秒钟写出一首看似像顺口溜的诗歌。其实我一直搞不明白在老鹪的心里，老师兼"商业诗人"哪个是主业，哪个是副业。

老鹪多大年纪我不清楚，但在学校里绝对算得上是老教师了，虽然马上就到退休的年龄了，可他身子却硬朗得很。两杯酒下肚，再跑个五公里，这对他来说简直是小菜一碟。可说他硬朗，他又天生精瘦，两个裤筒里像竖着两根竹筒子一样，虽不至于一阵风就吹倒，但推他一下必定是栽一个大跟头。他的头发已经花白了四分之三，有一次在校园里碰见他猛然间发现已然没有一根黑头发。他匆匆地在校园间走着，不知道是在赶哪一个酒局。

李会长谋划着要出一本江城的《艺术志》，鹂老师当然义无反顾地当起了军师。递交过来的材料越来越多，大到某大赛获得冠军或金牌的记录，小到学校里的活动都一一记录，最离谱的是还有长篇累牍的自传和穿插着戏剧性情节的故事。我跟蓝空空碰到这样的材料也都悉数统计。李会长把我们安排到了一个远郊的地方工作，我们也没有想太多，反正有专车接送。在"李白醉"的时候，我们中午就去快餐店解决温饱问题。那个店面不大，来店的大多是附近工地上的农民工。菜都是大锅菜，种类也比较丰富，有长条的把子肉、炸丸子、鱼香肉丝等，常见的素菜基本上都有，七块钱就能吃一荤一素，还有免费的米糊，很是实惠。我通常要一碗米饭，一条把子肉，再在白米饭上浇点肉汁，别提有多香了。但蓝空空看了直皱眉头，她觉得这样吃很腻，更何况她也不喜欢吃肥肉，于是只吃素菜。

在郊外的工作室待了一上午，感觉有些累了。我起身站在窗口伸伸懒腰，这会才得以好好看看外面的风景。我们在十四楼，一眼能望到对面学校的操场，马路上过往的车辆并不多，几乎没有鸣笛的声音。显然，这是一个老城区。这间办公室有一套黑色的沙发，不知道是什么材质，但坐上去还挺柔软的。门口有个橱柜，里面摆放着各种荣誉证书，这和我们录入的材料不一样，我们录的都是些个人的荣誉，而这是代表着整个水城。我抬头看了一眼挂在墙上的钟，这会儿也到饭点了，我约蓝空空下去吃饭。逛了一圈，终于在一个修车的旁边找到了一家馆子。这块粉红色的广告牌像被人用刀子割过一样，有几条广告布已经散落下来，被时不时刮过来的风任意地吹着，但米线两个字还保存得较为完好。我们在混合着汽油和面食的味道中走进了这家小店，店里没有几个客人，店家招的几个小工也在一旁闲坐着，看着我们进来便赶紧起身招呼我们。

我跟蓝空空要的东西是一样的，都是招牌米线加一张饼，当然，我们也别无选择，墙上的菜单里也只有这两样。米线端上来，黑乎乎的，我猜是酱料放多了，白色的米线都被淹没在里面，像是进了大染缸里，被随意浸泡着。不过这个饼挽救了这顿午饭，外酥里嫩。吃了几口，我们便赶忙离开了。一出门，一股热浪扑过来，憋得人喘不过气。回到工作室，李会长已经在办公室的沙发上坐着了。我们简单地打了个招呼，便继续工作。李会长不停地打电话，我从零零散散的对话中明白，李会长要举办一个大型的公益艺术活动，电话那头的人应该就是合办方，隐约能听到对方是个年轻人。李会长和对方在分成和方式上产生了分歧，会长想借助这个机会推销自己的酒，让到会的人去买，而把所得的百分之一捐给贫困儿童，对面对捐赠出的份额并不满意。毕竟商人就是商人，不知道最后会不会妥协。

　　第二天中午，会长约我们一起去吃午饭，这次我们没有拒绝，最主要是我和蓝空空也不想再吃那碗黑乎乎的米线了。这次和会长一起吃饭的是一个记者，看上去约三四十的样子，侃侃而谈。从水城政府的红头文件到民间的事迹他都了如指掌，从他身上不停地散发出来香水的味道，不刺鼻。他给会长指了一条道，那就是在即将举办的这场展会上邀请郭忠，郭忠是水城最近很火的一个人，因为他前段时间救了一个落水儿童，各大媒体竞相报道。虽然他算不上什么名人，但是最起码在老百姓眼中的辨识度很高，请他到场社会影响会很好。李会长也想不出什么好主意，便同意了这个提议。记者突然问我们的学校，说参加某某活动时见过我们的校长。我跟蓝空空面面相觑，赶紧吃完饭找个借口离开了。走时会长嘱咐道："好好干。"

　　毫无疑问，李会长能在这次会展上捞一大笔金。我知道，像李会长这样的人不在少数，对于我和蓝空空来说，不痛不痒但是又很难做到坦然。再见会长，总感觉有一层有形眼镜挂在脸上。后来，蓝空空也因准备考研忙了起来，渐渐地也就不再去了。而我也辞了这份兼职。

四

没了工作，我便又一次闲了下来。突然想起考驾照的事，当时是图便宜，跟着几个同班的同学组团去报了名。教练开着车送我们到报名处，看着我们交了钱，临走时还送了我们一人两桶食用油。当时我并没有了解清楚就糊涂地报了名，去学车的时候才发现是排队制的，谁去得早谁先练。我们一行人早晨六点去，一直待到下午五点，一整天只能摸到两次方向盘。排队的人里大多都是一些家在附近不用上班的中年妇女，她们一边唠着家常一边等着，中午不耽误做饭，下午不耽误接孩子。而我们学生就不一样了，我们平时有课，而且这地方离着学校特别远，坐305要从初始站做到终点站，一个小时能到就不错了。练车的地方是在水城湖后面，从水城有名的古城墙北面穿过一条巷子，走到巷尾就能看到一块空地。那是一块凹凸不平的空地，没有铺水泥，下雨时路就变得泥泞，轮胎的缝隙上都沾着黄土。这条巷子里人家的门上都有和拉面馆门口一样的标志，在这条拥挤的人家里还有一座寺庙，旁边的路碑上写着东礼拜寺。不知怎么，我对红色的寺庙很是敬畏，竟不时有想剃度入佛门的想法，而这样的想法每次都被冒出来的世俗想法所打消。巷子头上有卖炸糕和羊杂碎的流动摊子，后来才知道，这是一条回民街。

感觉被驾校骗的同时又责怪自己没有了解清楚，实在没法，便又交钱将其升级为预约型的。驾校本说如若不过有五次补考机会，而只需交两百块钱驾校就给补交补考的钱，而当有同学不过时去找驾校，驾校的人又改了口，说是干保险的人跑了，而这业务是保险公司负责的，与驾校无关。这时，我们只能痛斥这驾校实在是太黑了。可我们又能怎么办呢，只得受着，只是不停地感慨还是自己太年青。后来听说带我们的那个教练自己开了一个驾校，从教练员变成了驾校校长，我还去过几次。那地方比古城的驾校又远出了几十里路，不过看起来却比之前要正规多了。分出了办公室、校长室、厨房，而之前在古城那边就只有一个临时搭建起来的棚子，屋里放着一张桌子，一条长板凳，就算作办公室了。我进去直奔校长室，校长也笑眯眯地跟我打招呼，说给我安排了一个教练，让他教我，顺带递给了我一个牌牌。我认识这个蓝色的塑料纸牌，是我们用二十块钱换来的，因为当时排队的人太多，教练为了分辨是不是自己人，所以才自制了这个东西，美其名曰为驾校的身份牌。

我便拿着这个身份牌去找我的新教练员了。教练员是一个小伙子，比我还小一岁，叫王帅，他喜欢别人叫他王小帅。后来因为他太黑，大家伙都不喊王小帅，而是喊他黑小帅或者王小黑，他也不恼，只是笑笑。王小黑有一米八的大个，脸上有些不太显眼的痘痘，显眼的是眼角处的一道疤。他是体校毕业的，所以撩起上衣来总是有几块腹肌，这引得周围练车的小姑娘对他很是有好感。同我在这练车的有五六个人，每天固定的就有三个。一个是银行职员，一个是高中教师，还有一个医院的护士。我们这还有厨师，拿手菜是川菜，但我只碰到过两回。看起来很年轻，但也约莫着有二十六七的样子。银行职员看起来在四十五上下，每次上车王小黑自己不跟车，便让我坐在副驾驶跟着。他一米六左右的个子，每次上车后嘴里总是嘟囔个不停：调整座位，看后视镜，系安全带……说这些步骤也还好，每到爬坡起步的时候他老是好熄火，熄火车就往后溜，越慌越忙。不管是成功了，还是失败了，他总是要跟你说一说怎么成功的或是怎么失败的，我表面上敷衍地应和着，内心却抱怨着，我又没出现这种问题，跟我说干吗，本来没错误的也被他说得开始出现错误了。我最烦跟他的车，一个大男人跟个碎嘴子一样。每到这时，我倒是要同情起他老婆来了。

水城的雨总是说下就下，不过现在却不用再担心水泥路车滑。今天来的人也不多，我们便一溜烟儿地都躲进车里等雨停。在车里，有的在低头摆弄着手机，不时传来咯咯的笑声，有的在给家里打电话，而我看着外面哗哗的雨发起了呆。我喜欢下雨天，但也不能说完全喜欢下雨天。我喜欢在一面大的落地窗前看着从天而来的水珠吧嗒吧嗒地打在窗子上，然后轻轻滑下，留下一串雨痕，而我则坐在暖和的房间里，一手捧着书，桌子上放着刚泡好的茶，热气还在不停地往外冒着。楼下的行人匆忙地跑着，到了路口，却不得不因为红灯而停下来，身上的衣服已经被淋透了，索性也不再跑了，而是慢慢走着，任雨作祟。尽管，这只是我的想象。

我的思绪被黑小帅打断："欸，想啥呢？"

我抬头看了他一眼："没想啥。"我因思绪被他打断而不满，表现出一副不想搭理他的样子。

"你们说，怎么样才能忘掉一个人呢？"小帅把话头转向了大家。

"你咋啦？"他说这话引起了我的兴趣。

"我感觉我被伤害了。"小帅说他十几岁的时候就去开大车了，那时候腿还有点够不着离合器。但后来开着开着个儿也长开了，走南闯北，哪儿都去过。我问他大车开得好好的怎么来这儿当教练了，他说虽然开了好几年的车但是一直没考驾照，前段时间开车被查了，他舅找的关系好不容易把他保下来的。他悔恨着："以前也被查过几次，但是那时候都有关系，扔点钱就没事了，现在不行了，这次要不是关系硬钱砸得多，差点儿就出不来了。"黑小帅的爸自己开了个运输公司，一直承包着水城对外的长途运输业务，虽然这次出事他被保下来了，可整个公司却被整顿调查，查出来没驾照上路的也不止一个。大车是没法继续开了，王小黑就来报名考驾照，开了这么多年车，驾照倒是一次性就拿到了。公司是一时半会回不去了，更何况开大车要有 A 证，王小帅考的是 C 证。当时的教练也是现在的校长，刚好听说他要出来单干缺人，便在拿到驾照的当天就入职了。在这也是边教车边考 A 证，他还是要回去开大车的。

"你们见过十几万元的现金吗？"王小黑见我不说话，又转头问银行职员："你在银行工作，见过十几万元的现金吗？"

银行职员摇摇头，王小黑脸上一下子变得自豪起来，很是得意地说："我见过！那么多钱在你面前你真是不知道是啥感觉，搬都搬不动。"

"就是因为这个受伤害了？"

王小黑摇摇头，其实王小黑是忘不了他的前女友。因为王小黑跑长途车，一走就是半个月，基本上不着家，王小黑也把赚来的钱大部分都花在他女朋友身上，他是真的爱她，甚至半夜爬起来走好几条街给女朋友买她想吃的。可年轻小姑娘总是缺乏安全感，她总是怀疑小黑在外面胡来。久而久之，就越来越不信任。黑小帅跑这么远的路回来，不光没得到关心，反而是一顿顿地被质问，便也上火，就说了气话："我就在外面找了怎么了？"因为太累小帅吼完转头就睡了。等第二天起来发现女友已经离他而去。

我们听完小帅的故事都唏嘘不已，"那你还是放不下她吗？"

王小黑脸沉下来，不说话了。过了一会说："我也不知道。"

雨停后，练车道上都积满了雨水，教练员们便拿起大扫帚要清扫路面，有几块水泥砖也因为经过雨水的浸泡而变得松动，用脚踩上去会有叽咕叽咕的声音。路上的积水已经清理得差不多了，我们都拿着板凳找了一个舒服的姿势坐下。王小黑对那块松动的水泥砖乐此不疲，不停地踩动让它发出声音，他笑着对银行职员说："这声音，男人都懂吧。"银行职员尴尬地笑笑，我装作没听见，转头走开了。

"你是在哪个医院上班？"小帅问那个女护士。

女护士一眼看上去就是庄稼人的孩子，掩盖不住地老实。"三院。"

"哟，这是个好地方啊！"

"三院咋啦？"我问。王小黑坏笑地告诉我三院就是水城的唯一一所精神病院。

"你害怕吗？"我很好奇。

"还好吧，时间长了就好了。"她想了想又说："其实最害怕的是抑郁症的病房，他们病房里安安静静的，安静得让人害怕。"

后来，王小帅就跟这姑娘好上了。

要说我在这儿说话最多聊得最好的就是那个高中教师，她是在水城的私立高中教语文的，王小黑还在那所学校上过，后来因为打架就转学了。我得知她跟我是一个学校的，并且都是从中文系里走出来的，严格来说，她也算得上是我的学姐。有了这层关系，我们的感情一下就拉近了。我看她没有五十岁，至少也有四十岁了，不知道为啥现在才来学车。她告诉我她老公是厨师，他们搬家之后她老公离工作的地方特别近，而她特别远，家里的车就闲下来了，而她也不想天天让老公送，所以就想自己开车上班。话语间，我听出来她与她老公的关系也并不是很好。她有两个女儿，一个上小学，一个上初中。她不喜欢大女儿，也不愿意跟老公说话。

我听了很震惊，哪有母亲不爱自己的孩子的？她给我解释说是因为生老二的时候，老大刚上幼儿园，所以就把老大放到了婆婆那里养着，一直到小的上了幼儿园才把老大接回来。可是接回来之后，她总觉得和自己不亲，好像不是自己孩子。

"可不能这样啊，你这样让她心理也接受不了，会出问题的。"

"我知道，但是我控制不了。还有就是你不知道，我们私立的学校不比公立的，虽然钱多但是事也多，所有的精力都在学生那里耗光了，留给孩子和家庭的就不多了。"

我点点头，也不再说什么。

这儿比较有趣的就是学车的人五花八门，上了车开了半天，突然跟教练说，刹车没了。教练员说，刹车怎么会没了呢，你脚底下的是啥？车里人的人听了都哄笑。有的骑惯了自行车电动车的，你跟她说踩刹车，她就一愣，一时不知道刹车是什么，学员下车也红着脸说，你说刹车听不懂，电动车都是拉闸。后来教练员对他们就不说刹车，改说拉闸。一看不对劲，就来一句：拉闸！车一下就停了。还有那种喊拉闸也不好使的，把油门当刹车，车前的保险杠被撞坏的也不在少数。

后来忙着毕业，学车这事就一直搁着，拖了两年都没解决，每每想起这件事，总觉得闹心。

别想了，我安慰着自己。

五

期间蓝空空发生了一件不大不小的事：她和文明分手了。

我一直以为在这租房子的都没钱，是我想错了。文明家其实是做房地产的，根本不缺钱，他爸正准备把他送出国留学。分手是蓝空空提的，"我并不是熬不过时间，是觉得没必要在不确定的路上去折磨彼此。"蓝空空看上去很平静。

我们此刻正坐在学校的操场上，脚边散落着几罐啤酒瓶，老师就在不远处散步，但在没有路灯的操场，仅凭星星是不能将我们捉住的。

"你不伤心吗？你这也太平静了吧？"我好奇地问道。

"最难过的时候都过去了，那天我自己在阳台哭了好几个小时呢。"

"我还以为你不难过呢……"

"在你眼里我就这么没人性是吗？"蓝空空笑着捶在我胳膊上。

"我打算寒假去工厂打工了。"说完我才意识到我已经没有所谓的寒假了，可这会倒是也不必纠结这些字眼。

"去哪里？"

"苏州。"

"去多久？"

"一个月左右吧。"

"那你注意安全，照顾好自己。"

"我知道。"

其实蓝空空并不需要担心，我在大学期间已经去过好多次了，虽然不是同一个工厂，但基本上都大同小异，都是流水线加工。流水线上0.4秒就要进行一次加工，在厂里慢慢变得没有自己的思想，也没有思考的时间。每次去回来都需要一段时间来修复自己，在工厂待久了感觉自己也变成一台不停运作的机器，和其他机器浑然融为一体。工厂里女生基本上都能分派到坐着的岗位，而男生大多分配到站岗。这对于我来说，是饱受着精神和肉体的双重折磨。可电子厂能拿到平日工作的两倍工资，所以也能理所当然地说服自己。

记得第一次去电子厂还是大一的寒假，当时是为了给家里减轻负担，毕竟在一所私立大学学费还是不低的。当时还什么也不懂，也没想过会不会被骗就带着铺盖卷，如同一个勇士般地去了，当然还带着股子壮烈牺牲的劲。一辆七座小面包车开到学校门口，司机催促着我们十几个人一股脑儿地都往里挤，坐不下的就蹲着或是坐在提前准备好的砖头块上，总有种农民工进城的既视感。我们被中介带到一个客车的中转站，就在这里等车，一般是下午两点走，第二天早晨到，晚上司机会在服务区停一次，休息抑或吃饭，都随便。第一次是做手表加工，要求是不能带金属入厂，连衣服上的金属拉链都要去掉，听说是防止员工偷取零件。车间主管也不得使用智能手机，只能用老年机，听老员工说是为了防止他们拍照。我听了无奈地摇摇头，心想：老年手机就不能拍照了吗？

真是掩耳盗铃。

　　相比这几次的经历，只有第一次的工作是最轻松的，我想这份轻松与邓工是分不开的。邓工是我所在的这条流水线上的工头，说白了，就是直接管我们的领导。其实当上这个工头说难不难，说简单也不简单，我们的流水线有十几道工序，你只需要熟练地进行这些工序，额外再熬上几年的工龄即可。我见邓工那会她才二十一，来这儿已经有两年了，比我还小。她说她没上过大学，特别羡慕我们。邓工是个特别柔和的小姑娘，她不是那种第一眼给人惊艳感的女孩子，而是耐看型的。我分配到的是贴胶的活，这胶有一个独特的名称，叫"黄金胶"，听上去很值钱的样子，但它上面并没有黄金，就是最普通的胶。刚开始贴的时候，有些手忙脚乱，不是因为工作难，更多的是因为工速快。每次忙不过来的时候，邓工都过来帮我，每当这时候我总感觉邓工是一道拯救我的光。一周以后，就慢慢熟练了，哪怕走神，手上的活也不会耽误。在回过神来的时候，总是吓自己一跳，不知道刚刚干了些什么，在这儿待久了精神都变得有些恍惚。

　　我真正确定邓工对我有不同感情是我们一起结伴去狮子林，那是苏州园林其中的一个园林。南方和北方的建筑确实是大相径庭，北方的建筑很敞亮，一眼就能看到全貌，不管是庭院，还是庙堂，南方则不然。初进园林，门口就赫然有一堵墙阻隔着去路，让我一个北方人心里很是犯堵，就像是干吃了一口硬馒头噎在了嗓子眼儿，没有咸菜，也没有热水。我们从墙的两侧绕过去，视野一下子明亮了起来，用"柳暗花明又一村"再恰当不过了。今天是大年三十，但是还是有不少的旅游团，十分热闹，一点也看不出冷清。这要是在老家，这个点儿准得裹着大棉袄到处走街串巷，给村里的老人家问过年好，不管去哪家，主人都会热情地给你揣上大把的瓜子和炒花生。

　　穿过一座假山，后面是游船，假山的棱角因为游人摸的次数太多已经变得光滑。大家都举起手机来开始拍照，我个人是不怎么喜欢拍照的，所以这么多年也没有记录下什么。大家都在怂恿着拍照，技术部的小吴催着邓工："拍一个呗！"

邓工摆摆手说，别了。邓工腼腆地笑着。

我在一旁看他们拉扯着，"拍呗，邓工。"我也打趣道。

"那你跟我一起拍。"

"我不太喜欢拍照。"我推脱着。

"我也不喜欢，那我也不拍了。"

同行的人由催邓工改为催我了，"行！拍！"我走到邓工的旁边。

当镜头对准我们，按下快门的一瞬间，邓工突然挽起了我的胳膊，头靠在我的肩膀上。我不知所措地傻站在那，一动也不敢动。直到小吴说："好了"，邓工才放开我。其实从邓工在工作上帮我到私底下给我吃的，我早已觉察到邓工的心思。只是邓工从来没有捅破这层窗户纸，我也就当看不见。其实感情有时不需太多言语，也不必做太多事，只要一个眼神，就能感知。佛法讲磁场，凡人讲感觉，其实说的是同一回事。但是，后来这些东西在蓝空空那里全部失灵，不知道是我的磁场太弱，还是干扰信号太强。

接下来的游园我也毫无心思，总觉得心里乱乱的。其实我跟邓工心里都清楚，我们俩是没有结果的，更何况邓工在我面前也时不时地表现出来没有上过学的自卑感，也注定这是一段不对等的感情，而这并不是我想要的。幸好当时签的协议是年后，所以留在这儿的时间也不多了，自从这样的想法产生之后，每次见到邓工都会不由得觉得尴尬。邓工也不傻，她也很快察觉出来了。从苏州园林回来之后，我们便很少再有交际，邓工也尽量不来打扰我，这反倒使我变得不好意思起来。我从电子厂回来后邓工联系我，告诉我她已经从工厂辞职，去广东跟着表姐学着做起了生意，卖一些包和手表，我脑海里浮现出她那稚嫩的脸庞逐渐融入耸立的高楼大厦中，听说她谈了一个男朋友，不久又分了。再后来，我们便渐渐失去了联络。

今年是第三年过年没回家了，大年三十在床上躺了一整天，我简单地跟家里问了个好，便匆匆挂了电话。其间，蓝空空打过几回电话，我们有一搭没一搭地聊着。寒假很快就过去了，我又回到了水城的出租屋里。对我来说，不过是从·个地方到了另一个地方，从一个黑暗到了另一个黑暗。

六

出租屋里的人也都已各奔东西，文明早已办好留学的手续，在寒假前就离开了。小杨的女朋友小周考上了教师编，也准备回到家乡那边发展。小杨只想一门心思地赚钱，他和师哥开了一间自己的工作室做电商。说是工作室，其实就是在对面楼层租了一间房，桌子上摆放了两台电脑，除此之外，别无他物。刚开始还雄心斗志，今天听他说和某公司签了什么单子，明天又搞了什么技术升级。时间久了，那间工作室里就堆放起了各种垃圾，他俩也懒得收拾，于是越堆越多，屋里根本迈不开腿。

小周便一直劝他："你不要天天想着赚大钱，不是每一个人都能成为马云，你就踏踏实实的，不行吗？"小周家是老师世家，她爸爸、爷爷、太爷爷都是教师，外公还是小学校长。这也导致了从小她就比其他孩子受的苦多，父亲对她的管教可以说是变态式的约束。只要不听话，父亲便用沾了水的毛巾抽她，因为沾了水会打得更疼。小竹鞭抽手心更是家常便饭，这通常是我们小时候老师的惯用伎俩，现在素质教育之后，听说老师的口气不好都会被家长投诉。听我们的老师讲，隔壁学校还发生了老师给同学道歉的事儿，和我们小时候被爸妈牵着去见老师，临走还嘱咐老师孩子不听话就打的情况大相径庭。虽然我们家世代农民，也没有能和老师搭得上关系，但我也没能逃过小竹鞭的迫害。从小学三年级开始，完不成作业的或者上课调皮捣蛋的就会被老师打手心，那根鞭子是老师从垃圾桶旁边的大扫帚上扯下来的，专挑着中间最挺拔的枝子扯。老师并不怕断，断了再换一根更结实的便是了。打手心不能躲，越躲越疼，你要尽量靠近那个竹鞭，越近越不疼，这是我总结出来的经验。上了五年级，就不再打手心了，竹鞭换成了拖把上面的那根木棍，约摸着有手腕那么粗。记得那次语文考试，因为0.5分我的屁股瓣上就遭了两棍，我们的优秀分数线是85，而我只考了84.5。当然，因为这个误差挨打的同学也不在少数。上了初中，也没能逃过被打的命运，一个问题没答上来，英语老师手里的书便砸在了脑壳上，脑袋像是突然开了闸的洪水一般，砸得人生疼。被老师"迫害"的记忆就这样停留在了中考前夕。上了高中之后，再没被老师用暴力手段对待。也许是开始学着听话了，因为老师对调皮的学生依然是咒骂，甚至于拳脚相加。

小周在脱离了家而奔向远在百里的学校时，她彻底释放了自己的天性，那个凶神恶煞的父亲也就渐渐活在了记忆里。从她上大学以来，她父亲的态度也发生了转变，不知道是不是也深知女儿已经长大。虽然每天早晨都会趁着早读的时间给女儿打个电话，却也不再动不动就恼了。尽管她不想再活在父亲的统治之下，可从小的教育让她明白，婚姻这种大事是不能不经过父亲的同意的，小杨这样是绝对不会让父亲点头的。她其实不求小杨能多优秀，而是希望他能安安稳稳地找一个体面的工作，老师或者公务员。但是小杨完全不这么想，他想得更多的是出人头地，最好是赚大钱。在这点上，两人的分歧很大并且是越来越大。刚开始小周答应给他时间让他去闯，但随着工作室也落入这般田地，小杨的女朋友根本看不到希望，可小杨仍不死心。

小周终于还是提出了分手，也许是由于父亲的原因，她对于男性并没有什么依赖性，在她的观念体系里，自己在第二位，把自己的母亲放在第一位。至于男人嘛，她坚信这一句话：三条腿的蛤蟆不好找，两条腿的男人到处都是。她可不想随自己的母亲。没几天，小周收拾着自己的东西离开了。我在学校的餐厅里见过一次小杨，他整个人胡子拉碴，头发也乱糟糟的，脚上趿拉着拖鞋，一边看着剧，一边往嘴里送饭。

我替小杨感到惋惜，看得出来小杨是真的爱她。我私底下偷偷问过小周："他对你真的挺好的，你就这么狠心吗？"

"他对我是挺好的，可这能当饭吃？"

我哑然，她说得确实也没错。

"我给过他机会，是他自己不珍惜。"

"如果小杨考了教师或者公务员你会不会跟他一直走下去？"

小周点头。又补充了一句："我可能会跟他走到结婚那一步，毕竟他对我真的挺好的。"

听蓝空空说，小杨比她女朋友提前一年毕业，但是为了能多陪她一年才留在了这儿。我一直很好奇为什么小杨就不能为了她选择安稳呢？多年以后，想起来小杨会不会后悔呢，我不得而知。这恐怕只有他自己说得清了，回家以后，小周遇到了一个爱她的男人。那个男人是公务员，收入稳定，家境也不错。相识半年，两家便开始商量婚事了。其间小杨也找过她几次，可都被拒了，后来连联系方式也没有了。

三个住户一下走了俩，只剩我的出租屋里冷清了下来。房间的支配权落在了我的手上，于是我搬到了之前文明的那间屋子里，房间有一个小阳台，采光很好，空间也很大，至少心理上不再让人那么压抑了。蓝空空临近开学，也从家回到了学校。

前几天我从楼下超市买了一口锅，打算以后自己在家做饭。最近对火锅很是喜欢，简单，还驱寒。但吃火锅这东西还是人多得好，毕竟中国人吃饭就讲究个热闹，我想到了蓝空空。

"复习得怎么样了？"我问。

"还行吧，就按部就班地进行着。"蓝空空一边帮我洗菜，一边随口应着。

"我给你爆炒个茄子吃吧，你喜欢吃吗？"

"哟，看不出来啊，你还会做饭呢？"

"小看谁呢，我在家饭基本上都是我做的，其实也是我比较喜欢做饭。"

"我还以为你是因为不会弄才喊我过来的呢。"蓝空空笑道。

"瞧好吧你就，等洗完菜放一边你就去歇着吧啊，剩下的我来。"

小杨临走前还给我留下了一罐他妈从老家寄过来的自制辣酱，看着不好看，味道是真好。他这一回老家，我就再也吃不到咯。我拿出来给蓝空空，蓝空空也是对这辣酱赞不绝口，我告诉她这是小杨留下的，顿时又觉得伤感，但毕竟天下没有不散的筵席啊……火锅咕嘟咕嘟地冒着热气，我也是吃得感觉胃里不断地生出暖气来。

"你有什么打算吗？"蓝空空问我。

"我也不知道，还没想好。"未来的路该怎么走，我没有丝毫的头绪。快一年了，也没有什么起色，穷得连饭也快吃不起了，能有什么打算呢。

"欸，有租客来吗？"

"没听房东说起，暂时应该还没有。咋啦，你要住进来吗？"我打趣道。

"倒也不是不可以啊！"看着我一脸疑惑，蓝空空继续说："我不是准备考研嘛，起得早，睡得晚，可我们宿舍里只有我一个人考研，我怕打扰她们。我早就有搬出来住的打算，但就是一直也没找到一个好机会。"

"噢……那你住进来我可以给你做饭吃！"

就这样，蓝空空在一个周末搬了进来。在蓝空空搬进来之前，我把客厅和房间都打扫了一遍，恢复了它的本来面目。本打算让蓝空空住我的房间，可她硬是不愿意，我也不再推让。自从蓝空空搬进来，我反而见她更少了。她还是在学校里学习，每天早晨天不亮就离开出租房，晚上很晚才回来，每天晚上我听到房门开关的声音才能安心睡去。

我想，我一定是喜欢上蓝空空了。

七

水城之所以得名是因为这座城里有数十条大大小小的湖，而最出名的当属文昌湖。文昌湖很大，可却从没见过在湖边钓鱼的，倒是在一个标着放生台的路沿上看到过几回放生鱼的景象。五点多钟，这座城就醒了。文昌湖周围会有一波在等着下水的人，有的人赤手空拳，有的人拿着救生圈，还有抱着一个摩托车上的轮胎就下去了的。他们像是水鸭子，在湖里面寻找着自己的世界。

当时校门口流动着小摊小贩，大部分都是一些街边小吃，有刀削面、红豆饼、烤冷面、臭豆腐之类的，生意好得不得了。但时不时会有城管来驱赶，逮到的就罚款，所以那些商贩看见城管就像老鼠见了猫一样乱窜。其实担心的不光是摊主，还有光顾他们生意的学生。有好几次，刚付了钱，串还在炉子上烤着，城管就来了。老板骑着车子就跑了，串也跟着消失了。城管巡视过后只剩下一群学生慌乱地待在原地，所以怕城管的不光是商贩，还有学生。不过后来次数多了学生们也就习惯了，并且逐渐学乖了，都是一手交钱一手交货。后来，不知道那些老板从哪里打听来的消息，说是路对面不是城管管辖的范围，便都到街对面去摆摊了。刚开始听到城管警鸣的声音第一反应还是想跑，但后来发现城管并没有停车驱赶他们，而是略过他们扬长而去了，有时车还停下来从小商贩那里买个夜宵吃。

文昌河是打仗时候的一条护城河，从护城河往北走，经过一条石板路，再过一座桥，就到文昌阁了。这条石板路上有一家经常把音乐搬到店门外的贰拾陆号酒吧，有一座城堡似的教堂，在拐角的巷子里藏着一家国学书院。这条路上的饭店最多，有叮当猫主题的特色餐厅，有简餐，有火锅，还有咖啡厅。可能是因为在古城周围，所以这些店面都有各自的特色。与这座城一样，这条路上少了其他景点的那种喧嚣，每家店都显得静谧又厚重。文昌阁一共四层，是明代时的建筑，悬挂的匾上正面刻有凤城仙阙，西侧刻有"阆苑瀛洲"。票价只要五块钱，路过好多次竟没有登上过，不过倒是去了国学书院好多次，有时是听讲座，有时是写书法。文昌阁是四棱台，它被四条南北通达的石板路包围着。在文阁楼的后面，有一家小店，是我经常光顾的。那是一家装修很新的旧书店，里面的书全都是旧书，没有一本现在时兴的畅销书。随便翻开几本就会发现里面大多都盖着某某图书馆的章，所以我一度怀疑老板都是收废品买来的书。书后的定价基本上都是几毛钱，甚至还有几分钱的，老板自然不会按照定价卖，可也比市面上的书便宜至少一多半，对于我这种穷学生来说，简直可以说是圣地。

水城除了湖多，就是雨多。到了雨季，连着几天下雨，雨水过后，柳树上都冒出一撮撮的鲜蘑菇。不过我一直没吃过，怕有毒。暴雨过后，两只手抱不过来的老树枝头都耷拉着头一直拖到地面，那些碗口粗的树更不用说，拦腰折断更是家常便饭。这段时间，又搬进来一个新的女租客，也是要备战考研的学生。名叫徐京，是南方人，特能吃辣。有句话叫南甜北咸，东辣西酸，我做的饭是偏咸，可这句话在她身上并不灵验。我吃过几次她做的饭，炒鸡蛋要放糖，炖肉要先炒半瓶老干妈，再放一把辣椒，她管这叫出味。当然，我除了辣味什么也尝不到。

"你们不是明年十二月份才考吗，现在准备太早了吧？"

"不早啦，笨鸟先飞嘛！"

"你整天在这房子里待着不闷吗？要不要跟我去学校里去，你可以在图书馆或者教室待着啊。"蓝空空向我提议。

"咋啦？怕我待出毛病啊。"

"你除了买菜也不下楼转转，整天一个人待着，说不定真出问题呢，更何况你出了问题我跟徐京两个女生还怕有危险呢！"

"就是嘛。"徐京也在一旁附和着。

"事嘛，倒不会出，不过我觉得你这个提议不错！"我当然也想多跟蓝空空待在一起，我恨自己怎么早没想到这一点呢！

"那我们可早出晚归啊，你确定你能起来吗？"

"放心吧，再说了，我也可以什么时候起来再去嘛！"我当然也怕自己起不来，毕竟这快一年也是懒散惯了。

从这天起，我就跟着蓝空空每天回学校，一天三顿也都在学校里解决，除了继续完成我的春秋大业，平常没事也接点代写的单子赚点零花钱。蓝空空很少去图书馆，学校里专门有考研教室，书不用来回拿，基本上每个人都有一个固定座位，蓝空空也给我找了一个位置，在最后一排靠窗的位置，我很喜欢。我是去年六月份离开学校的，当时楼下的丁香花正开着，黄色的小花几乎挂满了整个枝头。现在只有零星的几朵还顽强地守在树枝上，大部分都落下来被泥土埋住了半截身子。回过神来，我在纸上留下了一首小诗：

丁香谢了

埋头间
窗外的丁香已然顺从地
住进了土里

我知道我不必伤悲

终有一天

我们还是会再见

哪怕不是在这块土地上

 写完我也无心在教室待着了，便想下楼去转转。在学校的时候，我就喜欢在这条铺着红砖的小道上漫无目的地晃荡，有时是坐在台阶上，静静地看着太阳落下，一道光影缓缓地从东面的头顶下打下来，变成一个银色的光盘，亮得让人睁不开眼。不一会儿，它便又跑到西边去了，化作一团橘红的火团，在天空中慢慢晕开，云彩的身上都像是被涂抹上了颜料，我怀疑天上飘的云彩是夕阳的情人，要不然为什么夕阳总给人一种惋惜的美呢。丁香树的外围被一簇簇冬青包裹着，除了那扎眼的"冻龄色"外，再看不出有什么生机了。墙根栽种着十几株月季花，现在只剩下光溜溜的杆子倚靠在墙壁上。我总是分不清玫瑰和月季，在我看来花瓣也没什么区别，只不过玫瑰开出的花大多是红色，再则就是白色，而月季开出来的花可谓是五颜六色，有粉红色、淡黄色，我还见过淡绿色的。高贵或许之所以称得上高贵，就是因为独特吧。假使花都有高低贵贱之分的话，那我呢？我不独特，甚至可以说和高贵搭不上一点关系，我是芸芸众生的一个，是毕业了将近一年还一事无成的大学生，说得好听是郁郁不得志的追梦人，实际上不过是无业游民一枚罢了。我身上的钱还没有社会上捡破烂的一天赚得多，我甚至还不如他，如果让我去捡破烂，我能放得下脸面吗？我微微地摇了摇头，我知道，我不能。

 过了拐角处，左边是一棵参天的松树，树干足足有三人粗，两侧的枝丫如同莲蓬一样散落在两边，据说松树的种类有几百种，眼前的这种松树叫雪松。右手边是一棵核桃树，七八月份就有核桃从树上掉落下来，核桃被外层的绿色果皮包拢着，时间久了里面的核桃就由淡黄色变为深褐色。这棵核桃树不太起眼，但是产果能力却没的说，除了被人拿杆打掉的之外，总能被过路人顺手捡走几个。我是在一个雨天发现它的，当我在这条路上闲走着时发现有个人拿着伞，可并不打，而是把伞倒过来当成一个放物的器皿。像低着头在寻找着什么，又不时地从地上捡起什么东西扔在倒拿的伞上。待她走后，我过去发现了一个圆圆的小东西，剥开后发现竟是核桃。学校里除了核桃树，还有柿子树、山楂树、梨树、木瓜树，一到结果的季节，校园里就开始热闹起来了。再往前走，是一排银杏，这个季节的银杏叶已经散落在地上。猛地抬头，你会发现一片玫红色的花海，这种花是长在树上的，它的名字我至今也没搞清楚。我想起了前不久给蓝空空送梨水的事。

水城的天气总是有点凉，那天一早窗外就灰蒙蒙的，看天气预报说今天有暴雨，临出门的时候，我提醒蓝空空和徐京把伞带上。到下午雨还没下，吃饭时就有几个同学抱怨着天气预报糊弄人。我感觉窗外的乌云都快抵到心口上来了，压得人喘不过气来，我便早早收拾了东西，回到了出租屋。到家不久，外面就飘起了雨点，刚开始只是零星地掉，像胡同口老太太的拉呱，有一搭无一搭的。后来就变成了蒙蒙细雨，再后来就只能听见雨打在窗户上又弹出去的哒哒声。我从床上爬起来想找点事情做，又不知道该做什么，我看厨房里还有几个梨子，把它切成小块，又从房间里拿出几粒冰糖，一起扔进了锅里。哦对了，忘了说，我们的出租房是有公共厨房的，只是因为上一批的租客也没有人做饭，所以厨房也就慢慢变成了杂货间。自从蓝空空和徐京搬过来之后，我们就把厨房重新打扫出来了，变成了一个真正的厨房。厨房里堆着的一打盆子，也被我们清了出去。听蓝空空给我们讲，有的租客进来之后就随便拿上一批租客扔在厨房的盆子洗菜，却不知道那个盆子之前却是被用来洗袜子的。听完，我胃里觉得一阵恶心。我把我的电锅也拿了出来，但因为她俩平时很忙，所以基本上还是我自己在用。锅里的水咕嘟咕嘟地冒着热气，梨块被水花顶着翻来覆去，我关了火。门突然开了，是徐京回来了，没有蓝空空。

"欸，你回来了！外面还下吗？"

"这会下得小了，你在煮什么？"她把书包从肩上摘下来。

"自制版的冰糖雪梨，给你盛一碗。蓝空空呢？"

"不知道呢，我在图书馆，没回教室。"

"这么晚了，还没回来，要不我去看看？"

"她这么好看，要是有人趁火打劫，你刚好可以在这个雷雨之夜上演英雄救美呢！"徐京笑着说，"欸，你是不是喜欢她？"

她这一问倒是把我给问住了，我内心的声音一直在呼喊：当然啦！我当然是喜欢她的了！这么明显都看不出来吗？可我听见从我喉咙里发出的声音是："嘻，别瞎说。"我不知道我在逃避些什么，在担心些什么，我一直想让所有人都知道我喜欢她，可我竟然说出了别瞎说。我一手打着伞，一手提着打包好的梨水，雨已经不像先前那么大了。从出租屋到学校门口这一路都没有碰见蓝空空，平时十点就回来的，现在都十点半了还没个人影。不会真像徐京说的那样吧，一阵凉意从后背上来。刚走到教学楼门口，我看到一个人影，由于光线太暗，待蓝空空向我打招呼，我才看清她。她明显是刚哭过，但还是努力从脸上挤出一个笑来。

"你怎么了？"话刚问出口，蓝空空脸上的笑就消失了，下一秒眼泪从眼角流了出来。她说是和父母吵架了，因为她想出去散散心，可父母担心她一个人不安全。"他们也是关心你。"她耸耸肩，说："我知道，所以也是伤害最大的。"很快，她又恢复了往常的样子。"我陪你去吧！"

"嗯？"她扭头看看我，一脸惊讶。

"我说，我陪你去。"

"你知道去哪儿吗？"

"跟着你，去哪都行。"蓝空空只是点点头，没有再说什么。"快把梨水喝了吧。"我递给她。蓝空空后来对我说，她觉得我这个人细心得有些过分了，反而有些缺乏一种气概，而这种气概才是最能让她着迷的。

因为不是节假日，只是普通的周末，所以来的人并不是很多。在进口处堆积着一群人，走近后才知道原来是导游带团的，因为人太多，所以得一一安排恰当后才准入山。穿着黄色背心的导游拿着喇叭喊："大家在树下等我，不要乱跑。"有一个背着粉色书包的老奶奶冲出队伍追上导游问道："我们什么时候能进去呢？"导游并没有回答她的问题，只是又强调道："回队伍中去，别到处乱动。"老奶奶俨然一副小学生受了批评一般地走回了队伍，嘟囔着："不动就不动。"

我们说笑着从空无一人的散客通道走过去。我们先坐船到了码头，船上的介绍员跟我们说下了船要先爬台阶，一共是五百二十级。刚爬的时候，我在心里一直默默数着，完全顾不上和蓝空空讲话。数着数着便不觉心烦，管他多少级呢，估计也没人在乎它是不是真的是五百二十级，就算是把二百五说成五百二大家都深信不疑。进了山，一路闻着桂花的香气，淡淡地，渐渐充斥洗涤着每一个在尘世肮脏的灵魂。

"你知道这个湖的别名是什么吗？"

"嗯？"蓝空空扭过头来看我。

"爱情湖。"

蓝空空没有再说话，我们只是尽力地往上爬。过了一会儿，蓝空空打趣道："那你说这座山是不是叫爱情山？"我们心照不宣地开怀大笑。

我们走到一处只能通过一人的窄道，他们称此处为老虎洞，坡度几乎与地面垂直，抖得让人看了就生些畏惧，幸亏两侧有铁链作辅助，否则不知道一天要有多少人会被这个隐形的老虎取走性命。我走在前面，先比蓝空空下十几级台阶，下来之后我就一直看着她，以防她一个不小心，做好随时接住她的准备。还有两三级的时候，我把手伸过去，她也自然地把手放在了我的掌心。握住的那一刻，我便不再想放开，她好似也没有要挣脱的念头。就让我们都做欺骗自己的傻子吧，我想。我一直在克制自己不做需要双手才完成的事情，不然我简直不知道我还有什么理由和勇气再一次牵起她的手。

我的手心已经汗涔涔的了，我不得不放开她的手。显然，她并无惊讶，也没有表现出惋惜，简直就像刚刚这一切都没有发生过一样。我竟无端地怀疑了起来，我是否在刚刚握紧了她的手，我陷入了深深的恍惚之中。我们用了接近五个小时走遍了整座山，没有借助任何的出行工具。中间一共下了三场雨，每当我们走得累的时候便有一场雨撒下来，下一阵又接着出来太阳，真叫人快活。

"你想不想去北京？"我问。

"去北京？"

"对，这儿离北京也不是很远。"我不知道北京是蓝空空一直想去却一直没去的地方，她的初恋就在北京。如果我早知道，打死我也不会有这个提议。她犹豫了一会儿，还是答应了。我不知道她只是想陪我，还是心存念想。但是从她后来表现和感谢我让她实现了她一直的愿望来说的话，我猜是两者兼有之，但后者的占比更大吧。

八

我们是坐火车去北京的，从水城到北京只要六个小时，从京娘湖出发就更近了，只要三个小时。我们是凌晨出发的，到那五点多，刚好赶上天安门的升国旗。头一回来，像是刘姥姥进了大观园一样，明明是在马路对面，可怎么也绕不到天安门广场上去。在地下的人行通道里绕了又绕，把手机里的导航都绕晕了，费了半个多小时才到广场上。等我们赶到，人已经多了起来，在国歌声中大家都举起了手机，后一个人录的不过是前一个人手机上显示的画面。不一会儿，国旗就飘在了半空中，人群也是一瞬间就散开来了，像是参观了一个旅游景点一样，学校里升国旗奏国歌行的注目礼一下子不管用了，行人腋下夹着公文包匆匆路过赶着地铁。第一站我们先去了北京大学，简称北大。如果你心血来潮问那些小孩子以后考哪个学校啊，得到的答案会很统一，一般不是清华，就是北大。在我们那边，问小孩子考清华还是北大，都会说清华，因为在我们的方言体系中，北大（大读三声）是不行的意思，说北大就是考不上，所以都选清华。在十几年前，我上的那所高中还出了一个清华的学生，从那之后，再没听说过。北大门口的保安看上去比我大不了多少，但比我好看。我们碰到了一个看起来很酷的老爷爷，有七八十岁了，他的胸前挂着一个老式相机，他把我们喊住想让我们给他拍几张照片。他是一个人来的，他说他已经从这里毕业三四十年了，老伴儿刚走不久，他想回来再看看，听到他说这可能是最后一次来这儿了，我突然哑然。校园记忆可能是人这一辈子最向往也最深刻的记忆吧，此时我还不知道这是我跟蓝空空的最后一次，尽管也是第一次。在后来的日记中，我写道：已经有太久的时间没有写下点什么了，久到我已经不记得该用什么样的话来作开头。可有一个人的身影一直在身边萦绕，我也不知道在心里还是脑里，总之，是在我的身体里。我想，我应该为你写下点什么吧，或好或糟。想象着你仍在努力的样子，我想，不管结果怎样，我都替你欣慰，只为你不曾负时光，也不曾负自己。记起我们第一次去北京时，你在北大里的豪情。我们遇到了一个身上挂着相机的老爷爷，他让我们帮忙拍照。他说他毕业已有三四十年，这次回来看看，他略带遗憾地说这也许是他最后一次来了。看着他满头的白发，我无言，只是不想这一次也是我们的最后一次。我们去了王府井、圆明园、故宫，遗憾的是，我没有留下一张照片，不管是景，还是你。这是我们第一次抛下所有的烦恼，心无旁骛地只为所谓的"闲"。这一年里，发生了太多杂七杂八的事，对或错，我都不再去评论。因为不管那些对错的事情，我都可以放下，只是，我还放不下你。如果可以，我想带你看我走过的路。我想带你去看遍文人笔下的那些我们没有走过的桥，那些还没干枯的河，还有那些奇怪的枝丫。我们在最疯狂的年纪相遇，却选择了看淡生活中最安逸的风景。我经常被孤独感席卷在梦里，会有空空荡荡的寂寞，也许是一颗无处安放的心。很多时候，我想跟你靠近，可身体总是不自觉地远离。

正如日记里写的那样，从北大出来，我们又去了王府井、圆明园和故宫，整整走了一天。蓝空空还想再去天坛，我告诉她我实在是走不动了，我倚在城墙根上慢慢蹲了下去。"我现在知道你体力不好了。"蓝空空说。

"谁跟你似的，精力那么旺盛，你以为谁都能跑马拉松？"蓝空空在大一的时候就开始跑马拉松，小腿上练出来的线条清晰可见。

从北京回来后，除我们的关系突飞猛进外，再就是我们还搬了家。搬家的原因有二，一是因为蓝空空觉得这房子里有文明的影子，二是因为新找的房源很好。这个房子是三室两厅，新装修的房子，还没有人住过。房价和出租房那边的差不多，但是不管是电梯，还是周边设施都比出租房要高档，所以相比之下就搬了过来。就冲第一个原因，哪怕是吸点甲醛，我也同意搬。我从毕业生手里买了一辆二手电动车，在搬家中派上了大用场，但也帮了大倒忙。徐京申请了保研，去了北京参加夏令营，于是我和蓝空空就先搬了过来。这会学校已经放暑假了，学生都提着大包小包的东西回家了，但还是有一批学生留了下来。学校给空出了一些宿舍，让学生集中起来。过了这个暑假，蓝空空就要升为大四。去年，我哥们何止也因为学习选择了留校，他给我讲了他和笑面阿姨的故事。虽早就听同学说暑假学校里热得很，随时都能把人晒去一层皮，但最后因为他想学习的欲望太过强烈，所以还是选择了留下来。此时还没有进入大暑，他就已经见识到了太阳的厉害，天天出入教室的何止，像是下矿井一样，每天回宿舍都发现自己又黑了一层，照这样下去，早晚会变成一个和夜融为一体的黑球。去年留校的人并不是很多，再加上所有住校的人都被安排到一个地方，见得多了基本上也都能混个面熟。何止认识教学楼的阿姨，因为她也是何止宿管的阿姨，何止并不知道她的姓名，只是说过几句话而已。何止知道这个阿姨认识自己，因为有时她也会朝着自己投射几个很温馨的笑，让你恍惚中感觉有阳光照过来，想起和母亲依偎的场景。何止还曾经在学校的毕业宣传片上见到过这个阿姨，她在视频中说什么宝贝之类的话，何止一听到这两个字便觉得一阵恶心涌上来，马上关掉了视频，在心里默默地嘟囔一句：笑面虎。

早晨何止在去上课的路上，见过几次她在给一群阿姨开会，何止猜测她或许还是一个小领导吧。从放了假，何止天天见这个阿姨，不是骑着绿色的电三轮车在校园里驰骋，就是搬一把椅子在教学楼的门口坐得端端正正，目视前方，何止猜测也许她是想过一把当老师的瘾吧。

半年前，何止的宿舍停电了，何止找到宿管的电工，电工让去交电费。供电处的门一直紧紧闭着，何止跑去别的办公室询问供电处何时上班，得到的回答是：看他什么时候有空。而并没有人知道他什么时候才愿意迈进办公室一步，寝室的舍友便每天下午轮流在供电处门口守着。就这样连等了一个星期，才见到了收纳电费人的真面目，等门一开，何止便紧凑上去。待进去之后，那位神仙大哥慢慢悠悠地打开电脑，问道：哪个宿舍的？何止赶紧答：423。"交多少？""啊？"何止从来都没有想过这个问题，便说："三十吧。"后来何止才知道就算是整个大学四年下来也不一定能用到三十，因为学校里什么电器都禁止使用，白天都在课堂上，只是晚上回去开一下电灯，却还需在十一点之前熄灯，其实是直接拉闸断电。"你们回去吧，一会儿就有电了。"神仙大哥又开口了。尽管等了一个周，但终究是解决了这一桩事，这一个周来每天晚上都在黑夜里摸爬滚打，打坏了两个壶，在别的宿舍看来像是在打仗一样。

回去一直没有等到电，后来再去问电工的时候，电工便一口咬定什么都不知道，何止就不明白了，明明是他自己说让去交电费的，现在又说不知道。何止一行人便去问宿管阿姨，向她说明了一下这件事，她又是发射出了一个温暖的微笑说："没事，你们有的是钱，花完了爸妈还会给你们的。"何止当时都以为自己的耳朵坏掉了，这是那个平时看起来像阳光的阿姨吗？从这次开始，何止再见到她对别人笑着叫宝贝时，便总觉得有些反胃。

昨晚何止让同学带壶放在大厅里，早晨来的时候却找不到了。何止猜测或许是同学拿错了，就在门口等着笑面阿姨来，终于，那个绿色的三轮车出现在眼前，何止上去问：阿姨，你有没有见一个壶呢？阿姨：你放哪了？何止指着桌子说，我同学说放这儿了，但是找不到了。

阿姨便头也不回地走进了她的值班室，丢下了一句：以后有好事想着阿姨……

何止的心头仿佛又遭了一击，以后有好事想着阿姨？以后有好事想着阿姨，以后有好事想着……

再说回来，也是因为教学楼和宿舍太热，而我们新搬来的房子里装着空调的缘故，蓝空空对去学校学习这件事也就怠慢了起来，把阵地转移到新房子。这儿的家电也都齐全，什么洗衣机啊、厨房用具啊都有，徐京一走就是半个月，而我呢，每天给蓝空空做饭，一起去楼下的超市逛逛，买点打折的蔬菜和水果，这给我一种从恋爱到搭伙过日子的错觉。之所以说是错觉，是因为从徐京回来以后这一切的平衡就被打破了，准确地说，是在我把徐京的脚摔伤以后。徐京从北京回来以后要搬东西过来，我正好有电动车，就说要帮她搬。在差不多快搬完的时候，我摔了。更要命的是，我后面还载着徐京。因为是二手车，所以车子总是有这样或者那样的问题。车子最近出现不动就自己往前跑的问题，但是我也一直没在意，没想到出了这样的事。那是一个大下坡，在把我和徐京甩出去之后，车子还往前滑行了几米。所幸，我只是膝盖上擦破了皮，我赶忙爬起来扶徐京。徐京的整个脚面已经被血浸染了，看不出来到底是伤到哪儿了，车把也被路缘石给撞偏了。我把车子扶起来，用力掰过车头，徐京明显已经摔蒙了。我再三保证我一定小心，她才敢又坐上我的车后座。我们就近找了个卫生室，进行了简单的包扎，就回新房子了。

"咋啦？"蓝空空问。

"摔了。"我把徐京扶进来，她坐在沙发上，我找了个板凳让她把腿抬起来，以免积血。幸亏徐京的保研很顺利，也不需要进行高强度的学习了，不然我真成罪人了，但我心里还是觉得过意不去。"以后你需要啥你就跟我说，我给你办，除了厕所我不能帮你去，其他的事尽管吩咐。"我说。

"洗澡你能帮我吗？"徐京一脸坏笑。

"那倒也不能。"我挠着后脑勺也笑着，徐京现在还不知道我跟蓝空空发展到哪一步了，而我跟蓝空空也默契地都没有对她提起，所以她也经常会开我的玩笑。虽然有的时候看到蓝空空的脸色不对，可我也不知道该怎么去说，我想我跟蓝空空分开很大程度上是因为我的懦弱吧，她想要的气概应该是被偏爱的男子气概吧。

车子也已经修好了，我会经常带蓝空空去夜市去买晚饭回来，有时是我自己去。学校后面的小吃街在没有城管追逐后越来越繁荣，各类小贩风生水起。我经常会去烧烤摊带些烧烤、啤酒回来，徐京不能喝酒，就只吃些烧烤。但谁也没承想，半个月过去了，徐京的脚伤不仅没有好转，反而出现了脓肿，不停有白色脓液从伤口处流出来。我带她去医院看，医生说是发炎了，除了要定时过来换药，还要输液消炎。医院里的消毒水味憋得让人喘不过气来，有坐着轮椅被推过来的，也有躺在病床上被推过去做检查的，拄着拐杖的人也没什么优待。在这个地方，除了生死，其他的都是小事。我让徐京尽量把重力都放在我身上，让她不至于太累。我竟不知道医院是不能拍照的，所以当医生看到我拍徐京的包扎时，一把把我手机夺了过去。在众多的注目下，开始对我进行教育。你不知道医院是不能拍照的吗？谁让你拍照的？她似乎越说越激动，让我把拍到的都删除了，不知道是不是被医闹搞怕了，还是性格本就如此。我感觉我的脸在滚烫，要是有生鸡蛋的话，我保准能给热熟了，这会我多想找个地缝儿给钻进去。我在心里默默地说：再也不来了！老子再也不来你这破地方！

可是蓝空空又载不了徐京，所以只好还是我来。我每次扶着徐京过去，就走出门去，估摸着换完药了我再回去，我不愿再看见那个医生。徐京的一天三顿饭都是由我负责端到跟前的，刚开始她还不好意思麻烦我，后来便整天张瑾张瑾地喊着。而她和蓝空空的关系也就是从这个时候开始变得糟糕起来的。

"你看，这段时间张瑾都胖了。"徐京说。

"哪有，才不胖呢！"蓝空空争辩道。这样的争辩总是时不时上演着。

她们俩互相看对方不顺眼，总是在我面前互相吐槽着。我是顶不愿意听徐京说蓝空空，但是又碍于她的脚伤，不愿和她争辩。蓝空空说徐京时，我也打着圆场，蓝空空坚定地认为我已经站到徐京那一边了。尤其是在我给徐京炖了大骨头而没喊她的时候，蓝空空更是这样认为了。

九

我第一次亲蓝空空是在楼下的超市里，她穿着我肥大的外套，那是一件蓝白相间的运动外套，是一件我最喜欢的外套。那天我们买了火锅底料，准备回去煮火锅，她说她想喝酒。她选了最时兴的一款酒，电视上每天都在播放着推销广告，酒精含量很低，喝起来没有什么酒劲，口味跟功能饮料差不多一个味，但对于没有什么酒力的小姑娘来说也够了。她刚选好，我也不知道哪来的冲动，我一手揽住她的腰，亲了她的脸，我记得很清楚，是右脸。蓝空空的侧脸很漂亮，她的脸形属于鹅蛋脸，她的五官任意拿出一个来，都属于"精品"，她不是那种第一眼就惊艳的类型，属于耐看型的。她先是愣了一下，然后就顺势倒在了我的怀里。

至于后来蓝空空为什么疏远我，又搬出了出租房，我现在都下不了定论。或许是因为徐京的到来，或许是因为我的懦弱，或许是蓝空空对我的冷漠和忽冷忽热，又或许都有。对于蓝空空的忽冷忽热，我到现在都想不明白，我想或许她是在意我的，但是她又不得不去克制自己的感情，有时又想或许她的世界从来都没有我，就像她没有表现出任何的情绪一样地不在乎。我承认，在我照顾徐京的这段时间里确实忽略了蓝空空，我想等徐京的脚伤痊愈之后，好好地补偿蓝空空。

但是我发现在这段感情里我犯了一个巨大的并且无法弥补的错误。我没有向蓝空空挑明我们的关系，也没有问过她是否愿意跟我在一起，我到底算不算她的男朋友？我们俩一直以来好像都有一种朦胧的感情，她看我的眼神，给我的信号以及让我感受到的温柔，后来发现这顶多算得上暧昧。所以直到我看到她站在另一个男生的身边时，我突然发现自己没有什么立场去质问她。我算什么？男闺蜜？暧昧对象？还是只是好朋友？我如同一团蒲公英，没有根，不知什么时候就被哪阵风给吹散了。蓝空空跟我提过几次这个人，他叫李军，之前也见过几次，是她们跑团的团长，长得高高瘦瘦，听说是休学去部队上待了两年，现在退伍又复学的。所以不管是中文系的体操训练，还是在学弟学妹的军训上，他都受到重用。我能看出来，蓝空空看他的眼神和看我的眼神不一样。我看到李军把外套脱下来披在蓝空空的身上，拨弄着蓝空空散落下来的头发。

这天是李军的生日，他邀请跑团的人去给他过生日。蓝空空前几天还跟我念叨着送些什么好，最后决定送一支钢笔。我不得不承认，我吃醋了。我无端地生出一种背叛感来，又突然无端地恨起蓝空空，及至最后的最后，我想通了，其实我跟蓝空空之间最大的问题就是我们俩都需要被爱，而彼此却又都给不了对方。

蓝空空的出生地在重庆，是一个山城。她们那边除了辣椒有名，再就是美女了。因为蓝空空的爸妈去外地做生意，所以她是在一个小农村跟着姥姥长到六岁，才被爸妈接到深圳的。在深圳的日子，用蓝空空自己的话来说，就是苦中作乐。来了深圳，蓝空空才知道爸妈的日子并不好过，他们挤在一个三十平方米的小房间里，旁边住的就是舅母一家，两家中间被塑料材制的隔板挡起来的。一直以来，她都怪自己的爸妈把她扔下不管，当看到眼前这一幕时，蓝空空再也怪不起他们了，反而觉得吸进肺部的空气钻心地疼。舅母家没有孩子，她很疼爱蓝空空，时常把蓝空空叫过去给她点零嘴什么的，有好吃的也都给她留着。在蓝空空没有朋友的那段日子里，唯一陪伴她的就是那个收音机，蓝空空把它视若宝贝。收音机有三种类型：老台式、袖珍式、便携式，蓝空空手里的收音机是袖珍式的，她整天把它带在身边。后来，她在学校里交了朋友，学业也忙了起来，她也就不怎么听收音机了，但还是把它带在身边。

蓝空空的小学是在深圳上的，初中是在广州上的，自从蓝空空被接去深圳之后，他们家的生意就越做越好，为了进一步发展，举家搬到了广州。很快，蓝父就赚得钵满盆满，现在他们又选择回老家做个小本生意。蓝空空又跟着爹妈回到了重庆，这次回来说是荣归故里一点都不夸张。回到重庆后的第一年，蓝爸就出事了。蓝爸名叫蓝普，70年生人，个头不是很高，一米七五上下的样子，看上去一脸和气，说话待人也慢条斯理。蓝普有两个哥哥，一个姐姐，他是蓝家的老幺，但在那个饭都吃不上的年代，他也没有得到多少宠爱。小学刚毕业就辍学去打工了，当时流行去码头扛包，蓝普就去扛包，两袋扛不动就扛一袋。在扛包中蓝普长大了，结了婚生下了蓝空空。后来又流行外出打工，蓝普就带着妻子来到了深圳，就有了后面的故事。

虽说蓝普赚的钱在这座小镇上随便干点什么都差不了，但他回到重庆以后做的第一件事是在镇上买楼。不得不说，蓝普还是很有眼光的，他干起了房地产。他的出事算得上是意外，也算不上是意外。当时蓝妈刚生下儿子，也就是蓝空空的弟弟，就收到一个电话，电话那头是一个男人，说让蓝妈去镇上的大桥边。电话机上显示的是一个陌生号码，再拨回去听筒里只有冰冷的客服声。那会蓝空空刚上高一，蓝妈把小儿子给蓝空空的姥姥送去，就领着蓝空空去了大桥。去的时候，天上的太阳眼睛还睁得老大，这会儿不知道去哪打鼾了，她们就去桥洞下躲雨。蓝妈咒骂着打电话的人，这杀千刀的不会诓我吧，话也没说清楚。正骂着，看着打远处跑过来两个人影，他们俩已经被雨浇透了。那个男的扶着那个女的，那个女的小腹微微隆起，不是吃得太多，就是怀有身孕了。他们走到距离桥洞十几米的时候，那个男的愣住了，因为他看到了他的老婆和女儿蓝空空。

蓝空空一直以来对自己的父亲都很依赖，父亲也很疼爱自己。不像自己的母亲，是个急性子，跟个蹦豆子一样，说不上几句话就开始炸锅。可如今，父亲搀扶着另一个女人站在自己面前时，蓝空空简直不敢相信自己的眼睛。一直以来，她都觉得父亲是爱自己，爱这个家的，可谓是好男人，不管多忙，蓝普对蓝空空向来都是关爱的。此时的蓝妈却是一反常态，变得异常冷静，仿佛眼前这个男人和自己没有什么关系。

"你想怎么样？"蓝普是在蓝妈喂小儿子奶水的时候回来的，他转了好几圈，憋出来了这一句话。

没想到这句话让蓝妈的情绪一下子就崩溃了，"我想怎么样？你问我想怎么样？你自己做出来的事，你好意思来问我？"蓝妈觉得好笑，"我给你生了两个孩子，这次还是个儿子，你就这样对我？"

"那离婚吧。"

"离婚？让你和那个狐狸精快活去？你想都别想！你丢人还不够，你还想拉上我陪你一块丢人？我告诉你，我王翠红的字典里只有丧偶，没有离婚！"

"不离婚也行。"

"让她把孩子打了！"

"孩子可以打，但是我房地产的股权给了她百分之六十，如果打了那我就破产了。"

"呵，你行啊，蓝普，公司股权你给她百分之六十，你怎么没给我一分呢？你想过这个家吗？"王翠红气得浑身打哆嗦，从这天后，她再也没喂过孩子奶，她的奶水突然断了。孩子没了奶水就哭，王翠红就把奶头递到孩子嘴边，砸得红得发紫，也挤不出一滴奶来。后来，王翠红还是没和蓝普离婚。

这件事也让蓝空空不仅对她父亲产生了怀疑，甚至于男性，她也不能百分之百地信任。蓝空空跟我说过，她喜欢可以让她仰望的男人。

蓝空空在重庆上完高中，又到水城上大学。水城距离重庆不说有几千公里，也得有几百公里。听她说放假时的火车票很难抢，她宁愿站三十几个小时也要赶最早的一班车回去。我光是想想都发怵，如果是我，我宁可不回去都不受这个苦。

自从我认定蓝空空和李军有一腿，并且想当然地认为蓝空空背叛了我之后，我就不想理她了。她喊我，我就应一下，她不喊我，我也不会主动跟她搭话。蓝空空对此的态度是视而不见，她越是视而不见，我就越是生气。她不是讨厌徐京吗，那好，我就对徐京好。我干什么都要喊着徐京，她俩有矛盾我也向着徐京，我就是想看蓝空空生气，让她来骂我，这时候我就能大声地说她和李军还不是一样？可是我发现我错了，蓝空空并没有发怒，连神情都没有变化，不知道什么时候，蓝空空看我的眼神没有了光，而像寒冬里的一地白雪，从她的眼睛里，我明白了什么叫作冷若冰霜。

蓝空空的搬走是没有预兆的，像是突然蒸发了一样。其实她早就在收拾自己的东西了，只是我没有发现罢了。在我发现她删除了我所有的联系方式后，我就开始疯狂地找她，终于，我在学校的操场上找到了她。她没有什么变化，耳朵上挂着耳机，跑了一圈又一圈，汗从她的右脸滑下来。我确信她看见我了，但是我在她视线里就如同隐形人一样。我拦住她，"我想和你谈谈。"我拉住她的衣服，她并没有停下来。我就坐在操场的草坪上等她，等我再抬头，操场上连个人影都没有了。我明白，她不想谈。后来我又找过她几次，均无果。

如果我能早知道在徐京脚摔伤后不久，蓝空空也因生病去了医院，是李军陪她去看的。如果我能关心一下她，就不会连养大她的姥姥去世也不知道，而只是沉浸在跟她的赌气上。我们又是很默契的，我不问，她也不说。

蓝空空走后我感觉我的世界崩塌了，直到这时我才知道我有多么喜欢她，我想祈求她能给我一次机会，我知道这是不可能实现的奢求，她连一句话都不愿意跟我说。我开始酗酒，开始崩溃大哭，我甚至觉得我心里的痛苦是任何文字都不能表达出来的。最难熬的是在夜里，我感觉这个世界里只有我自己，我不敢闭眼，我怕明天醒来又是一阵空虚。我多希望有人能来把我的心取掉，这样我就不会感到痛苦了。在我的第一篇手写稿里我发现了蓝空空给我留下的一封信，黄褐色的信封上写着：张瑾收。里面的内容是：

你想要我变成的样子，我试过了，我发现我做不到，所以我也没有什么遗憾的了。

该怎么形容呢，这是一种说不上来的难受，我觉得我再也没有办法在这座房子里待下去了，这里到处都是蓝空空的影子。不等天明，我就拉着来时的行李箱出了这扇门，我想，我大概再也不会回来了。

我跟蓝空空的故事到这儿就结束了。听说她考研成功，回到了重庆继续上学，又在学校里找了一个男朋友。直到最后分别，我再也没有见过蓝空空，也没有再听到过她的消息。家里给我介绍过几次相亲对象，我也都是敷衍了事。我想再见到蓝空空，我又害怕见到蓝空空，我怕看到她身边出现的另一个人，我怕我会忍不住崩溃，我怕我还是会心动。我住进了《光明日报》给我分配的房子，我时常还会想起蓝空空，我想请她原谅我过去的幼稚，我想听她亲口说爱过我，我想……这一切都过去了吧。

我花了两年的时间做了一场梦，现在，梦该醒了。

指导老师：王兴文

作者简介

魏明悦：宁夏师范学院文学院中国现当代文学专业硕士研究生。

初评评委推荐语

中篇小说《白日梦》，写了一个叫张瑾的大学毕业生独自在城市漂泊的故事。由主人公的境遇，附带牵连出一个群体，即社会底层的年轻人，如文明、蓝空空、小杨、小周、徐京……他们没房，只能合租，有理想，但一时难以实现，生活不如意，却在努力追求着明天的幸福。文字方面，比较顺畅，属于传统型，偶尔有优美感，但不多。结构方面，以时间为线索，还算明朗，但枝蔓太多，有些啰唆。整体感觉写得很随意，构架和文字都随意，不够严谨。另外篇幅太长，在一篇作品里塞了太多的故事，且次要线索严重影响到了主要线索。算不上好作品，还需好好打磨精练。（马金莲）

黎明前抵达

李子园

　　我从蒸腾的水雾中捕捉到了朽木发霉的味道，这是所有澡堂都特有的一丝香气，正在洗澡的妇女们不是唱歌，就是闲聊。当两个陌生且一大一小的女人出现在一群正在淋浴的女人面前，她们停止了嬉笑。有人试图打破这尴尬的局面，"这是你女儿吧？真漂亮。"女人拽着小凤湿乎乎的辫子，像在市场挑选一只狡猾的牲畜。

　　"不是。我学生。"我将小凤朝自己身边拢了拢。

　　不用照镜子，我也知道自己心事重重憔悴的模样。妈妈前些天发短信告诉我有了父亲的音信。

　　澡堂很旧，盘绕在四周的铁水管渗出的水滴夹杂着丝丝铁锈一并淌着。燥热的水汽、腐朽的洗浴设施我都并不陌生，老旧的地方不会让我拘谨，我无法面对金碧辉煌的大厅里一群高傲的陌生的身体。

　　当初怎么会来这里？这里的月亮总像是在山上挂着似的，翻过一座山，竟还有一座山，村落就嵌在大山的两座驼峰之间。肢体健全的年轻人走的走，逃的逃，只剩下年迈的老人还巴望着两山之间的公路某天会出现一辆奔向家门的汽车，几乎家家都有哺乳的妇女怀抱刚断奶的娃娃。这里不下雨，这里常断水，这里只吃洋芋，这里的山上寸草不生满是黄土，田地里全是成片因缺水干枯了的玉米秆，这里到县城驾车要走三四个小时的山路。这里的女孩总是很小就着急地"给"了人。

——我却偏偏执意来到了这里。在这里，我因为知识而被尊敬。

小凤披散着湿漉漉的头发蹦蹦跳跳在前面带路，巨大的粉色拖鞋已经沾满了泥土。下一个十字路口右转，便到了进村的小路，我提前打开手电筒预备着。

没有同路的行人，树木摇晃着枝丫婆娑的树影打量我这个居住了很久的外乡人。我一时分不清我和小凤谁是谁，像互换了灵魂，我好像将自己塞进了走在我前面的小小的身体，身上胀鼓鼓的，似乎步子迈得一大，这身体便会爆裂。前面又是一个半人高的土坡，小凤伸出小手拽我上去，我还是陷了进去，这下，我的鞋底也满是泥水了。

小凤从红色背包里拿出一顶毛线瓜皮帽戴上，实话说，并不好看。帽子紧紧将脑门箍了一圈显得面颊越发臃肿，颜色也土气。小姑娘全身上下里里外外的衣物没有重合的颜色，上衣和裤子不是同样的码数，上衣几乎绑在身上，裤脚却随着步伐晃晃荡荡。只有那顶帽子是新的，是姐姐小云的婆婆送给她的。

我又想起了第一次见小凤时的模样，是个光头却穿着连衣裙的假小子。那天是去做小云的家访。小家伙躲在房门硬是不见人，因为爷爷嫌天热把她剃成了光头。爷爷一数落，小凤躲在屋里哭了起来，她一哭惹得家访的老师们止不住地笑。原来这小丫头爱美，第二天我随采买的人上集市逛，挑了一顶钉了一圈麻花辫的尼龙帽送给了她。从此，这孩子每天都来我的住处，最开始她并不和我搭话，只掀起门帘溜着脑袋盯着我看，一度让我很是疑惑，后来便熟了。爷爷去世后，她来得更频繁，上了小学后家又离得太远，索性和我搭伴住到了一起。

立秋了，天气凉了许多，潮湿的身子被凉风搂着让人头疼眼花。

我正淘洗换下的被单，忽然身后传来一声呼唤——"姐姐！"我指尖一颤，将残破的被面捅了一个大洞，才回过神来。屋里只有我们两个，是的，我没有听错，她又壮着胆子喊了一声："姐姐！"我是家中的独女，极不习惯这样的称呼。

如果我真的有这样一个深情款款注视我的妹妹，我究竟是会自私地把她当作拖油瓶晾在一旁只靠母亲一人微薄的收入抚养，还是肩负起母亲一半的责任直到她长大成人？我无法做出预测。想到这里，我又庆幸自己是家中的独女。我抑制着思绪不让自己想起离家的父亲。他究竟在什么地方，又在做些什么？难道他又组建了新的家庭吗？关于他的任何事情我都无心得知。母亲从不与我谈论。

我眼睛又发肿了。每当我咬着牙试图将眼泪憋回去，眼睛总是会肿胀，有时会持续好几天。

小凤趴在炕上玩弄着今早贴剩下的大红"喜"字。她并不知道这个奇丑无比闪着金光的大字明日贴在她家的院门上意味着什么。我试探着问她。

"结婚呗！"她回答得漫不经心。

"为什么要结婚？"我又问。

"反正人人都是要结婚的嘛！"显然，她对这种如此简单的问题感到厌倦。她对明天姐姐小云穿戴些什么，怎么打扮更有兴致，一直不停地追问我。我又涌起一阵无法言喻的悲伤。如果一个女孩把婚姻当作唯一的追求与归宿，就像被生活关了禁闭，永远在铁牢中挣扎，打开的钥匙却保管在歹徒的手中，譬如——我的母亲。

虽说小云不是自家的孩子，我对明天的婚礼还是本能地充满厌恶。小云也曾叫过我一年"老师"，今年不过十六七岁大小。

夜里，小凤睡得很乖，她似乎并不清楚明日要发生什么，四肢严严实实捂在被子里丝毫没有像往日一样乱踢。那天夜里，风刮得窗子上翘起的透明胶带条直响，院里垃圾袋的易拉罐被风翻搅得哗哗啦啦响，让人心神不定，再细小的声音对我来说都很刺耳。

突然，一个陌生的人开始用鞭子抽打我，那张模糊的脸与我久未谋面的父亲很像，我吓得瘫在床上，用最后的力气一抬眼便看到了床头上方巨大的彩扩照片，上面有一男一女。我终于看清这女人是我，而她的肩膀被一条陌生的古铜色的手臂压着。我因为小腿肌肉抽筋惊醒了，浑身盗汗，眼泪浸湿了枕头。我轻轻出了屋子坐在院子里，明明是个梦，我的身子却疼痛难忍。小狗也醒了，呜呜直哼，哆嗦着身子倚着我躺下，它温暖的肚皮总紧挨我的脚背。

我才看到睡前母亲发来的短信息："他好像真的要回来。"

内心一阵翻涌之后，我默默流下两行清泪。

十年了，他与我何干？我迅速删除短信。父亲这两字像炸弹一般，上完小学后，只要是同这两字有瓜葛的事件，必定是一场血雨腥风。

是谁家的娃娃又打翻了糖罐，月光像融化的冰糖一样洒在村落里，空气黏稠甜腻，堵塞了气管和食道让人头晕目眩。

无论发生什么，小凤总是一副笑的模样，她一双弯弯的笑眼注定无法摆出痛苦的架势。她蜷缩在被子里发出细微的磨牙声，像一只温顺的乳羊不用过早担心屠刀的到来。但愿她如自己甜美的面容一般有福气吧。我又忍不住想起了小云那差不多的脸，她们模样很像，只是小云略微瘦长的脸显出与年龄不相符的苦相，她本就很少笑，家中再小的烦恼都能让她愁苦一阵子。不，以自己的情感揣测他人的境域是自私的，一个体贴的丈夫和温馨的家庭也可勉强算作福报。我不得不斩断思绪逼迫自己重新睡下。天没完全亮我们便要赶过去。

那一夜我睡得很不好。盗汗，眩晕，被断断续续的噩梦惊醒。终于熬到了黑夜吐出一丝白昼的时候。

我和小凤是最早到的那批人。她们的父亲同样出走十几年，那边自然不会再来亲戚，只是近处的看在老人的份儿上前来添份喜气。她们的母亲嫁得很远，又有了新的家庭生了新的孩子。着手帮忙操办的只有近处的一些亲人。

院里溢着往日过节时才会有的食物的香气。跨过第一个门槛时，小凤停住了脚步不敢再向前走，她扭过头躲在我身后。屋里像遭遇了抢劫空落落的，以往桌上满当当的日用品、文具书本不见了踪影，空荡荡的衣柜像一个黑洞搅乱了女孩们的星河。的确，没有那些东西辨认，凭借发霉的墙壁和断裂的水泥地板很难让人察觉出这是以往家里的模样。门口堆着收拾出来的纸箱，亲戚正撅着屁股刷着糨糊给纸箱粘贴"喜"字。

"妹！"这声音带着哭腔从里屋传来。我还没辨出，小凤像触发了隐藏的机关冲向了里屋。

屋里暗暗的抽泣与院里逐渐热闹的欢笑是对立的，两个迥异的世界被门上挂的大红色碎花布帘隔开。烈日正屠杀着乖顺的秧苗，一朵白云被划过的机翼撞击跌落了人间。

小凤玩弄着姐姐红色嫁衣上坠着的长穗子，不说也不问。看到我进去，小云扑在我身上抱住我，"老师——"她被泪水噎得说不出话来。那张涂着厚厚的脂粉的脸充斥着悲痛越发红肿，今日，她全身都被涂抹得散发着桂花香气的白色粉霜埋葬了，仿佛被丢进了冰冷的雪地，在暑日经历冰雪消融的刺痛，阳光直射在身子上，也抵御不了雪花刺骨的冰凉。

"我想上学。"她断断续续终于吐出这四个字，声音微弱却坚定，像被棉花包裹的钢板。我对埋在肘下这张艳丽到俗气的脸充满了陌生，城里的姑娘们总是拼了命的用各种颜色的粉啊霜啊的东西将自己涂得粉嘟嘟、白嫩嫩的，好展示青春的活力。小凤的脸上却搽着厚实的粉，每一粒粗糙的粉末都恨不得让她变得比实际的年龄看起来大一些，再大一些。怕弄花了妆容，我在她脑后发髻平整的地方轻轻抚摸着。鼓励她逆来顺受接受现实是违背我的心，可这一刻，又能为她做些什么？此时，我竟一句安慰的话都说不出。

越来越多的人进里屋来，女人用戏谑的语气哄孩子道："这是新娘子呦！"她用短粗的手指在小云头上乱指，那拖得长长的尾音让我憎恶。在亲戚们拥着进了里屋后，我默默走出。屋里像街角的中老年棋牌室那样嘈杂。

"出去！你们都出去！"小云抱着膀子缩在炕上，用最大的力气对一群嬉笑问候的人吼道。

"这个娃娃今天撞了祖宗了！昧良心的。"她从吃奶的孩子身上腾出来一只手朝小云的鬓角狠狠地挖了一下。"老姐姐，娃娃有了脾气别计较。没爹没妈没个好好张罗的就这么嫁了怪可怜的。"屋里安静了下来，妇人的话格外刺耳，我从没见过如此嘴拙的人。这话是一支利剑，同时戳穿了我和小云的心脏，可是，我们的心却被冰凉的箭杆连接了起来。小云又默默地哭了起来。

小凤跳下床，光着脚丫便扎到了妇人身上，像雏鹰一般伸开膀子用尽力气将长舌的女人们推出门去。"下贱的骨头跟她妈一个样！"奶奶气得打翻了瓦盆碎了一口，一群妇人瞬间朝老人拥了过去，七嘴八舌给奶奶宽心。依我看，一副阳奉阴违的做派。

小云示意妹妹将我拉进屋里。我斜着身子跨坐在炕沿，始终机警地竖着耳朵听着外边的动静，只要有汽车的鸣笛声传来，我的心都会颤一下，我舍不得叫时间再多过去一秒。小云从拐角处高高摞起的被子下面拽出压瘪了的空书包，她挪下了炕。小姑娘的泪已经流干了，只剩下干涩的抽泣声卡着嗓子。她早就收拾出来了一沓没做完的试卷，攒了几年的厚厚的笔记本，还有一包半新不旧渗出油墨的笔，一齐塞进了书包。像抱着一大包的奇珍异宝，她拜托我一路帮忙带着，等婚礼结束后乘人不备时再悄悄给她。

"老师，我想上学。"她眼里又涌出了泪花，"奶奶总打我，还撕了我的课本……"小凤的声音被瞬间响起的锣鼓声吞没了，这里仍保留了送亲时要吹吹打打的传统。刚才那伙妇人冲进屋子将鲜红色的盖头罩在小云的头上，她窄小的身体像水泥筑成的一般坐立在炕边，任凭女人们摆弄着盖头的角度。已经有健壮的男人挑着小担一颠一颠地将箱子抬着往车上装了。

又一伙人冲了进来，是先前没见过的，一个不大的男孩在身旁人的怂恿下扛起小云。吹鼓手们看见小小的新郎官抱起小云一下子又上来了一股力气，敲打得更起劲了，吹唢呐的只顾着让腮帮子更鼓，丝毫不注意跑没了的调子。只有在爷爷去世时，我才见到这么大的锣鼓阵仗。我突然想起了二十年前熟悉的场景，同样是在院子里，同样锣鼓唢呐的声音，同样是高朋满座。不同的是，那阵人人披挂着白色的孝衣，花朵按照色彩扎成一圈一圈地立在院墙上，小院被此起彼伏的哭声淹没。我像厌恶那日的哭声一般厌恶今日的笑声。

从小新郎官进屋到颜色混杂的汽车再到集体出发之间，插科打诨和锣鼓声搅和在一起，丝毫没有新婚应有的浪漫。

坐在车上，我丝毫感受不到新婚的喜气，心脏像吊着秤砣七上八下约着疼痛的分量。

手机"叮咚"一声。又是母亲的短信息：他说想见我们，怎么办？

我想不到任何可以回复母亲的话语，即便是母亲的困苦，我也选择了坚硬的沉默。

车辆行进在陌生的路上，熟悉地在黄土的沟壑中穿梭，我的心肠与曲折的山路缠绕在了一起。一路向北前行，窗外的风景从山坡过渡到良田，不知不觉又驶向一处巨大的院落。小云又被小伙子抱起来穿过熙熙攘攘看热闹的人群，进了一间陌生的屋子。地上鞭炮声响起，人群一哄而散，涌进院子。我浑身发疼，那一个个火药捻子像是爆裂在我身上。小凤从另一辆汽车上跳下来站在我的身边，谁叫都不肯过去。

我从人群耳鼻口舌的缝隙中瞧见了几乎同小云贴在一起的那张同样是小小

的却尖嘴猴腮的脸。

直白的仪式草草结束。醉酒的糙汉子说着荤话挑逗着两个不大的孩子，引得那一桌的妇人相互栽着大笑。院里饭菜的热气引来一群苍蝇飞来飞去，没有顾得上去轰，只管推杯换盏喝酒，用爆破的声音划拳助兴。冷漠的气息被燥热的空气和热烈的笑声狠狠地践踏在脚下。

那一夜，我又失眠了。

小凤照常早早地安详地睡下了，我坐在院子里好让一身的虚汗被风吹干。我想起了白天母亲发来的短消息。

"还好吗？"开学两个月了，我第一次发问候妈妈的消息。

"还行。"十二点了，母亲竟还没睡。

我实在不知道该发些什么了。思索了好久，只回复了一个字——"哦。"

十分钟后，手机才又响了一声，"他说要回来。"

"与我无关。"我飞快地拼出这几个字，恶狠狠地关上手机。我的手是颤抖的，险些顺着怒气将手机直冲冲地砸在地上。

我害怕妈妈继续同我说他的事情，却又总是惦记着妈妈的回复。

风向已经逐渐偏了，吹得飘动的发丝直往嘴里钻。短消息的提示音却再也没有响起。

正常的教学工作替我归拢了思绪。这几日，小凤变得勤快起来，起床后主动清扫屋子，一定是姐姐叮嘱了什么。果然，没过多久，又回到了从前嘻嘻闹闹懒洋洋的样子。那段日子看到妈妈的电话我都异常恐慌，生怕她和我提起他的事。好在，她只和我叮嘱些日常衣食住行。

这里的日子清贫却安逸。虽说不出我喜爱这里的道理，倒没有浮华的东西喂养心里那只骄纵高傲的鬣狗。在这里，我能一闭眼就到天亮，能在富余的时间里倒在炕上安静地读书。这里也没有关于金钱欲望的诱惑，即使有了钱，也没有人愿意历经三四小时的颠簸的山路去实践自己虚无缥缈的虚荣心。吃饱穿暖便足够了，如果读书读到了大学，那便是件"了不得"的大事，我便也顺理成章地成为"了不得"的人。

天终于痛快地下了一场雨，女孩们朗读时甜腻尖锐的声音同豆大的雨滴砸落的声音萦绕在空荡荡的教室，显得如此琐碎孤独。我的注意力完全被窗外的雨滴吸引了过去，尖锐的读书声化作一丝电流顺着雨声传导钻进我的心脏，泛起麻酥酥的感觉。

书声还没有停下，这是篇冗长的文章，就像冗长的人生，被孩子朗读得索然无味。

我在玻璃窗薄薄的水雾下捕捉到了自己熟悉的、带着仇怨的憔悴面容，只有跟随雨滴一同坠落的眼珠还透着一丝希望。玻璃上倒映的身体竖长干瘪，像极了旱地里的玉米，披着枯萎的秸秆发疯似的向上蹿，却没有结下一粒果实。

迷蒙的雨雾中逐渐清晰起一粒粉红色的斑点，那团颜色越来越大，直至露出书包上大大的彩虹图案，却又朝着办公楼的地方消失了。大概又是位辍学的女童吧，我想。我的后背被寒气包围了。

下课后，我刚走到办公室的门口，一个蜷缩在门口的留着齐耳短发的女孩用纯净的含泪的眼看着我，"老师，我还是想继续读书。"要不是那双断了鞋带的宽大粉色凉鞋，我丝毫认不出这是小云。她平日坠在脑后漂亮的长辫子不见了，越发单薄的身子顶着蓬松的蘑菇形状的短发，活像针尖上插了巨大的洋芋，毫无少女的朝气。我只觉得痛心，顾不得分散其他多余的情感。

同组的老师说这小姑娘一定是从婆家逃出来的，叮嘱我别掺和学生的家务事。可我实在放不下心，决定先将小云带回自己的住处。

小云的书包带坏了，她将尼龙绳抽得很短，胡乱绑住，紧贴后背的"巨大鞋底"上鲜艳的彩虹图案还有些活泼的样子。她像懂我的心一样，不和我搭话，也不像往常一样挽着我的胳膊。

其他老师告诉我，小云嫁过去之后没日没夜地哭，一哭便挨打，小丈夫又拿不下家里的主意。因为读书出了神，灶台上的白饭烧成了焦炭，婆婆索性抄起小云全部的书本填了炉膛。最后，小云被婆婆送了回去。她想继续上学，奶奶却不答应。她索性把自己关在房间三天三夜不吃不喝，乘人不备逃出来一路跑到了学校。

我说服几位平日热心的老师与我一同去小云家里看看。

小云进屋后行动小心翼翼，像进了别人的屋子，我们各个也同样屏气凝神。我没有上炕，反而端坐在椅子上，好显示出自己今日"了不得"的身份。奶奶并没有出来迎我们。她一定觉得我们是一群多事的人，或者，早已将我们当作敌人一般充斥敌意。奶奶叨叨咕咕从鸡窝收了几枚鸡蛋，又往羊盆里添了草料，她还在院子里的瓦盆捞出衣服，一件件挂在院子里，才缓缓进了屋。她正好面对我坐下。

"小云的奶奶，您好！"屋里突然安静下来，我立马察觉到这是句多余的话，浑身发麻不自在。

我们告诉老人家小云应该继续上学，什么法律了，社会了，价值了，七嘴八舌一通，商量的语气逐渐变成了请求。

老人终于听不下去了，"没钱啊！"她用细碎的乡音重复了好几遍。老人像小孩一样紧张地扭动着身体，不敢看我们的眼睛。她树皮色的脸上泛起红晕，像一只发霉的搓澡巾沾上了鲜红的血液。

"我来想办法！"寂静的屋里充斥着我英勇的声音。我正义凛然地接收了老师们四面八方向我递来的眼色。"——只要能让小云继续读书。"我又补充了一句。

话是我说出的，我的心比任何人都沉重。

后面，我想到了当地的公益组织，希望能为小云提供持续的资助。为此，我向学校请了几天假，准备材料、与公益组织的负责人联系。

好在社会的力量是无穷的，如今政策好，帮助失学女童之类的事并不难办。过程比我想象得顺利得多，很快，负责人就告诉我几项资助的材料已一一提交，审核通过后便会在相应的时间发放，叫我尽快带小云去办理复学。

小云所读的高中在县里，这个周末过后，我将送她去学校报到。

事毕，老人再次见到我时，还是不说话。她曾经充满敌意的眼神变得黯淡，总是闪烁着躲避。我明白，让她理解小云复学的意义是艰难的，就如同让她接受一个冲撞婆婆的儿媳或是将院里的一些鸡鸭当作宠物。

我又收到了妈妈的短信。

"我和他见过了。"

"他，残疾了。"

过了一会儿，手机铃声再次响起，"还是回来一趟吧。"

或许冥冥之中我早就接受了这样的结果。我没有力气再说出原来那样咒骂的话，所有的仇恨都像是在一瞬间瓦解了。只在脑海中浮现出一张与爷爷相似的脸，什么样的五官我已经记不清了，只有一个单薄的汉子挂着一条腿在冷风中战栗的模样。

但我并不原谅。

最终，我还是决定回去一趟，不过，只是为了母亲。

"我后天回去。"拨通号码后，我只说下这一句便挂断了。

后天周一，我将与小云一同出发，先送她去学校。学校八点上课，我们必须七点半之前到达宿舍办理入住，才能赶上当天的第一堂课。

晚上收拾行李时，小凤突然从身后抱住我哭了起来，"老师，你也要走了吗？"荒凉的大山留不住老师，也留不住人心。

"不，我不走。我一周后就回来了。"

"那你什么时候走？"大概所有的孩子们都这么觉得吧，新来的老师都会在某一天又离去。

"我走哪里去？我不走。"我像汇报工作一般认真地说。

凌晨四点半，天空耐不住燥热裸露出巨大的白晃晃的肚皮。我整夜未眠，直到听见村支书老旧的农用电动三轮车嗯嗯呀呀地停在院门外。小云也同样翻来覆去一整夜。老书记帮我们将行李放在车上，送我们到镇上去，赶六点半的第一趟班车。

清早，乡间的风扑在脸上格外清爽，并没有一夜未眠的倦意。不知不觉，我刻意蜷缩起舌头，嘴唇相撞两下后，我才意识到"爸爸"这样的称呼对我来说是多么陌生。他还是有智慧的，用一条腿换回了一个家，或许对他来说很值得。他曾精明地离去，又精明地归来。

我再一次望向远去的田野，还有乱窜的撒欢的野狗，山峦扑面而来。我记得，来时也是这条路，同样坐在老书记的三轮车后。我的脸被同样的一股风催促、鞭打着，猛地感觉自己好像在这里只待了一天，回味起来却又像是住了一辈子。我本是远方的来客，此时心中却像是要离开故乡一般。

老书记骑车很快，穿梭在蜿蜒的山峦之中，他时不时说几句粗俗的话抱怨大山之间不好的路况。

我们要在黎明前到达，一定要赶上小云的第一节课！

我上下两瓣嘴唇情不自禁地相撞着，在车辆轧过石块时颠簸发出巨响的瞬间，我的口中却传出黯淡的一声——"爸爸"。

…………

指导老师：张富宝

作者简介

李子园：宁夏大学汉语言文学（文秘）专业学生。有作品见于《中国校园文学》《朔方》等，多次获奖。

初评评委推荐语

年轻的写作者单刀直入地揭开了女性艰难的生存境遇，仅此一点就足以肯定她（他）的勇气与担当。小说用齿轮般的咬合结构，把小云和母亲的故事讲得简洁又深入。"我"以"大学生"和"老师"的标签仓促应战，勉力做着营救的努力，而父亲留下的伤害却成为"我"永恒的暗疾。此外，作者并没有将女性写成一个概念化的命运共同体，而是警惕地发现了女性的"合谋"角色，实属难得。（许艺）

鸢尾木瓜

杨华军

一

木瓜和奶奶坐在院子中的草棚子里，木瓜帮奶奶编着竹篮子，明天天亮就要去赶集，他们要同村里挑谷子的男人们一样，背上编好的竹篮子去集市上换钱。

奶奶对木瓜说："明天赶集的时候把家里那只大公鸡带上，再买几只小鸡回来。"

木瓜讨厌极了那只大公鸡，它老是会把木瓜晒的花生瓜子踩得到处都是，它还爱抢母鸡和鸭子们的玉米吃，最嚣张跋扈了。

木瓜听到奶奶说要把大公鸡卖了，放下手里的竹线，立马就要跑过去把那只大公鸡逮起来。

那只大公鸡当时正在凝视，盯着一只从叶片上掉落的蚂蚱。大公鸡刚跑过去把蚂蚱叼进嘴里，木瓜就一把上前把它给逮住。木瓜嘴里喃喃地说："这回有你好看！"

奶奶这时候就说："木瓜，等它多吃点东西，吃饱了分量多，多卖一点钱。"

木瓜只好不情愿地从手里把那只大公鸡放下来，嘴巴嘟嘟着走开了。

这时候的风从稻田里吹过来，夹带着泥土和青草的清香。木瓜编竹篮编累了，就站在门口看着不远处的池塘，他家的鸭子刚好从芦苇荡里游出来。

木瓜撒开腿就从家里跑出去。

奶奶大声喊着："木瓜，小心点，别摔跤。"

木瓜跑远了，朝奶奶也大喊一声："奶奶，我捡鸭蛋去了。"

木瓜来到池塘的芦苇荡里，他知道从一个土堆可以跳到鸭子们下蛋的地方，那样子他就不会把鞋子和裤子弄脏了。

木瓜熟练地翻开那些会把人的手给割流血的草片，一把冲进芦苇里面。

可是等木瓜赶到的时候，鸭蛋已经不见了，他摸了摸鸭子下蛋的草堆，还是热乎的，这就说明鸭蛋刚刚被别人拿走了。这明明是木瓜先发现的，他气愤得不行。

"木瓜，你在这里干什么？你是来捡鸭蛋的吗？"

一个突如其来的声音把木瓜给吓了一下。

木瓜抬头看过去，是池塘对面的鸢尾在池塘边上叫他。

木瓜发现鸢尾手里拿着两个鸭蛋，正是他要找的鸭蛋。

"你拿了我的鸭蛋。"木瓜对鸢尾说。

"你赖皮子，这才不是你的，这是我的。"鸢尾说。

"你才赖皮子，这是我家鸭子下的蛋。"木瓜说。

"池塘里那么多鸭子，你怎么知道是你家的？"鸢尾说。

"我看见了。"木瓜说。

"才不是你的，这是我的，谁捡到就是谁的。"鸢尾说。

鸢尾的强硬让木瓜不知道怎么办才好，他是男孩子，不能和女孩子抢，因为在人们眼里，男孩子和女孩子打架，男孩子总是不对的一方，而且他比鸢尾小一岁，鸢尾比他高半个头，力气也比他大，他抢不过鸢尾。

木瓜跳到岸上，来到鸢尾旁边，他凶气狠狠又委屈巴巴地看着鸢尾。木瓜拿手想去摸一摸那个蛋，但是被鸢尾挡住了，鸢尾后退一步，把蛋放进自己的裤兜里。

"你要干吗？"鸢尾扯着大嗓门说。

"我看一下这个蛋还是不是热的？"木瓜说。

"这是我的，和你没关系。"鸢尾说。

木瓜又看了一眼鸢尾，他用手擦了一下额头上的汗，从鸢尾旁边绕过去，跑走了。

鸢尾看着木瓜失落的背影，觉得他很可怜，她刚刚也看见是木瓜家的鸭子下的蛋，她恰好路过，于是就把蛋给捡了。

鸢尾跑过去扯木瓜的衣服让他停下来，可是木瓜一直走，不肯停，于是鸢尾就张开双手挡在木瓜前面。这回木瓜停下不走了。

木瓜说："你要干什么？"

鸢尾从裤子口袋里掏了半天，把一个蛋掏了出来。

鸢尾说："算了，给你一个蛋，我们一人一个好了。"

木瓜有点不敢相信这是真的，他看了鸢尾半天，不敢伸手去拿那个蛋。

鸢尾看着木瓜的样子就扑哧笑了起来，她把蛋塞到木瓜手里，踮着小脚高高兴兴地走了。

二

木瓜把鸭蛋拿回家，放进了一个大缸里，他数了数缸里面的蛋，一共有三十个，都是他在池塘捡的。明天他们赶集的时候就要把这些蛋全部卖掉，木瓜心里又自豪又可惜。

等到第二天，那三十个鸭蛋只卖了二十个，还剩十个，木瓜用一个大瓶子把那些鸭蛋又抱回了家。

回家的路上，木瓜在前面走着，他小心翼翼地护住手里的蛋，日光下面，有两个长长的人影。木瓜是如何确定他和奶奶之间的距离的呢？当奶奶的影子出现在木瓜前面的时候，木瓜就知道奶奶走近了，那么他就会加快自己的脚步，当奶奶的影子很久都不见的时候，木瓜知道奶奶在后面离自己很远，他就走得慢一点。木瓜觉得这样子很好玩，他的注意力全都在影子上，自然也就不觉得热和累了。

木瓜他们村叫作大脚村，这是一个很奇怪的名字，木瓜问村里的老人们，老人们也不知道为什么会叫这个名字，老人们只是说："上一辈人是这么叫的，所以就这么叫了。"木瓜想，是不是因为这里的人脚都很大呢？为此他特意观察了一下村里人的脚，有些人脚很大，有的人脚又很小，木瓜自己的脚就很小。

有一次，木瓜和鸢尾一起去河里洗从山野上摘下来的毛桃，鸢尾光着脚丫子淌水，木瓜注意看了一下，鸢尾的脚红红的、小小的，他惊讶地发现鸢尾的脚和他手里的野桃核一般大，可是鸢尾的鞋子却又大又肥。木瓜后来才知道，原来鸢尾的鞋子都是她妈妈的，因为鸢尾的妈妈走了，去了很远很远的外面，那些鞋没有人穿，鸢尾的奶奶就拿给鸢尾穿。后来，再长大一点的木瓜似乎就明白为什么人们把他们村叫大脚村了。他知道，不是因为脚大，是因为鞋大，这里的很多小孩子都穿着一双大鞋子。

大脚村和镇上隔着一条河，河水清清澈澈，长了许多的荷藕。

大脚村的人想要过河只能坐一只木船。划木船的是牛老汉，木瓜叫他牛爷爷。牛老汉在河边撑船，每个月可以得到一袋米、一桶油，还有一些钱。

木瓜和奶奶赶集回家的时候，来到河边，木瓜看船不在，于是就到处高声大喊："牛爷爷，有人要坐船。"

喊了三声，一直没有人回答，木瓜想牛爷爷应该在河对面的树荫下睡着了。应该是某个赶集的人在镇上打了一点酒，回来见到牛爷爷就叫他一起喝酒，牛爷爷肯定是喝醉了。

木瓜又喊："有人吗？有人要过河。"

木瓜想着河对面的某个路人或许会听见，然后把船划过来。

奶奶说："木瓜，休息一会儿，等人多了，船就来了。"

木瓜自己也觉得喊下去没用，喊几声他就口渴了，嗓子就哑了。木瓜把鸡蛋放在地上，帮奶奶把她背书的背篓抱下来。他拿起背篓里的水大口喝，喝饱了就到河边洗把脸，然后找个太阳晒不到的地方坐着。

才刚刚要坐下，木瓜就看见河对面一个人划着船过来了。那个人对木瓜喊着："是谁要坐船？"

木瓜站起来，回答说："是我。"

那个人又问："你是谁？"

木瓜说："我是木瓜。"

那个人忽然就哈哈大笑，木瓜还很疑惑，等船靠近了一看，原来划船的那个人是鸢尾。

鸢尾戴了个小草帽，她的脸被太阳晒得红红的，像鸢尾花一样。

鸢尾说："木瓜，你赶集去了？你买什么东西了？"

木瓜赶集就吃了一碗绿豆面，什么也没买，奶奶说要把钱存起来给木瓜上学的时候用，九月份他们就要开学了，木瓜还没有新书包。

木瓜对鸢尾说："没有，我们是去卖东西的，不是去买东西的。"

鸢尾跳下船，从口袋里掏出一个油香粑粑，分了一半给木瓜。

鸢尾说："吃吧，我大爷给我的，他今天也去赶集了。"

鸢尾和木瓜让奶奶先上船，他们再把背篓一起搬到船上。鸢尾拿起长长的竹竿子，用力一撑，船就往前划了过去。木瓜的奶奶看到了鸢尾，就想起来鸢尾的奶奶。木瓜的奶奶说："鸢尾谁都不像，就像你奶奶年轻的时候。"

鸢尾不知道奶奶年轻时候是什么样子，奶奶唯一一张照片是和她一起拍的，当时鸢尾只有一岁，奶奶抱着她在火塘旁烤火。鸢尾问木瓜的奶奶，"我奶奶年轻时候是什么样的？我以前问过，奶奶总是不和我说。"

木瓜的奶奶说，鸢尾的奶奶年轻时候是个大美人，附近几个村子的人见了，都说好看，那些小伙子当时都想娶鸢尾的奶奶做自己的妻子。鸢尾的奶奶不仅漂亮，还很能干。木瓜的奶奶和鸢尾的奶奶是很要好的朋友，那时候木瓜奶奶刚嫁到大脚村，鸢尾的奶奶就带她去山上捡板栗子，摘野猕猴桃，找蘑菇。有一次，大坳田村放电影，她们两个跑过去，一直看到所有人都走了她们才回来。回来的时候河边没有船了，那个撑船的人早就睡下了，鸢尾的奶奶让木瓜的奶奶坐在岸边上等，她脱了衣服扎进水里游到了河对面，再从河对面把船给划过来……

鸢尾听木瓜的奶奶讲得津津有味，她对木瓜奶奶说："我想听我奶奶和我爷爷的故事，你能讲给我听吗？"

木瓜的奶奶好像故意不让鸢尾知道什么似的，她看着长长的河流，悄悄叹了一口气，偷偷把目光从河流移到鸢尾身上。木瓜奶奶说："到岸了，回家翻玉米谷子去了，日子还长着嘞，以后再给你讲。"

鸢尾知道，大人们总是爱讲以后，可是到了以后他们就把事情给忘记了，这是一种大人糊弄小孩子的方法。日子其实一点也不长，一日三餐，时间就过去了。

回到家里，木瓜把那些蛋又放进了大缸里，他想着，等下一次赶集的时候，这些蛋就又会变得和原来一样多。

奶奶准备去把苞谷子翻一翻，今天的天气很好，藏在苞谷里的虫子都被晒死了。木瓜把那些虫子捡起来，拿过去给那些新买的小鸡们吃。他看着小鸡们吃着不过瘾，就把鸡赶到了田里，田里有许多蚂蚱，小鸡们每个都吃得饱饱的。木瓜就坐在一旁守着它们，等太阳落山了就把它们赶回家。

鸢尾去河里洗衣服，看到木瓜，就对他说："看好你家的鸭子，可别让人把鸭蛋给捡了去。"

木瓜看着长长的天空发呆。那时候夕阳来临，河水被照映得金黄灿灿，鸢尾洗好衣服就从河边走来，木瓜看到鸢尾站在夕阳里，像背过的唐诗里跳动的字符。

三

日子在时光里偷偷溜走，木瓜觉得日子过得很轻，悠闲悠闲的。

在一个月后，鸢尾的奶奶突然生病了。木瓜一连好几天都没看到鸢尾，那池塘里的鸭蛋也没人和他抢了。

一天早上，木瓜早早起来，他去田里割了一把草给羊吃。木瓜回来的时候，奶奶叫木瓜把家里的鸭蛋拿一半过去给鸢尾的奶奶。奶奶说："鸢尾的奶奶生病了，需要鸭蛋来补身体，吃了鸭蛋才能好得快。"

木瓜心疼得捡了二十个大鸭蛋，放在篮子里，提着篮子就跑到鸢尾家去。

鸢尾的奶奶躺在床上，整个人虚弱了下去，木瓜感到很奇怪，他觉得鸢尾的奶奶一定是得了很严重的病，他看到鸢尾的奶奶盖了一张又大又厚的红被子，可是现在才是八月份，很热很热。

鸢尾看到木瓜呆呆地站着，就问他："你过来干什么？"

木瓜把篮子递过去给鸢尾看，木瓜说："我奶奶说你奶奶生病了，叫我送鸭蛋过来，我奶奶说你奶奶吃了鸭蛋，很快就会好起来的。"

鸢尾眼眶湿润地看着木瓜，她接过鸭蛋，木瓜说："我把我家最大的鸭蛋都挑出来了，你看，是不是很大？"

鸢尾看着篮子里的鸭蛋，她想起了很久以前，那次她生病了，奶奶坐在床边给她喂药，木瓜就像今天这样拿了刚从池塘里捡的鸭蛋过来。木瓜说，这是鸢尾家鸭子下的蛋，他拿来给鸢尾，"我奶奶说吃了鸭蛋很快就会好起来的。"后来鸢尾喝了那两个鸭蛋汤，第二天就真的好了。

在大脚村里，人们最害怕的就是生病，生病要花钱，有的花钱也不一定能治好，而且生病很痛苦。

鸢尾想，人为什么要生病呢？人是不是生下来就是要承受很多的痛苦？生老病死是一个很大的哲学问题，那时候年幼的鸢尾是无法明白的，她觉得一个人要是一辈子健康，那么他就能一辈子快乐下去。撑渡船的那个牛老汉就从来没生过病，他每天都过得很快乐。

鸢尾拿两个鸭蛋煮鸭蛋汤给奶奶喝，木瓜给她生火。木瓜把头伸进灶里，出来时脸黑得像包青天，鸢尾笑得合不拢嘴。木瓜很得意自己这一行为，他是故意的，他就是想逗鸢尾笑，他喜欢看鸢尾笑。

鸢尾说："木瓜，你长大了以后想当什么？"

木瓜说："我还不知道，我没想过这个问题。你想当什么呢？"

鸢尾说："我想当医生。"

木瓜说："你会给村子里所有人治病吗？"

鸢尾说："要是我当医生，我就会给大家治病，要是人不生病的话，人就会很快乐。"

木瓜点点头，很赞同鸢尾的话，他觉得鸢尾很伟大，比他懂得很多事情。很多年后木瓜回想起鸢尾，他会觉得他们那时候的日子过得真像炉子里燃烧的火焰。木瓜看着这火焰，出神愣住，不知道被什么感染了。

四

鸢尾的奶奶是一直生病的，好几天了，都不见好，村里面很多人都去看望鸢尾的奶奶，他们也会把自己家的蛋拿一些过去给鸢尾奶奶。

有一天晚上，木瓜的奶奶从鸢尾家回来，奶奶坐在门口一直看夕阳，到天黑了也还在看，夕阳落下去了就看月亮。

木瓜叫奶奶吃饭，奶奶说吃饱了，木瓜觉得奶奶很奇怪，他以为奶奶生病了。

木瓜坐在奶奶旁边，他们一起看月亮。木瓜问奶奶："奶奶，你在想什么呢？"

奶奶摸着木瓜的头，奶奶说："鸢尾的奶奶快要不行了。"

不行了？什么是不行了？不行了是不是就要和这个世界说再见了？人们说电视机不行了，电视机就是坏掉了，树叶子不行了，树叶子就是掉落了，庄稼不行了，庄稼就是被虫子给吃了……

鸢尾的奶奶是坏掉了，掉落了，还是被虫子给吃了？

木瓜不敢想象，他一直以来都觉得死亡是一件很遥远的事情，他不敢想象人死了之后埋在土里，最后被虫子吃掉这个事情。木瓜抱着奶奶，缩进奶奶的怀里，他觉得今天的夜晚空空荡荡的，风吹得人很冷。

木瓜问奶奶："人死了以后会去哪里呢？"

奶奶说："会住到月亮上面。"

木瓜不相信，他问："为什么会是在月亮上？"

奶奶说："看到月亮的时候，就能知道有人在思念你了。"

木瓜问："月亮上面不是很冷吗？"

奶奶说："是啊，好冷，好冷哦，日子越来越冷清了。"

木瓜不明白，他觉得大人们有太多的心事和秘密了，大人们知道太多的事情，他们有很多的悲伤，有很多的痛苦，而且还是不能说出来的。

奶奶让木瓜去睡觉。木瓜躺在床上睡不着。木瓜一直在想鸢尾。

鸢尾的奶奶要是不在了，鸢尾不会很孤独吗？鸢尾一定很难过，鸢尾以后就不会像现在这样子开心了，她不会经常笑了，她听到我叫奶奶一定会很难受的。木瓜又想，鸢尾的爸爸妈妈会不会回来把她给接走呢？鸢尾的爸爸妈妈现在在哪，会把她带到哪里去呢？

木瓜觉得床上冰凉冰凉的，他拿了一条大被子盖上，可他还是觉得冷。

木瓜不敢去看月亮。

五

第二天早上，木瓜卧在床上还没起来，清脆的阳光洒满了大脚村，河水清冷冷地流过村前。

鸢尾一大早就来到了木瓜家，他在门外大声喊着木瓜。木瓜在蒙眬中醒了过来，他睡眼惺忪地走出房门，一束强烈的阳光打在木瓜脸上，木瓜一时间睁不开眼。

木瓜问："怎么了？"

鸢尾手里拿了一张红信笺，用红色的信纸包裹着，显得格外耀眼。

鸢尾说："你能陪我去一个地方吗？"

木瓜很疑惑地说："什么地方？"

鸢尾说："去隔壁那个村子，大坳田村。"

木瓜问："去那里干吗？"

鸢尾把手里的信笺给木瓜看，她说："去送一封信。"

一封信？一封什么样的信？给什么人？谁写的？

还没等木瓜反应过来，鸢尾就拉着木瓜的手走了。鸢尾说："边走我边给你说。"

他们坐着牛老汉划的船，牛老汉就问他们手里拿的是什么，鸢尾把信笺用胳膊挡住，不让牛老汉看。

牛老汉说："我老人家又不识字，看不明白的，你们两个小娃娃这么早跑哪儿去，可还没吃饭吧？"

木瓜说："牛爷爷，我们去送一封信。"

牛老汉说："送什么信？"

木瓜说："一封红色的信。"

红色的信？

牛老汉把目光转移到鸢尾身上，他看着鸢尾，从她身上看见了她奶奶年轻时候的模样。牛老汉不自觉地笑了，他去捋他那一大把胡子，眼神变得和河水一样透彻，仿佛回到了许多年前。

牛老汉看着那封信，觉得眼熟，他趁鸢尾不注意把那封信一下子就摸了过去，打开信纸一看，立马愣住了。牛老汉似乎明白了什么，他若有所思地看着那封信。虽然牛老汉不识字，但是他认得这封信，他清清楚楚地记得这封信的样子。

牛老汉嘴里嘀咕："是嘞，是嘞，就是这封信，这封信当时可是我帮忙送的勒。"

这一封红信笺扯出了许多年前的一段往事。牛老汉坐在船头，他让日光敲打自己的脸庞，他知道，鸢尾的奶奶快要不行了，这封信是鸢尾奶奶还给那个人的。

牛老汉给鸢尾和木瓜讲了一个故事。

三十年前？四十年前？反正是很久以前，那时候的阿茶是个年轻漂亮的姑娘，十里八村的年轻人一个接着一个地来阿茶家里求婚，媒人来了又走，走了又来，阿茶的爸爸妈妈一会儿被东家请去，一会儿被西家请去，可不管长辈们这怎么说，不管年轻人们怎样示好，阿茶就是不愿意嫁人。

阿茶说："合我意的我就嫁，不合我意的，不管是谁，不管他有多少钱，长得多好看，家里有多少权势，我都不愿意嫁他。"

谁也不知道阿茶的意中人是什么样的，阿茶自己也不知道。有人说阿茶喜欢王家的老三，可是王家老三去提亲时却被阿茶拒绝了。人们又说阿茶喜欢镇上会说戏曲的卖米的周老板的儿子，周老板于是带着他儿子来提亲，可是也被拒绝了。人们不知道阿茶到底会喜欢什么样的男子，这样子一直过了好几年，来阿茶家说媒的人越来越少了，和阿茶同龄的女子们都已经出嫁，而且都有孩子了，只有阿茶不肯将就地等着自己的意中人。人们觉得这个意中人是个虚无缥缈的东西，这仅仅是阿茶不肯出嫁的借口，还有人说，看见阿茶去过镇上南山的那个尼姑庵，于是，人们以为阿茶以后要去当尼姑。

阿茶的爸爸妈妈急了，爸爸对阿茶说："你不出嫁我就把你赶出去。"

母亲劝阿茶说："条件好的男人越来越少了，将就着嫁了，女人总是要嫁人的，你再熬下去老了就没人要了。"

阿茶也觉得自己该嫁人了，可是她不知道要嫁给谁，她害怕自己以后嫁不出去真的只能去当尼姑。她并不想去当尼姑，她听过人们说起尼姑庵里那个小尼姑的故事，那个当年的小尼姑，现在已经是老尼姑了。

阿茶跑到河边，坐上那条不知是谁家的小船，她沿着河水一直往下，她想，见到的第一个男人，她就嫁给他。

阿茶随着船一直往下走，路过了一片芦苇地，然后又路过了许多田地，最后在一个靠山脚的地方船砸到了石块。船被石块给砸烂，阿茶掉进了水里面，她游着泳来到了岸边。

阿茶想，坏了，这辈子嫁不出去了，她蹲在地上哭，眼泪掉进了河水里面，好多鱼就围了上来。她知道那个尼姑在半夜没人的时候就会来河边上哭，这里的人们都知道。阿茶以为自己注定了要有悲剧的命运，于是，就哭得更厉害了。

过了一会儿，阿茶听到有一个声音在喊，好像是在叫她。

远处的河里面有一个人在游泳，他朝着阿茶游过来。不一会儿，那人就来到了阿茶面前。那是一个身体健硕、皮肤黝黑的男子，那男子长得一张机灵的脸。

男子说："你是谁家的女子，在这干吗？你为什么要哭？你告诉我，我可以帮你。"

阿茶看上了这个男子，这男子有一种与众不同的气质，像是她梦里几经遇见的那个意中人。阿茶说过的，遇见的第一个男子，她就嫁给他。她现在愿意了，从见到他的那一刻起。

阿茶觉得，这是上天的安排，上天让船在这里烂掉，让她在这里停下，就是为了让她与他遇见。

阿茶说："你真的要帮我？"

那男子自信地点了点头，他自恃年轻有力的身体，以为这世界没有什么事情是不可以的。男子说："要帮你什么，你说。"

阿茶一把就抱住那个男子，他们有了肌肤之亲，阿茶说："我要你娶我。"

牛老汉吧唧个嘴，抽了一大口烟，然后长长地吐出来，他说："那真的是一段很美好的爱情，所有人都羡慕得不得了。那男子是隔壁大坳田村的，家底殷实，而且人年轻有力，能干，还会开拖拉机，在那时候是很让人羡慕的。"

木瓜问："后来呢，后来怎么样了？他们结婚了吗？"

牛老汉说："后来啊后来，后来就发生了许多事情哦。"

本来是要结婚的，但是男子要去当兵去了，男子对阿茶说："你等我三年，三年回来后我就娶你。"

可男子一去六年，没有一封信回来。

牛老汉说："后来听村里一起当兵的人说，男子在一次大洪水中为了救人，被水鬼给吃掉了，回不来了。

"是啊，回不来了，阿茶哭了一个月，后来也不知道怎么样就自己好了。"

后来，王家的老三又来阿茶家提亲，阿茶答应了下来。老三人很好，没有亏待过阿茶，他们结婚的那天，老三准备为她办了一次盛大的婚礼，可是阿茶拒绝了，阿茶说，结婚以后就是两个人一起过日子，她只要简简单单的。

牛老汉说到这里就不准备说下去了，河那边有人叫船，他要把船给人划过去。

牛老汉大声唱着山歌，"清泠泠的河水呦……"

六

鸢尾和木瓜两个人来到了大坳田村，他们找到了那个要送信的人家。

木瓜走过去敲门，门里的人就喊："谁啊？"

木瓜不知道怎么回答，木瓜就说："我是木瓜。"其实木瓜知道，人家根本就不知道木瓜是谁。

里面的人说："谁是木瓜，来干什么的？"

木瓜说："来送信的。"

这时门突然就开了，开门的是一个三十多岁的女人，女人刚刚洗完头，头发还没干。

女人说："怎么是两个小娃娃？你们给谁送信？"

鸢尾说："给刘十八的信。"

刘十八？女人疑惑了好一会。这年头还有人给刘十八送信？她上下打量着木瓜和鸢尾，再瞟了一眼鸢尾手里的红信笺，确定他们是来送信的，女人回头到屋子里喊了一声："爸，有人给你送信来了，你过来看一下。"

过了一会儿，屋子里面走出来一个拄着拐杖的老人，老人头花胡子花白，眼角凹陷，耳朵低垂，像是经历了许多的沧桑。

木瓜和鸢尾看到老人，不知道为什么他们觉得老人很和蔼，而且他们似乎是在哪里见过老人，可事实上他们没见过。

鸢尾走到老人的面前，鸢尾问："老爷爷，你就是刘十八？"

老人点点头："是刘十八，你们要给我送信？"

鸢尾说："我奶奶叫我把这封信给你，他说你看了这封信就知道了。"

老人看着鸢尾，忽然想起了年轻时候的某个人，他忍不住捏了一下鸢尾的小脸蛋，老人嘴里嘀咕："像，像，真的太像了。"

鸢尾还不知所以，鸢尾就问："像什么？"

老人没有回答，说："你奶奶是谁？"

鸢尾回答说："我奶奶就是我奶奶。"

老人说："你奶奶叫什么名字？"

已经很久没有人叫她的名字了，自从鸢尾出生以后，人们都叫她鸢尾奶奶。但是鸢尾依稀记得很久很久以前，那时候好像有人叫她奶奶阿茶，于是鸢尾说："叫阿茶。"

所有的记忆在那一刻生根发芽，这时候大家好像都突然明白了什么，一下子都惊住了，那个牛老汉讲的故事，那个叫阿茶的女子，那个当兵的男子……

时间定格了那个瞬间所有的悲欢，风静止了，云静止了，河水也静止了，连同树叶，尘土，呼吸，都一起静止了。

情不知所以，刘十八潸然泪下！

鸢尾把信笺给了老人，他们离开了，他们没有回头去看老人是什么反应，他们不想回头。

回去的路上，他们又坐上了牛老汉的船。

牛老汉说："那个人后来回来了，没有死，他给了我一封信，一封红色的纸写的信，叫我送给一个人……"

牛老汉吧唧个嘴，抽了一大口烟："后来的故事就多咯。"

七

鸢尾的奶奶去世了，全村人都来送别，那个人也来了。

牛老汉那天晚上喝醉了，他又说起了年轻时候的事，人们又把事情重新记忆了起来，他们好像回答了许多年前。

刘十八在某个秋日的黄昏回来，他没有被水鬼吃掉，他抱住一根木头，活了下来。

可是，一切都为时已晚，像是命运开了一个大玩笑！

鸢尾走到小河边上，看着河里的月亮，月亮皱巴巴的。鸢尾捡起地上的石子砸向月亮，月亮被水搅得像打碎的碗。

鸢尾的眼泪滴落到了河里面，月光下的河水变得晶莹剔透。

鸢尾看着边上的那条渡船，她脑海里突然出现了一个想法，她一直都不知道这河水会流到哪里，她想顺着和下游一直走，走到河的尽头看一看。

鸢尾最后放弃了这个想法，她知道自己去了那里可能就再也回不来了，她并不愿意离开大脚村，她喜欢大脚村的一切。

鸢尾就坐在河边发呆地看着月亮，她不再去想奶奶去世的事情，她不再去管今夜的悲伤，她不关心世界，不关心人类，不关心命运，她只关心水里的月亮。鸢尾清清楚楚地看到，月亮是碎了的。月亮生锈了，最后被河水啃食掉。

木瓜不知道鸢尾在哪，他在鸢尾家找了个遍，没有发现鸢尾。木瓜看到鸢尾的爸爸喝醉了，鸢尾的爸爸喝醉了就趴在那口棺材面前，哗啦啦地哭。

人们的表情是凝重的，他们喝着酒，一起守过这个夜晚。人们知道今晚是不能睡觉了的。

奶奶把木瓜叫到身旁，对木瓜说："木瓜，你去找鸢尾，你把鸢尾带到我们家去睡觉，你要好好陪着她，知道吗？"

木瓜点了点头，木瓜问奶奶什么时候回来，奶奶说："明天上山了才能回来。"木瓜知道山上是什么意思，后山的松柏林里有很多长眠的老人。

木瓜跑到村子的马路中间，他在马路两端都跑了一圈，没有发现鸢尾的踪影。木瓜又往池塘那边跑，池塘那边空空荡荡的，什么也没有。木瓜着急了，他害怕鸢尾会出什么事情。

木瓜站在村子门口，一直喊："鸢尾，你在哪？我是木瓜，我在找你。"一连喊了好几声，没有一点回应。那天的夜静得出奇，风已经静止了，大脚村只有一个地方还亮着灯。

木瓜听到河边有水花的声音，他就跑到河边去。在月光下，鸢尾的背影格外清晰。

木瓜看见鸢尾一个人坐着，他知道鸢尾心里在想一些事情。鸢尾今晚失了神，她像一朵野花，散落在草丛堆里面。

光影浮动的河面出现了两个消瘦的人影，月光在晃动，人影也在晃动。一片叶子从树梢掉落进河里，遮住了一半的月亮，河里的月亮就变成了个弯月亮。这时候一只手放在了一个肩膀上。

鸢尾说："木瓜，我想睡觉。"

木瓜说："去我家睡吧，你就睡我的床。"

莺尾躺在床上没有睡着，木瓜在她旁边坐着却睡着了。莺尾把木瓜抱上床，她自己离开了。她就跟在凌晨上山的队伍后面。

八

太阳从山头升上天空，照亮了整个大脚村，房子升起晨烟，鸡跑到田里啄蚂蚱，大黄狗在野地里扑飞花蝴蝶，大鸭子又去池塘"嘎嘎嘎"地叫嚷起来。这个世界上的人和动物总是为了一种寻找的快乐忙碌着，只有缺乏思想的树木，昂首挺立，站成没有悲欢的姿态。

奶奶做好了早饭，在门口喊木瓜回家吃饭，木瓜这时候不知道去了哪里，奶奶怎么喊也不见他回答，路过的一个挑水的男人告诉奶奶，木瓜去河边划船去了。

于是奶奶就到河边去找木瓜，牛大爷说木瓜到河那边的南山上去了，天刚刚亮他就出发，好像说要找什么东西。

奶奶心里不明白，这孩子大早上跑那山上去干吗？现在山上也没有什么野果子可以摘，那里除了树就是草，能找什么呢？

牛老汉说："木瓜是个乖顺的孩子，让他放心地去吧，我等会去河那边看着，那山不远。"

谁也不知道木瓜要找什么，只有木瓜知道。

木瓜爬到高高的山坡上，他听上次割牛草的胡大叔说，南山那一带的莺尾花开了，开了一地的葡萄紫，像一群紫色的蝴蝶，可漂亮了。

木瓜想摘一大把莺尾花送给莺尾，他知道莺尾出生的那天，大脚村开了许多美丽的莺尾花，所以她奶奶就给她取了个名字叫莺尾。

可是等木瓜跑到山坡上时，鸢尾花落了，落在野草堆里。鸢尾花落的时候，所有的蝴蝶都飞走了。

木瓜一屁股坐在野草地里，他的眼泪忍不住夺眶而出，木瓜哭了，哭得稀里哗啦。

鸢尾走了，木瓜没来得及送她，木瓜回去晚了，鸢尾坐上了去县城的汽车。

鸢尾一定在想木瓜为什么不去送她，也许鸢尾心里会把木瓜臭骂一顿，鸢尾走的时候一定很难过很难过……

木瓜还没来得及送她呢！那些像火焰一样的日子，永远也回不去了，永远也不会再有了。

木瓜失魂落魄地走到河边，他把自己的头埋进河里，听水哗啦啦地流。

牛老汉划着船过来了，牛老汉捏着木瓜的鼻子说："孩子，人和人之间总是要说再见的，她和她爸爸一起，总比一个人在这里强，在这里，她会难过的。"

木瓜抬着头看着高高的牛老汉。木瓜说："牛爷爷，你说，为什么那边的鸢尾花一下子就落了？"

牛老汉吧唧个嘴，长长地吸了一口烟，然后又长长地吐出来，"因为河水变凉了，日子冷咯。"

篱笆墙上的木瓜熟了，却落了漫山遍野的鸢尾花。

作者简介

杨华军：宁夏大学人文学院汉语言文学（教师教育）专业学生。作品《我在人间邂逅黄昏》获得上一届宁夏大学生原创文学大赛入围奖。

初评评委推荐语

　　作为短篇小说，字数上还是充实的。主要人物有两个层面，第一层，鸢尾和木瓜两个孩子，他们的出场由捡鸭蛋引出，鸭蛋、小船、渡河穿插在人物的生活中，当两个孩子玩耍得比较熟的时候，鸢尾的奶奶病逝，他们不得不分开。第二层，由鸢尾引出鸢尾奶奶，鸢尾奶奶的爱情故事是经过木瓜奶奶、牛老汉断断续续讲完的，鸢尾奶奶与刘十八有一段真挚的爱情，阴差阳错地嫁给了王家老三，日子过得还算可以。临终前把珍藏多年的红色信封物归原主。珍藏多年的情感随着离世而归还。故事情节完整，叙述平时，穿插自如，老人的沧桑、孩子的懵懂在情节的展开中得到比较好的塑造。特别是鸢尾奶奶的形象还是比较饱满的。木瓜奶奶、船夫牛老汉起到了穿针引线的作用。景物描写，对衬托情感、营造气氛、凸显内心起到了很好的助推作用。结尾南山上漫山遍野的鸢尾花落了，蝴蝶也飞走了，预示着鸢尾与木瓜的分离。另外，河水、月光的描写，以此衬托人物心境比较到位。"鸢尾木瓜"不是最佳标题，对刘十八的交代笔墨略显单薄。（徐玉英）

其他

寻找失落的自我

——《寻找家园》中的个体生命意识

苏米爱

"面对无限深邃而又冷漠无情的宇宙，我们需要爱，需要温暖，需要同情，需要信仰，需要真诚，需要英雄主义，需要梦，需要值得为之而献身的东西。没有这些，我们就无所适从。没有这些，我们就不能前进。这些都是构成我们的自我的必要的因素，也是我们的自我借以前进的动力。寻找这些，也就是寻找失落的自我。"身居乱世的人们在人生无常的暗流冲击下，往往滋生强烈的个体生命意识。处于失乐园者地位的美学家、画家、作家高尔泰，在理想与现实错位的痛苦刺激下，个体生命意识高涨，他借助文学作品尤其在随笔集《寻找家园》中，集中表现了他对社会历史和人生价值通透的思考，之后深感生命之可贵、历史之起伏莫测，于是在喘息后奋力挣扎，不但找到了真正的自我，而且在自我之外又不忘书写他者。

高尔泰写作《寻找家园》，是他对自己人生经历的一次全面又深刻的阐述，讲兰州、敦煌、夹边沟等，也是一次次关于人生、关于活着的意义的思考。高尔泰在作品中所进行的阐释和思考，可以从以下三个层面进行分析：对大历史下潜藏的个体意识的讲述、对命运跌宕中自我的体认与救赎、对时代浪潮里他者生命的关照与书写。

一、对大历史下潜藏的个体生命意识的讲述

当历史正常发展的轨迹中断后，人们在适应新的社会现状、并与旧的社会决裂时，需要一个艰难的磨合过程，尤其是当新的社会强势到个体不得不向权力屈服时，个体的生命意识更容易迷失和沉沦。但是也有很多人，生存处境越是艰难，他的自我生命意识就越是高涨，高尔泰便是这样。在《寻找家园》的"卷一·梦里家山"部分文字中，高尔泰书写了一个大的时代背景。1937年7月7日，抗日战争全面爆发，这突如其来的战争，对于平民来说，是在水深火热里挣扎着求生。高尔泰在书中交代说，1935年出生于江苏省南京市高淳区的他，在那时候还不满两岁，因为年少而不知愁滋味，面对举家逃难后居住的山乡，回忆起居住的那几年来有着说不尽的喜欢：冬暖夏凉的温馨、望中广袤的蓝天、松涛如潮、野味不尽……暂居山乡，灾后返归，都远离战乱，没有忧虑。在这种背景之下，高尔泰讲述的是他童年的经历，在这童年里，他感受到的是温热与恬静，源于亲情的关照，也因为身边人爱国情的濡染。

（一）亲情的关照

亲情的关照，来源很多，首先是高尔泰的父亲高竹园先生。高父学识丰厚，会写诗、善作画，又极重视教育，战前就创立了私立淳南实验小学，逃难山乡，又开办了儒童寺小学，自编教材。高父对自己孩子的教育，亦如此。在山乡小学里，高尔泰的两个姐姐就在学校教小孩子识字。高父面对小儿子高尔泰年少时期"不学无术"的"胡图乱画"，并未指责，只是告诫说："废笔太多，要用最少的笔墨画出最多的东西。这个东西不必是实物"，且举其中一例"比方说这张柿子，你画成方的了，可以。但是没画出它的山野气息、秋天的气息，这

就没意思了"，高父对高尔泰在绘画方面关于意象、神似的教导，在他日后的艺术（绘画）生涯里产生了无法磨灭的影响。求学时代，高尔泰最先来到苏州美专，面对颜文梁先生的西洋画派风格，无心学习，于是又辗转到了以吕凤子先生的国画派为首的正则艺专，以实现自己在绘画艺术方面的执着追求。

其次是高尔泰的母亲。战后重回淳溪镇，面对需要重建的家园、逃难的归人、死者的牌位、醒目的标语，高尔泰除了清晰地记得"没有人想到那些日军略后的残余应该被涂掉、被供奉的牌位前象征着生者恒久的悲伤的长明灯只代表着悲伤"，在多年后行文时更是透露出自己的悲哀与绝望，但是写悲哀与绝望是为了写他记忆中的母亲。高尔泰在书中写到自己放学饭后，和母亲一起到河上唤鸭，面对半江瑟瑟半江红的美景，同时聆听着母亲温情的耳语，关于天上最初的星，关于它们的名字，还有它们的故事，这使他心中无限温暖。世事沧桑，多年后去异国他乡，在北美的天空里，依旧有母亲的温存。

最后是高尔泰的祖母，那位在他的记忆里始终年迈的老人。冬夜，炉子灰里埋着野果，祖母只给平平（高妹）一个，给福福（高尔泰）一个，别人没有；在高尔泰发痴冷场时祖母会过来解围安慰；临近夜晚有祖母的摇篮曲伴着入眠，犹如柔和的复调音乐奏响……

祖母、母亲、父亲……很多的亲人，给高尔泰的不仅是家的温热、爱的襁褓、呵护的摇篮，也是宽厚与包容。所有这些，极大程度上都影响着高尔泰，也因此在他后来坎坷复杂的经历中，这些亲情给予他的力量一直支撑着他，哪怕艰难存活也依旧坚守自我，依旧倔强地追寻活着的意义。

（二）爱国情的感染

高尔泰童年时期，正值抗日战争时期，这必然的经历让他耳闻了灾难的同时，也经受了爱国志士仁人的洗礼。这神圣又庄严的情感——爱国情，由于很多人的散发与播撒，使高尔泰备受感染。

这感染，来自"扬州佬"俞同榜。俞同榜在淳溪镇的人们眼里：地位卑微，俨然二等公民。被本地人排斥，没有人与他往来。淳溪沦陷，俞同榜并未逃跑，在日伪军统治下生活，三年后因杀死三个日本兵，而辗转逃到儒童寺小学，偶住数月，其间教会了高尔泰些许武术功夫，使高尔泰后来在监狱里面对狱霸的铁拳时能够解脱困境。对于爱憎分明的少年来说，敢于与凶残野蛮的日伪军斗争，那就是英雄，就是偶像，甚至在高尔泰回忆祖母、悲哀战后现状的时候，也是以俞同榜为参考的（有些窝棚里不管多么拥挤杂乱，还供奉着死者的牌位，牌位前一灯长明，象征着生者恒久的悲伤。但悲伤就是悲伤，并不孕育出思想）。像俞同榜那种敢于在沦陷区击杀日军的平民英雄，回来了没人敬，也没人谢，人们各忙各的，对他都冷冷淡淡，高尔泰的心里，俞同榜是爱国的大英雄。

这感染，来自神秘的大刀会。大刀会是一种农民武装，而人们参加大刀会，也仅仅是因为它传到了淳溪，看起来似乎没有什么可以拿出来议论的。但是，一旦暗示有敌人临近的号子被吹起时，集合后的这些农民们，愤怒异常，比平时力大气粗，他们"光着上身，头缠杏黄布，手持红缨刀，一个个眼露凶光脸色铁青，盯着前方直冲。队形散乱而方向一致，虎虎生威"，那时高尔泰年少，面对这样的场景和人群，疑惑的同时更感觉神秘。成年后，再次回忆起大刀会，醒悟那便是爱家，是那些农民潜意识里的爱国思想，对被侵犯的义愤填膺，因而才会热血沸腾。尽管，大刀会抵不过现代枪炮，他们攻打日军会失利，伤亡惨重，但是那份神秘的力量，一直是高尔泰内心深处的触动。

这感染，亦来自高尔泰的父亲高竹园先生潜移默化的影响。"湖山还是故乡好"，认着这个理的高竹园先生，甚至在"五七"反右运动中都默然承受磨难的人，却在战争时期，举家逃难，暂居山乡。不是因为他不爱国，作为知识人，他爱国，也爱家乡，但是更爱家人。于是，高竹园，这个世纪同龄人，领着家人出走。在山乡的学校上课时，他常说日本侵略中国，犹如蚕吃桑叶。在家里也经常说："我们是因为不愿意做亡国奴，才逃到这里来的"，只有逃跑，他感到惭愧，也经常称赞抛下家小到大后方去抗战的好友李狄门是"有种的汉子"，这看似只言片语，但是足以在年少的高尔泰心中泼下浓墨重彩的一笔，使爱国这颗种子在高尔泰的心里生根、发芽。

俞同榜、大刀会、高竹园……他们身上所表现出来的爱国情，不仅在高尔泰心中产生了厚重、深远的影响，更是加深了他思想的厚度，拓宽了他认知的广度，使他得以在社会现实面前分辨善恶、是非，甚至辨识人、人性，也因为此，高尔泰得以在战后看清愚昧的国民、在历史波折中看透一些人的劣根性，也因此感到可怕，尽管最后也只能唯唯，但仅仅看清和看透，便是一种高于他人的格局。

亲情、爱国情，对于年少的高尔泰来说，他可能还不懂得其为何物，但是这童年经历过的情感，潜移默化地影响了他，在他的心里埋下了种子，这种子向往自由、追求自我，有着强烈的个体生命意识。因此可以这样说，高尔泰高度的个体生命意识，是早就潜藏在他内心深处的，而在后来的经历中、在特殊时期个体不得不向强权屈服的社会现状面前，高尔泰内心深处这种潜藏的意识被激发、被唤醒，因此他的挣扎与救赎便是不言而喻的事情了。

二、对命运跌宕中自我的体认与救赎

战火纷飞，民族灾难深重、苦不堪言，但是对于当时只有两三岁的高尔泰来说，战争于他却是抽象的。高尔泰觉得"在战火纷乱的年代里，自己是过分地幸运了，后来的遭遇，算得上是一种'补课'"，但更应该是磨难与磨炼并存，"脑子里有什么，都是从一个被压在车轮子底下的活东西的生命里长出来的。往往车轮子才是他生长的契机"，他所经历的，在一定程度上对他是更高、更深、更广的磨炼。高尔泰在求学路上以及后来所有的经历，纵然坎坷艰难，甚至死地生还，但是，也正是因为这些不期的苦痛，更坚定着他对自我的关照，对意义的追寻。在历史前进的轨道里，面对一次次的政治浪潮，尽管高尔泰也在一次次对生命的体认中感到迷茫，但在迷茫之后是短暂的喘息和更加决绝的挣扎与救赎。

首先是统一分配。高尔泰在正则艺专学艺未终便遇上"统一分配"政策，于是，在1955年便辗转被分配到兰州市第十中学，关于这段经历高尔泰集中记录在《别无选择》里，读者在这部分文字里看不出高尔泰面对统一分配的态度，唯有从他所命定的题目《别无选择》里看出他心里些许的不如意。而在另一则文章里，高尔泰才更加激烈地表态："……教书，很忙很累，生活单调，不快乐，不明白为什么自己的命运，要由一些既不爱我，也不比我聪明的或者善良的人们来摆布，而我们没有可能拒绝。"面对"统一分配"这一政策，高尔泰在书中的表态，是他步入社会后面对生命运行现状的第一次思考。高尔泰说自己为了发泄，开始写作，因而体验到快乐和生活的意义。高尔泰正是因为有了这一次对意义的思索，才有了1956年诞生的《论美》，但也因此在反右运动中被揪出，去"劳动教养"。

其次是酒泉夹边沟"劳动教养"。徘徊六合无知己，飘若浮云且西去。这便是高尔泰随后的人生走向。夹边沟是地门，凄厉荒寒，苦涩重浊。在这里，高尔泰感受到时间的硬度、生命的微薄、人的异化、精神意志的沦陷，等等。高尔泰说自己1959年被张仲良点名到兰州画"歌德画"，是一次出死。1960年，高尔泰画完"歌德画"，又被送到靖远夹河滩农场。高尔泰回想兰州生活，觉得尽管活了，但于自己，这复活是肉体的，灵魂已走向死亡，认为自己"已经失掉自我，变成了他人手中一件可以随意使用的工具，变成了物。人的物化，无异死亡"。这是高尔泰关于生命意识的第二次体认与思考。因为求生的本能，高尔泰又开始了写作，也正因为有了写的意义，才觉得"有它的存在，我才敢于确信，我走出了死亡的阴影"。高尔泰于1962年被解除劳动教养，于是，决定前往敦煌莫高窟，觉得这是自己即将走向新生活的开始。只是，时代的激流猛浪并未因此消止。

最后是敦煌莫高窟。只身前往敦煌，初次见到莫高窟。千壁画林，斑斓万翠，高尔泰的欣喜与感激溢于言表。可是，在三清宫的寂静里待久了，便感到一股被活埋的恐惧，无边的寂静犹如坟墓，自己虽然活着，却好像已经死亡。这时候恍然：寂静不等于安宁。于是，有了逃避寂静的欲望，又觉得夹河滩的生活比现在好些。这是高尔泰第三次对生命的体认、对自我的思考。为了自救，高尔泰又开始写作，尽管犹如玩火，但是他觉得只有写作，才能印证着自己已经生活过了。这写作是对活着的意义的追寻，甚至忘却了意义本身的价值。

高尔泰生命的运行未曾停止，在这期间所历经的、所要经历的世事，亦未曾停止，但在他生命所经历过的"统一分配"政策、酒泉夹边沟、敦煌莫高窟等行程里，有着不变的一以贯之的对意义的追寻，即对自我生命的认定、对个体自由的追求，就犹如他的美学思想凝聚成的一句话"美是人的本质的对象化，人的本质是自由，所以美是自由的象征"，这句话传达着他强烈的自由意识。在生命的前进轨迹里，高尔泰可能丢失过那个意义上的、失落的自我，但是他在一次次的喘息后奋力挣扎，那个失落的自我最终被寻回。

三、对时代浪潮里他者的关照与书写

高尔泰历经坎坷，几乎九死一生。和高尔泰同时代的人，更是漂泊凋零。

高尔泰写作《寻找家园》，不仅是他对自己生命纹路的细数，也是对他者生命流程的书写与关照。历史演义不断，政治风波连续，仅《寻找家园》涉及的就有镇反、肃反、三反五反、反右、反右倾。在每一次的运动中，作为运动主体的人，都有着不同的反映与表现，主要体现为有着强烈生命意识的人和"丧失自我"的边缘人。

（一）有着强烈生命意识的人

在夹边沟、在五七干校、在"文化大革命"期间，自我生命意识强烈者很多，他们或未能生还，但对于高尔泰而言，这些已经离世的人同样值得铭记，甚至更应该被记住。高尔泰对这类人物的书写，不仅是对他们所表现出来的生命意识的书写，更是自己的一种态度：钦佩与高扬。借此也是对自我精神的坚定认识与执着追求。高尔泰对这个群体的书写，主要集中在数个个体身上。

第一位是安兆俊。历史学家安兆俊，原先在民族学院研究新疆史，后来被关进夹边沟，在夹边沟当队长期间和高尔泰认识，而且多次伸手帮助高尔泰，遗憾的是，安兆俊未曾活着离开夹边沟。当血与火的历史退缩到遥远的地平线、湮没在遗忘的阴影里的时候，安兆俊留给世界的，尽管只是在裂缝中四散的记忆，甚至一抔黄土、一堆荒冢都没有。但是，于高尔泰而言，不仅仅是一次保护、一些话语、两次握手、冷峻的侧影、"炎热"的眼泪和寂寞的歌，更是"意义的追寻，那种向绝对零度挑战的意志"。人人自危他不畏，甚至几度伸手为他人，他鼓励高尔泰"……你还年轻，一定要坚强些，再坚强些，要学会经得起摔打"，他追寻意义："《工地快报》，别看它废纸一张，将来都是第一手资料，珍贵得不得了。我一直留心收集，一张都没有少掉。着眼于将来，现在就有了意义"。这段悲惨的命运，曾使高尔泰有一种感觉，他说这感觉"在超高温下凝固，超低温下冻结，干硬如铁，支撑着我们的脊梁和膝盖，使我们得以在非人的处境中稍微像个人。但是像个人样，也就是同非人的处境的疏离"，但即使在这种处境里，安兆俊也依旧活成了一个真正的、大写的人，这正是高尔泰所钦佩与高扬的，亦是高尔泰对坚定自我意志的鞭策与追寻。

第二位是常书鸿。早年留学法国、油画天分极高的常书鸿，被流落海外的敦煌艺术所震撼而毅然归国，将自己的满腔热血与激情投射到敦煌。常书鸿把毕生精力贡献给敦煌的同时，兢兢业业、爱才惜才。与人交往真诚、对人关照入里、教诲他者敦厚的常书鸿，却在"文化大革命"中被批斗，被打倒后再未能复出，之后居住在兰州，后来又辗转到北京居住，直至去世。生前常书鸿渴望回归敦煌，终于无果，面对高尔泰"人生如逆旅，安处是吾乡"的宽慰，他始终坚持"生命不息，奋斗不止"。总有人不改初衷、砥砺奋进。在高尔泰心中，常书鸿便是那个不改初衷、砥砺奋进的人。常书鸿，对于高尔泰，更是鼓舞与激励。

第三位是杨梓彬。杨梓彬在兰州大学哲学系教授中国哲学，此时他的专业荒废多年但仍侃侃而谈、如数家珍，被改造多年依旧口无遮拦、语出惊人。不信奉教条；偏爱儒学，觉得"中国传统文化的价值，在于成就一种伦理道德和一种内省的人格：安详自尊，悲天悯人，以天下为己任，可杀不可辱"，也因此敢于针砭时弊。一九五七年，杨梓彬被诬陷写小白条而遭到批斗，也因"小白条"事件几度被冤，但他依旧赤胆忠心，依旧忧国忧民。奉养高龄老父，照顾患癌症的岳父岳母，无微不至，觉得"大丈夫达则兼济天下，穷则独善其身，不穷不达如我，能够教书育人，又照顾好亲人，也算不枉此生"。于高尔泰而言，杨梓彬真正能做到了"修身、齐家"，也始终未曾改变，"变的是观念，不变的是心。零度也罢，'一百八十度'也罢，他都是那个真诚的他"。这不忘初心的杨梓彬，是高尔泰砥砺前行的动力。

纵使世事沧桑多变，明涛暗浪汹涌多见，但是对于安兆俊、常书鸿、杨梓彬等这些弱小的个体来说，他们的真我、坚守、真诚，以及他们对意义的追寻、对既得人生的认定，尤其是对个人生命意志的认定与坚守，不会被轻易更改，甚至会越挫越勇、越坚定。高尔泰历经夹边沟、夹河滩、敦煌，其间丧失过自我，但是这些人的出现，他们用生命诠释着对自我价值、对自我意义的追寻，同时，他们一次又一次让高尔泰警醒。因此，高尔泰对这些人的书写，不仅是阅历上的见闻，更是他在追寻自我之路上的砥砺与彰扬，这砥砺与彰扬，不仅是历经灾难的刹那，更是多年后忆起时依旧崭新的激情澎湃。

（二）"丧失自我"的边缘人

时代激流的旋涡里挣扎过的人们，他们部分人坚守自我，侥幸存活，但是也有很多人，在历史的巨变、生命的险滩里，丧失了真正的自我。"丧失自我"的他们被异化了，而且他们一旦被异化，就很难再复归。高尔泰对"丧失自我"的边缘人、对被异化的群体的关照，同样着力于对数个个体的书写。

唐素琴，是高尔泰在苏州美专上学时候的班干部，两人之间交集很多。但是高尔泰对唐素琴的书写，从始至终，他说的最多的话是"正确得可怕"，且频率高达五次。在事关自己前途的择业面前，唐素琴坚决认定"祖国的前途就是需要"，她也确实因为这样的信念，毫不犹豫地选择了自己不喜欢的美术专业；面对当时纯粹的苏联现实主义绘画艺术语义场，她劝说高尔泰要坚决认定国家绘画教育投资的正确性；面对高尔泰被推荐参加市里的体育培训这件事，她倔强地觉得这只是单个个体的锻炼，与集体无关的事就是没有任何意义的事；面对生活的单调乏味，她觉得"小我只有在大我中丰富，爱生活才能创造生活"……在唐素琴的意识里，是没有自我的，她所能记得的、所能记起的只有大我、只有整体，完全丧失了认识自我、审视自己的能力，她的思想只是一味地强势。

孙学文，是高尔泰在兰州教课期间同宿舍的同学，华东师大历史系的毕业生。高尔泰被分配到兰州，在接见会上认识了发言时激情澎湃、斗志昂扬的孙学文，之后同宿生活，对这位同学有了更深入的认识。孙学文爱读书爱打扮爱干净，仪表堂堂，思想不凡，开朗乐观精力充沛，其间生活总能有滋有味，看起来阳光正直。但是在1957年反右运动中，孙学文检举揭发他人，以求自保，被打成右派后不久就跳楼自杀。孙学文纵使乐观开朗，阳光正直，依旧在政治浪潮、历史风波面前丧失自我，加害他人，不幸的是，哪怕都这样挣扎着求活，也依旧没有逃脱死亡的厄运。

高淑兰，是高尔泰的大姐。两人关系极好。在高尔泰的记忆里，儿时的大姐是家人里最有前途、最有爱的人。她最爱幻想、最敏感多情，最文雅秀气，灵动、诗意、有情趣、多才气。但是自从嫁给老式大家庭出身的赵士泓后，便开始迷失自我，迷失在环境的旋涡里无法自拔。历史上的土地改革、"文化大革命"，更加剧了她的改变、她的被异化。时隔多年后，高尔泰再次遇见高淑兰，发现记忆中那个灵动秀丽的大姐变得"佝偻麻木，反应迟钝，目光浑浊"，早没有了儿时的生气。面对家境的窘迫，高淑兰亦早已认命，对长达三十多年的困顿生活也早已麻木。

唐素琴、孙学文、高淑兰等，仅仅是"丧失自我"的边缘人这个群体里的极少数，高尔泰笔下的这几个小人物，对于读者来说，可能是"无足轻重"的边缘人，他们的生死存亡，或许对于命运、对于历史长河中众多的生灵来说，意义不大，但是在他们的背后，是不计其数的如他们般存活的群体。高尔泰以这样一种形式展示出来，我们看到的就不仅仅是几个看似无足轻重的无辜生命的流逝，但代表的更是人的物化，是人的精神的沦陷。人在历史中丧失了自我，变得无意识，直至盲从。高尔泰笔下的这些边缘人，在历史风浪的冲击下，在政治旋涡里丧失自我。

高尔泰的文集《寻找家园》，写成于漂泊之中，但是在这本书里，我们看到这并不是一本写漂泊的书，而是一本生命之书。这本书，不是漂泊中的见闻，亦没有"拣尽寒枝"的感慨，而是对人身自由、对自我意识矢志不渝的追求。对于高尔泰来说，寻找家园，就是寻找意义，在见识了生命的来来往往、在历经了岁月无情的刁难并死地生还后，他不曾有历经沧桑的麻木，亦没有事不关己的冷漠，在他的心中，依旧坚守着对意义的追寻，依旧为着个体的生命意识、为着走向自由而肆意书写。他以写作在现实面前寻得生存，对抗宿命，这宿命是"漂泊感和无意义感，也就是一种世界没有秩序、历史没有逻辑、个人没有着落的感觉"。高尔泰寻找家园，就是为了寻回失落的自我。

指导教师：倪万军

作者简介

苏米爱：宁夏大学教育学院教育管理专业硕士研究生。

初评评委推荐语

论文以高尔泰的文集《寻找家园》为研究对象，以"漂泊"为切入点，将其定义为一本生命之书。认为作品从对人类整体生命体验的呈现，以及对个体生命经历的讲述，将自我的生命意识与人类的生命思考相沟通，因此虽以漂泊为形态，却充满了对"人"的丰富的讲述。文章观点明确，结构比较合理，表述清晰流畅，是一篇不错的评论文章。如果能够对结构再加整合，会使自己的分析更呈现抽丝剥茧，层层深入的效果。

（于凤艳）

宁夏都市文学新尝试

——论计虹小说集《刚需房》的"新写实性"

马加骏

计虹新作《刚需房》，是宁夏近年来鲜有远离"苦难"与"乡土"的都市小说集。作者将笔触直指喧闹的都市生活，关注现代人们的生存境遇，刻画了一系列形象鲜明的都市小人物形象，具有鲜明的"新写实性"艺术特点。作品将高屋建瓴的文学世界拉回到"柴米油盐"的现实时空。我们不禁重新思考，在现代社会的现实语境中，文学创作究竟指向何方？怎样的"写作"才能适应当代语境的生成结构，回归文学的价值初心？因此，在进入计虹创作的文本过程中，有必要对此问题重新阐释，以更好地回归作者的创作机制，进入文本内容的内在场域。

一、回眸：新写实与罗兰·巴尔特

20世纪80年代后期，一种竭力淡化社会阶级关系和政治历史背景，回归现实，直面人生的创作思潮在中国文坛蔚然成风，文学史将其定义为"新写实主义"。这些作家集中写小人物，写小事件，写"非典型"，作品内容大多指向日常生活，反映小人物的生存境遇，以近似零度客观的写作姿态，将文字驾驭于生活之中。这为文学创作的方向，提供了新的指引。中国的新写实主义，与改革开放之后的新语境，中西思潮交融碰撞等时代背景息息相关。之所以称其为新写实主义，与20世纪二三十年代的写实主义，甚至是之后的社会主义现实主义都有着较大区别。"它消解生活的诗意，拒绝乌托邦，将灰色、沉重的'日常生活'推到了时代的前面。"[①] 新写实主义给作家创作带来最大的启示，便是对"典型"的抛弃与文本中对作家身份的冷淡态度。而这些特点，很大程度上来源于法国符号学学者罗兰·巴尔特的写作观。因此，要想探究"新写实主义"之问题，首先需回到"零度写作"的源头。

20世纪西方哲学思想的一大标识之一，便是维也纳学派的伯格曼在《逻辑与实在》中所提出的"语言学转向"。简单来说，指的是哲学家们应该通过叙述确切的语言来叙述世界，语言成为哲学家思想的出发点。后结构主义者罗兰·巴尔特的符号学思想，正是以语言学为研究起点，构建起来的一套系统理论。罗兰·巴尔特基于语言符号学视角下的"写作观"主要表现在有关"零度写作"与"不及物写作"的论述上。"为了使文学摆脱政治的、阶级的、意识形态等因素的操纵，使'写作'不再负载某种特定的、人为的意图，巴尔特提出了'零度写作观'，并从中发展出'不及物写作等'思想。"他把"不再指向某个深层思想或真理般的意义的'写作'，'写作'的价值取决于它自身，而不再是服务于某种意义或思想的工具……而不是一种从属的工具、一种表达意义的媒介和途径"[②] 的这类写作称之为"不及物写作"。显而易见，巴尔特十分偏爱这一写作理念，即将"写作"本身看作具有独立意义的个体，而不在于付诸

---

① 旷新年著. 写在当代文学边上 [M]. 上海：上海教育出版社.2005，90.
② 司文会著. 符号·文学·文化 罗兰·巴尔特符号学思想研究 [M]. 北京：中国书籍出版社.2016，135~136.

"写作"之上的其他因素。"写作"的主体性在于"写作"本身，其他所有欲加之上的东西都极大地破坏了其主体价值。

至此，再去回望文学的出路问题。当文学开始指向日常生活中的"柴米油盐"，则更为老百姓喜闻乐见。毛主席在《延安文艺座谈会上的讲话》中曾深刻指出，"人民生活中本来存在着文学艺术原料的矿藏，这是自然形态的东西，是粗糙的东西，但也是最生动、最丰富、最基本的东西；在这点上说，它们使一切文学艺术相形见绌，它们是一切文学艺术的取之不尽、用之不竭的唯一源泉。"① 巴尔特的"零度写作"与"不及物写作"恰好契合了这一特质需要，力求去除写作之外的一切意图的东西，而将写作还原于生活。在这一点上，宁夏新进作家计虹成为这一理念在宁夏文学中的先行者，其短篇小说集《刚需房》正是她试验的最新成果，因此，笔者意图通过考察其新作中的审美形式，开掘"零度写作"于当下宁夏文艺创作的现实意义。

二、计虹小说集《刚需房》于"零度写作"之试验

在计虹的短篇小说集《刚需房》中，作者将笔调直指她熟悉的城市，以城市中老、中、青三代小人物为中心，采用近乎"零度客观"的纪实笔法来展现生活的全貌，揭示现代城市生活中的各类群体的生存境遇。每一代表人物背后都是城市中某一类典型群体的集中缩影，作者以一种冷静的态度，审视着生活中的"鸡毛蒜皮"。

《老苟的狗事》② 中的老苟，代表的是城市"新一代留守老人"——子女在外，独自在家的退休老人。故事中的老苟由于生活习惯的差异，为了不给

---

① 毛泽东著. 毛泽东选集第三卷 [M]. 北京：人民出版社.2008，860.
② 计虹著. 刚需房 [M]. 银川：阳光出版社.2019，1~13，138~156，179~201，56~66.

儿女造成困扰，独自返回家中。他的空虚，被短暂到来的小狗娜娜所冲淡，与之相伴的是由新成员娜娜引发的种种"狗事"。小狗娜娜潜移默化地成了老苟的心灵伴侣，而当娜娜死于难产之后，老苟的孤寂空虚之心一触即发，使他迫不及待地"北漂"去寻找他的老伴儿和儿女们。老苟是城市中典型的"新一代留守老人"，他们表面上不愿为子女带去烦恼，好似乐于享受没有子女陪伴的独处生活，实则所有的空虚与难处被潜藏在了内心的最深处。这一点通过作者纪实的笔法展现得淋漓尽致。独居的"老苟躺在沙发上看电视，嘴里叼着烟，一双臭脚来回地搓着，就是不愿起身去洗洗。"此外，小说还详写了老苟在小狗娜娜的陪伴期间，吃早点，打麻将，侃大山，给小狗美容等琐事，似乎生活得不亦乐乎。但当唯一的伴侣娜娜离去之时，所有的幻影都拂袖而去，剩下的只是空虚。此时的老苟"很想念自己的孙子，很想吃老伴儿做的臊子面"。这类老人善于压抑自己的内心情感，而作者安排小狗的离去，正是揭开了他们内心的最后一层薄纱，将这种被压抑的情感"零度客观"地呈现在读者面前。作者没有刻意进行任何情感渲染与人物塑造，一切情感的体味都是水到渠成，蕴藏于纷繁的琐事之中。作品的主体价值来自作者的写作过程而非写作之外的其他因素，此处的写作过程便是生活过程，换言之，写作即生活。作者本着这样的创作理念，让形而上的文学透视于形而下的生活之中，更为读者所接受。在此部作品中，写作的主体价值来自人物"老苟"的真实，老苟是一个有着诸多陋习的退休老人，他不爱干净，肆意抽烟，爱打牌寻乐等行为表现，都在作者的客观叙述中得以呈现，叙述过程没有明显的情感倾向，极大地还原了老苟的生活实景，从而引发读者的共鸣与深思，拓宽了作品的思想审美意蕴。

在《长颈鹿躲雨失败》[①]《沙发客》[②]等作品中，以方舒、田文等人物为代表，集中展示了城市中年一代的"生存危机"。方舒与城市中大多数职业女性一样，需要同时兼顾事业与家庭，较之其他人，压在她们身上的担子似乎更加沉重。作品对方舒的日常生活进行了详细地叙述，工事出差、同事交往、接送子女、料理家事、亲朋往来等职责都落入方舒怀中。吵架是夫妻生活中不可避免的元素，工作与生活的重担已无暇让方舒再与之"应战"，而是选择以一种超然的态度来回应，"对于一场永远打不赢也输不掉的战争，方舒不知道一直战斗下去的意义何在，与其耗费精力，不如养精蓄锐做点有意义的事"。因此，方舒开始尝试写作，试图以一种"形而上的"精神超越来应对生活的"苦难"，这也是作者透过客观叙事下展现的个性价值。"写作能让你成就你自己所有现实生活中的遗憾"，这来自他人的随口一言，却成了压垮方舒的最后一根稻草，她没有被琐碎的现实生活击垮，而被这一句话击中泪腺，崩溃大哭。作者并无细究方舒大哭的原因究竟为何，而是以客观陈述的口吻将这一场景娓娓道来。但读者通过阅读不难发现，击垮方舒的是"现实生活中的遗憾"，这也是本文矛盾的核心。作者同样不加以任何情感渲染，从小说开始，便始终以一种近乎"零情感"的语调记录着方舒生活的种种琐事，冷静地叙述与方舒的情感爆发形成强烈的反讽意蕴，凸显了中年一代在城市生活中的种种危机。方舒虽找到了一种"形而上"的解脱方式，但面对现实生活，照顾父母，打点弟弟，安抚侄子，仍旧需要按部就班地逐一应对，暗合了"现实压倒一切"的矛盾核心。直到结尾，方舒都还在朋友圈寻找卖小狗的卖家以安抚伤心的侄儿，可谓彻底被现实生活扼住了咽喉。正如小说之名《长颈鹿躲雨失败》，作者在文中解释道："它的头和屁股露在外面……致我们顾头顾不了尾的中年"。方舒终究生活

---

① ②计虹著.刚需房[M].银川：阳光出版社.2019，1~13，138~156，179~201，56~66.

在现实世界中，写作虽可以让她弥补现实中的遗憾，但面对"柴米油盐"的琐碎生活，我们终究要排除万难加以应对。小说以冷静而又略带戏谑的语调，向我们展现了城市中中年一代真实的生活图景，从而引发文本以外的"方舒们"的观照与反思。

《刚需房》[①]中的林俊，代表的是城市中为了房子努力打拼的后浪青年形象。林俊出生于普通家庭，为家中独子。在全家人的精心呵护下，考取了上海某知名大学，其间认识了女友阿芬。毕业后两人共同在上海打拼，林俊努力工作，阿芬则努力考研。上海高额的房租迫使他们必须与他人合租。而后阿芳在备考过程中未婚先孕，在其室友的怂恿下林俊决定与阿芬步入婚姻殿堂，却为女方在上海的买房要求苦苦发愁。最后，仍然是在父母倾尽家中财力的资助下，得以付清这套刚需房的首付。阿芬虽然过了考研初试，但由于已怀有身孕，导师有所芥蒂，在复试中被淘汰。正如结尾所言："刚需房，是美梦的开始，又是什么的结束呢？"现实生活中又有多少同林俊一样的"房奴后浪"呢？作者将"房奴"的窘境，寄于零度的叙述之中。精妙之处，便在于对二人租房初期"禁欲"的描写。高额的房价，迫使他们二人共居于一室之内，且约法三章，绝不逾越"雷池"。但最终也没抑制住青春的欲火，恋爱中的青年男女，情投意合，男欢女爱本不该有所禁忌，此举是为何呢？小说后文似乎道出了答案，阿芬意外怀孕，流产之后明确提出："结婚，除非结婚，其他的想也莫想。"可结婚意味着林俊必须要有一套房，这对于初出社会的他来说实乃遥不可及。因而，"房"成为这对青年男女"禁欲"的矛盾核心。小说并没有直接将二者之间的因果矛盾展现于叙述之中，而是将这对青年男女奋斗中诸多琐事加以陈述，从而达到"不辩自明"之效。作者完全抽身于文本之外，站在上帝的视角，

---

① 计虹著. 刚需房 [M]. 银川：阳光出版社 .2019，1~13，138~156，179~201，56~66.

以一种绝对客观的第三者姿态，俯瞰芸芸众生。此般零度写作，解放了"写作"本身，让"写作"自然流淌而非强加于"写作"某种观点或蕴涵，避免被作者以外的其他因素"绑架"。

纵观《刚需房》这一短篇小说集，作者具有明确统一的叙事态度，即有意识遮蔽作者的观点。作者主要采取两种措施来达成这种"遮蔽"，一则不许作者出面，二则冲淡作者的主观态度。读者不能直接从作者那得悉其对老苟是怜悯还是厌恶，对林俊生活是赞扬还是揶揄，对方舒是敬佩还是同情等情感态度。所有的情感指向都是在阅读完作品之后自然地流露。当然，细读文本不难发现，近似客观的"零度写作"不等于绝对的"零度写作"，对作者意识完全的遮蔽显然是过于苛责，作家作为作者本人，难以做到不动声色的绝对客观，总是避免不了留有作家自己的价值指向，绝对客观的"零情感"写作会让文本丧失作者的创作个性和主体价值而走向极端自然主义倾向。在这本书中，我们便可隐约地感受到作者对于诸多小人物的生存境遇的思考。例如，在《长颈鹿躲雨失败》中，有一段既不属于人物，也不属于叙述者的议论："多少婚姻败给了焦虑、烦躁，败给了鸡毛蒜皮，能把日子过得和和顺顺的人，不就是人生赢家吗？"这一叙述很明显寄托了作者自身对于婚姻的态度，属于作者在参与叙述的过程中对人物的有感而发，不禁让人想到巴金在《家》中对鸣凤悲惨命运的真情流露。这同时说明，当写作完全独立于其他因素时，作家的情感指向则归于人物与情节的自由发展并表露于叙述之中。虽附有作家本人的主观态度，但其架于文本之内，而非欲加之情，属于"零度写作"中作家的创作个性而有别于自然主义的"毫无情感态度的绝对纪实"。

因此，如果必须要将这部作品归于某个流派之中，其大抵符合新写实主义的种种特征。新写实主义追求近乎客观的零度写作，将生活与文学紧密地结合于一体，解放了"写作"自身的主体性。其对生活的零度把握，介乎现实主义与自然主义二者之间，即它既有现实主义对现实生活真实描摹的艺术特征，却没有现实主义对于"典型"追求，反而有"解构典型"之意。它既有自然主义中对生活琐事冗长琐碎的描写，却并非毫无意义指向，它有着自己明确的价值追求。

值得注意的是，作家在有意识地遮蔽作家观点的同时，亦不忘采用现代主义中反讽的技法，隐晦地表现作家的创作个性与价值导向。在《刚需房》中，作者以林俊和阿芬对于"性欲"的压抑，与高额的房价形成强烈的反讽，凸显城市中"青年一代"的普遍、沉重，甚至畸形的生存压力。在《长颈鹿躲雨失败》中，作者以方舒受到他人的一句随口之言崩溃大哭，与她处变不惊地面对生活中的诸多琐事形成强烈的反讽功效，彰显城市中"中年一代"在面对现实生活的狼狈、焦虑、无奈的生存困境。所有的反讽都通过作者冷静客观的笔调加以陈述，从而使反讽产生二次升华之效，颇具"反差"的审美意蕴。这也避免了绝对的"零度客观"而丧失作者的创作个性。

三、审美与批判：两代"新写实主义"者的艺术碰撞

在新现实主义盛行初期，不乏精湛成熟之作，诸如方方的《风景》、池莉的《烦恼人生》《冷也好热也好活着就好》、刘震云的《单位》《一地鸡毛》等，这些小说在新写实主义的创作阵营中皆颇有建树。计虹的《刚需房》小说集，打破了宁夏当代文学中常被诟病的有关乡土、苦难的"主题先行论"，将笔力直指城市生活中的小人物、小事件，拓宽了宁夏文学的题材视域，对于中国文学版图下的地域文学的多元化立体进程极具建设意义。较之以上同类小说，计虹也从中汲取了大量养料，在创作的初期，积铢累寸。但作品仍有较大提升空间，笔者主要从以下三点扼要展开论述。

其一，"去典型"而非"无典型"；"去典型化"为新写实主义小说突出特征之一，这也在一定程度上厘清其与现实主义的界限而突出其"新"的特征。但这并不意味着一味地追求"无典型"而失去了文本的创作个性。例如，在池莉的作品《冷也好热也好活着就好》[①]中，作品通篇采用对话的叙述模式，可谓对典型人物的塑造进行了有力地解构。但文本并不失其自身个性。在几个主要人物的叙事对话与行为表现过程中，尽现武汉底层市民热心、焦躁的性格特征，在此过程中，作者又融入武汉人"过早"（吃早餐）、武汉城区街道的描写等极具个性的地域特征，让直指小人物，小事件的小说文本环绕了一层浓厚的烟火气息，使文本在琐碎纪实的过程中不丧失文字的生命力。计虹显然也在字里行间极力把控着这一尺度，例如在《长颈鹿躲雨失败》中一段夜市小摊的描写"这些外地人说着全国各地方言扎堆吃喝，大家都说来小城，不喝一场夺命 X5（本地啤酒）、不吃一顿大块羊肉，那就白来了。"扎堆的外地口音的人、极具代表性的本地 X5 啤酒，都是作者在"零度写作"中对于当地地域特征的观照。但是对比池莉关于"武汉过早"，以及字里行间武汉人民个性的塑造显然稍欠火候，即选取的对象不够"典型"。要明确的是，池莉等人对于"典型"的刻画突出表现在作家有意识地将此类"典型"事物蕴藏于客观叙事之中，而非纯粹的"无典型"，即淡化作家的写作意图而凸显文本自身的纪实性来表现"典型"，此举未曾违背新写实的创作初心。但我们不能为此而过度苛责作家，因为就创作者自身的成长环境而言，计虹生于银川，长于银川，她所塑造的都市环境势必会显现银川的影子。而银川，一直以来都被冠以"新移民"城市的称号，这里的人们来自五湖四海，自然比不上"武汉"更具典型。恰恰于此，银川的"新移民性"可以成为作家笔下鲜明的环境符号。因此，假若作家在此方面再稍加

---

① 金健人选评. 新写实小说选 [M]. 杭州：浙江文艺出版社.1993，1~72.

用力，作品在个性上则会再上一层。

其二，对"客观地把握尺度"欠精准。所谓"客观地把握尺度"，主要指作者在创作过程中对"零情感写作"的运用与拿捏。众所周知，"零度写作"的尺度如若把控不好，极易偏向冗长平淡的自然主义之中。为了在"零度写作"中不丧失文字的活力，作家通常在艺术形式上投入更多的精力。例如，方方的《风景》①是对居住在武汉的"河南棚子"中的一家九口不同命运的书写，来表现武汉底层人民真实的生存境遇。作家并非平铺直叙地对九个人的命运挨个加以评点，而是以一位出生十六日就夭折的"八弟"的视角进行叙事，表现出一种奇特的审美效果。并且"八弟"的叙事视角与作家本身的叙事立场在文本的某些地方存在相向之处，更加剧其反讽的艺术审美特征。计虹在客观叙事之余，突出的艺术特征则是"倒叙"手法的运用。例如，《码头》开篇先写小高在收拾东西，准备离职等事宜，而后才对她们入职到现在，以及离职的原因进行详细叙述。《折腾》中以"活着，就得折腾"这一句"我"最后一次见到李梅的话为开篇，进而开始叙述"我""李梅""苏方"三人从小至今的成长经历与姐妹情谊。此类手法在这部集子中不胜枚举，亦为作者的创作特色之一。此外，前文所提到的作者通过冷静的笔调与现实的落差产生的"反讽"意蕴，也是其突出特色之一。但较之同类题材的其他作家而言，手法的运用有待于创新、变化。艺术手法缺乏变化，会无意地使一些情节落入模式化、格式化的陷阱之中，而缺乏新意。读者极易把握作家的创作意图与叙事策略，使得阅读趣味落入贫瘠。值得注意的是，在此之前，计虹作为文学刊物的编辑，审阅了大量创作水平参差不齐的文学稿件，其文学创作仍处于探索初期，要想一下从接受主体向作家身份转变，显然也难以企及。因此，我们在对作家的叙事策略，提出更高

---

① 金健人选评 . 新写实小说选 [M]. 杭州：浙江文艺出版社 .1993，1~72.

要求的同时，也要报以宽容，为作家下一阶段创作提出新命题。

其三，内容把控力度存在不足，使得部分作品的思想无法"立"于现有文本之上。20世纪八九十年代的新写实小说家们对作品的把控总是张弛有度，小说紧紧围绕人物与情节自身的发展脉络收放自如，完全基于文本自身为中心而隐藏作者的写作痕迹。依据具体情况的需要与创作地自然流淌，他们的作品主要以中短篇为主。计虹在创作过程中也主要以短篇小说为主，部分作品的结尾稍显仓促，许多情节与人物命运的交代不全，逻辑也有所欠缺，这使得部分作品的思想无法完全"立"于现有内容之上，产生戛然而止之味，假若将这种"戛然而止"化为文本自身的"余味"，从而深化作品的思想深度，延伸文本的审美意蕴，作品质量也会得到极大提升。不过，相信作家在之后的创作中，随着其文本世界逐渐繁荣，其对文本的把控会更加驾轻就熟。

多元共生的创作形态无疑适于当今现代化进程的快速推进，隶属于这一进程的宁夏作家也有义务顺应这一新型的多元创作理念。在计虹的《刚需房》小说集中，我们可以看到植根于生活土壤之中的城市书写所迸发的蓬勃生机，这是一种久违的观照，是长期被乡土与苦难所遮蔽住的另一充满朝气的生命力。笔者期许，当沿着新写实主义的历史脉络，书写城市化进程中的市井人生的笔调进军宁夏这片沃土之时，不要再让"贫瘠"与"苦难"成为宁夏文学走向现代化多元发展的屏障。城市生活召唤着人们对于当下境遇的生存反思，乡土苦难寄托着我们对于民族之根的深刻感知。两条脉络相互交织，蓬勃发展，共同滋育了我们对宁夏文学未来的展望。

作者简介

马加骏：北方民族大学文艺学硕士研究生。发表学术论文多篇。

初评评委推荐语

论文选择当代最新的小说创作为研究对象，选择"新写实性"这一理论视角，从对理论方法的梳理入手，对其文学批评的主要视角和方法有较成熟的认知，并利用这一方法关照作品集，提出了小说集《刚需房》作为当代宁夏文学中不多见的城市书写的佳作，打破了宁夏文学的旧范式而构成了新的书写方式，同时也提出了自己对作品集中存在的一些问题的认识。有方法，有态度，有尝试，观点明确，表述流畅自如，但对结构可再作斟酌打磨。（于凤艳）

作为"公路电影"的《公路电影》

左金朋

在韩国影史中，似乎没有比《公路电影》（原名《Road Movie》）更为独特的公路片了。上映于2002年的《公路电影》是韩国导演金仁植的处女作，它讲的是在20世纪末亚洲金融危机的背景下，两个无家可归的孤独者被迫踏上流浪之旅、寻找新生活但不尽如人意的悲伤故事。不走寻常路的《公路电影》在命名上就打破常规，直接采用了"公路电影"这一电影类型的名称。正如片名所携带的强烈个性色彩，整部影片在"公路电影"类型内外腾挪，在强化类型片范式的同时有意识超越；在挖掘电影艺术的表现力的同时，又以不经意的嘲讽反思镜头语言本身的可信度。这些也正是《公路电影》作为一部"公路电影"的艺术魅力所在。

一、命名与反叛

20世纪六七十年代，受到法国"新浪潮"电影运动的冲击，美国电影开始进入"新好莱坞电影"时期，以影片《逍遥骑士》为代表的公路片横空出世。通过其包容性的叙事结构和独特的艺术风格，公路片很快便发展成为新的独立电影类型，并由此走向全世界。公路片自诞生之初便与残酷的社会现实、与人的精神困境密不可分。1969年，首部公路片《逍遥骑士》于美国上映，而此时的美国尚处于越南战争时期。在政治动荡和经济衰退的时代背景下，美国国内民权运动、政治危机迭起，以"叛逆"文化为代表的"嬉皮士运动"勃兴，冲击着美国社会的传统的文明和道德伦理。[①] 同样地，处于世纪之交的韩国也面临着相似的困境。1997年亚洲金融危机爆发，刚刚跻身于"发达国家"行列不久的韩国开始由"第二世界"向"第三世界"滑落。原本已进入高速发展快车道的韩国突然抛锚，之前经济的过快发展和之后的停滞、滑坡给民众的心理造成一种巨大的落差，极大地冲击着人们的生活和思想。此时的韩国社会也开始产生诸多问题，社会动荡、生活水平下降、失业率猛增、流浪人口增多、自杀事件频发……经济衰退带来的恐慌迅速蔓延至整个社会，因而造成了人的自我迷失和社会道德体系的崩塌。《公路电影》以此为背景，展开了锡元和大植的流浪之旅。在某种程度上，"公路"本身就意味着一个近乎无限长的空间和一种不断运动的状态，它并没有绝对的起点和终点，一旦踏入其中，人的一切认知体验便蕴含在前路未知的时空里。"公路"一词及其本身在强调了影片的现实主义题材的同时，还提供了一个观照现实的角度。而"电影"一词的加入则强化了影片的艺术性和虚构性。如果仅以此为线索展开叙事，《公路电影》无疑将是最中规中矩的公路片。但以类型片命名的《公路电影》却以桥接其他类型片情节模式的方式对自身构成了反叛，在颠覆的同时为电影带来了内涵的丰富性。

在中国港台的翻译中，《公路电影》（《Road Movie》）被翻译为《情欲不羁路》。这一翻译所看重的正是《公路电影》中桥接的另一情节模式——同性之恋。也因此，《公路电影》被认为是韩国影史中第一部同性恋题材的影片。公路片在诞生之初与美国嬉皮士文化密不可分，其内容和形式上都有着自由、开

---

① 王志兵.公路电影的发展与深度解读 [D].四川师范大学，2008：3.

放的特点；与此相反，同性片则更多地带有禁忌、伤痕的元素；二者的风格看似迥然不同，实则都指向着世俗社会，表达了对现实的控诉和反抗。因其题材的相对敏感性，使得《公路电影》在韩国一度被列为禁片。《公路电影》将发展成熟的公路片和在韩国尚具有先锋意义的同性片进行了融合，并消弭了两种类型片的界限，将传统的公路片引向了一个类型交汇的新维度。即使在2000年韩国废除了电影审查制度、出台电影上映分级制度的前提下，《公路电影》仍然难以逃脱被封禁的命运，这也恰好说明了它对于韩国电影乃至社会和文化的刺激。公路片这一电影类型的独特魅力正在于对其他电影类型元素的吸收和转化，而同性片则由于题材的束缚和相对沉重的社会现实语境而常常被归类到其他电影类型之中。并且在二者的碰撞交融下对"道路"这一经典叙事母题进行了拓展，通过一次具有象征意义的旅行以使主人公达到寻找自我、认识自我、批判自我的目的，并将这种批判和反思进一步延伸到其所处的空间环境，即金融风暴时期充满迷茫和绝望的韩国社会。

二、建构与超越

《公路电影》一方面遵照了公路片"以路途反映人生"的范式，挖掘了公路片的基本叙事元素作为电影符号的潜在功能，并结合现实赋予了它们更深刻的内涵和意蕴。同时，《公路电影》作为一部类型交汇片，打破了一般公路片的单纯的类型化。

（一）公路电影基本叙事元素的调度

作为公路电影，《公路电影》有效调度了这一类型电影的基本叙事符号，同时，又因深入地思考而有所超越，使得影片不再局限于传统公路片对个人心灵和生命体验的书写。

1. "车站"与"地道"

在工业化时代，火车站作为货物运输和人口流动的枢纽，是出入城市的人感知城市的最先对象，也是体现城市特色的微观域所。[①] 同时，火车站这一意象也意味着传统意义上的时空关系的改变，火车站作为电影的主要场景之一，不仅容纳着社会关系的演变与重组，也为影片的叙事增加了新的元素。在传统公路片中，车站往往是主人公得以休息和调整状态的场所，而《公路电影》却解构了车站元素的意义，而将它与社会的发展紧密结合。如果说这次公路之旅象征着韩国社会发展进程的话，那么横插在旅途中的火车站便意味着韩国社会的停滞不前。

在影片的前半段中，叙事的主要场景被设置在了一个相对封闭的地下空间——汉城（今首尔）火车站的地下人行通道中。地下人行通道本该作为一个人员流动的场所，而今却冷清到成了流浪汉们的栖息地，在对比中便将社会的衰落凸显了出来，从而达到一种反讽的效果。另外，火车站地下通道的常规功能，即通行功能的丧失，导致了地下通道在空间上的隔绝与中断，从而构成了封闭空间。在这个封闭狭隘的空间中，观众的感知受到限制，而影片里的矛盾和冲突也显得更为集中。影片将两位主人公锡元和大植作为两条轴线，使之交汇于火车站地下通道这个特殊的场景中，其想要呈现的正是此时的社会中政治和经济错综复杂的关系。人作为一种社会性动物，不可能完全脱离社会，流浪汉当然也不例外。地下通道作为流浪汉的聚集地，有着生活场所的性质，承载着人们的活动和聚集，因此可视为一个微型社会。这个微型社会与外界既相对

---

① 胡雨潇. 火车站：城市节点、场所与意象——以若干城市的火车站为例 [J]. 宁波广播电视大学学报，2014，12（02）：74.

应，又相关联，其中也构建起了基础的权力和等级秩序。在其内部，大植是群体秩序的维护者或者说是领导者，他拥有着几乎绝对的话语权，也对这个群体负着相应的责任。他可以下令让其他流浪汉为锡元的加入做出让步，甚至是腾出其安身之地；而在流浪汉被政府人员赶去收容所时，他又负责协调双方的矛盾。从这个微型社会的外部来看，它却又显得脆弱和不堪一击，来自外部（现实世界中的社会）的压力可以轻而易举地将它瓦解。对于地下通道世界的"居民"来讲，政府人员的驱逐意味着一种不可抗力。这些本就处于社会最底层的人没有任何与政府人员相抗衡的力量，当然，也没有与之谈判的筹码，所以他们只能住在政府临时安排的收容所或者继续在一个更大的世界中去流浪，锡元和大植就是后者。

在《公路电影》中，导演曾多次将镜头对准火车站中的火车和人群，这实则是对人们生存状态的描摹。火车意味着动力，代表着一种挣扎和希望；而车站中驻足的旅客和游荡的流浪汉则更多地隐喻着人们对生活的迷惘和困惑。此外，影片在拍摄中选用了许多光线很暗的镜头，同时，由于胶片的使用也导致影像有粗大的颗粒感，导演正是通过这些昏暗粗糙的镜头把控电影的基调，呈现影片背后的失落世界。①

2. "公路"与"旅途"

在公路片中，"公路"与"旅途"是其中最主要的元素，也是承载公路片隐喻和象征的完美容器。从外部的电影叙事上讲，由于"公路"本身便具有空间上的流动性，所以在围绕"公路"进行空间叙事时，不仅可以将其作为建构电影情节的重要手段，而且还实现了对电影情节的延伸和电影实践维度的展

---

① 范坡坡.春光乍泄：百部同志电影全记录 [M].哈尔滨：北方文艺出版社，2007：158.

现。① 公路片的这种特点使得这一类型的影片可以更好地承载电影的线性叙事结构。而从内部的角色塑造上说，主人公要通过"旅途"的"洗礼"，最终完成生命的体验和思想的变化。

在《公路电影》的叙事上，导演采用了一种交叉式的双线结构。影片以锡元和大植前往釜山的公路之旅为主线，将众多人物、事件组成的叙事单元串联起来，从而构成了一个有机的整体，呈现出了人物在生活中无力挣扎的状态；而影片的暗线则以社会阶层的变迁和重构为背景，描述了主人公锡元等人物在这个过程中的心理变化。与此同时，影片还将隐喻作为其重要的表现手段和叙事手段，并利用隐喻着重揭示了锡元的悲惨命运。

《公路电影》的叙事看似凌乱、无迹可寻，但实际上，影片采用的是一种较为独特的叙事策略，影片以锡元或者大植每一次的"离去"或者"归来"为切入点，围绕着两人的彼此相遇又离开推动着叙事的发展。首先，本文先将两人每次的"离去""归来"按顺序做一个简单的梳理，以便更加直观地看出角色的行动规律：

A. 序幕，场景：锡元醉倒在街头，大植夺走锡元的西装外套。（二人初次相遇）

B. 场景：锡元出现在地下通道，躺在另一位流浪汉的地铺上，大植告诉流浪汉揍他一顿然后赶走。（锡元离去）

C. 段落：大植得知锡元试图自尽一事，外出寻找割腕的锡元。（锡元归来）

D. 段落：锡元与大植告别，乘上火车去与妻子见面并说服她重新开始生活。（锡元离去）

E. 场景：地下通道中怀孕的疯女人因失血过多而呻吟不止，大植和锡元被

---

① 王思梦，李雁南. 当代电影的空间叙事艺术研究 [J]. 戏剧之家，2017（08）：100~101.

吵得无法休息。（锡元与妻子谈判失败，归来）

F. 场景：锡元醉酒，在高架桥上试图上吊自尽。（锡元离去）

G. 场景：大植救下自尽失败的锡元。（锡元归来）

H. 段落：锡元约妻子在商场见面，并嘱咐大植自己在两小时内没有回来就说明已经走了。（锡元离去）

I. 段落：妻子向锡元提出离婚，锡元离开妻子，回到餐厅，撞见与餐厅男服务生做爱的大植。（锡元归来）

J. 段落：金民锡与锡元、大植、一珠三人重逢，大植随金民锡离开。（大植离去）

K. 段落：锡元偷车去寻找大植，途中汽油耗尽，锡元在雨中昏倒。大植接到电话后，请求金民锡开车载他原路返回，并在路边找到了锡元。（大植归来）

L. 场景：锡元在屋里嗑药并试图点燃雷管，大植告知锡元已经帮他找好了工作，锡元次日清晨离开。（锡元离去）

M. 段落：锡元手提礼物回到矿上，在附近的海边发现奄奄一息的大植。（锡元归来）

N. 尾声，场景：大植重伤死去，锡元沿着公路回到城市。（锡元离去）

通过对影片中二人行动顺序的排列，可以看出影片采用了一种螺旋式推进的叙事手段。锡元反复的"离去""归来"，实则展现了他在阶层的变迁与重构过程中的矛盾心理。一方面，锡元每一次"离去"的背后，都包含着他"逃避"抑或"返回"的行动逻辑。首先是"逃避"：即对现实生活的逃避和排斥。社会阶层的重构使锡元由中上层的股市精英沦落为底层流浪汉，这给锡元造成了巨大的心理落差和精神压力，因此他开始借助酒精、药物来麻痹自己，以使自己能够逃离残酷的现实世界而沉醉在没有烦恼的幻想之中。然而，酒精和药物只能起到暂时的作用，一旦当他醒来，现实世界将会给他带来加倍的痛苦。在这种情况下，锡元采取了自尽这个更为极端的方式。其次是"返回"：即试图回归原有生活。对锡元来讲，原有的生活包括了事业和婚姻两部分。与妻子的两次谈判是他对残破婚姻的挽救；在得知工作消息后的迫切离开反映了他急于返回原有生活的心理。另一方面，锡元的"归来"则意味着他对现有处境的认同。锡元在历次的碰壁中放弃了挣扎和对生活的抵抗，并最终自我异化为依赖大植生活的"寄生虫"。

（二）打破公路电影类型束缚

由于在类型上的桥接，使得《公路电影》在内涵上打破了公路电影单一性，同时，与同性片桥接、熔合，突出了二者共同的"自由"与"反抗"主题，从而将主人公的"生存"困境与"存在"困境相结合，探究他们双重边缘性的处境。

1. 现实社会出路的探寻

从社会中上层沦落至流浪汉的主人公锡元便是这个时代的诸多悲剧之一。影片一开始，便是锡元宿醉街头的景象。在这个电影画面的构图中，横躺在街道上的锡元位于画面的中心，进而暴露在行人的视野中，成为"被看"的对象；导演采用了贴近地面的平视机位拍摄，镜头下熙攘的人群，即"看"的主体在镜头中只剩下不断移动的双腿。在动静对比之下，通过移动的人群凸显静止的主体，并烘托出了锡元内心的情感——绝望、孤独。此外，锡元与妻子的对白作为非时序元素插入镜头里，从而替代了行人嘈杂的脚步声。对话中，妻子诧异和失望的情绪直白地流露了出来，这同时也是对锡元婚姻的死亡宣告，虽然之后锡元两次试图通过谈判和哀求以挽回这种局面，但结果都以失败告终。随着社会经济的衰退，锡元与妻子建立在经济基础上的婚姻自然也分崩离析。锡元经济的破产和婚姻的失败不过是那个时代的一个微小缩影，在影片背后的真实世界中，韩国大量中产阶层由于资产严重缩水和失业而沦落街头，曾经创造出"汉江奇迹"的"亚洲四小龙"之首也迎来了"国家破产之日"。

相对于放纵于这个绝望社会的锡元，另一位主人公大植则更多地代表着公路片中的"反叛元素"。塑造大植这一角色的灵感明显来源于20世纪美国叛逆文化中嬉皮士形象：一头长发，蓄着胡子，穿着肮脏。此外，大植所扮演的角色始终处于变化中，其形象的每一次转变都与影片的叙事节奏相关。在影片开始时，大植所"扮演"的是一位"掠夺者"，对于醉倒在地的锡元，大植扶起他并不是为了施以帮助，而是夺去他的西装外套——锡元曾作为精英阶层的最后的体面。而在流浪汉聚集的火车站地下通道中，大植又是一位领导者，维护着流浪汉群体秩序的相对稳定。对于处在死亡边缘试图自杀的锡元和一珠，大植则是一位施救者，他多次守护住了这些即将凋零的生命，将他们拉回到这个虽然痛苦却又仍有希望的现实世界。大植勤劳、热诚、宽厚，影片将人性的美好品质、这个悲伤的世界中不多的温存都赋予了大植——一个被置于在社会边缘的同性恋者。从影片整体的人物塑造来说，大植是个格格不入的"异类"，一个受到社会双重排斥的孤独者：一方面，生理上的同性恋者身份使得大植要受到诸多非议和歧视；另一方面，在精神上，大植又是一个恶浊世界的清醒者。尽管电影从一开始就对大植这一人物的身世和背景做了虚化处理，但从其中留下的些许信息碎片中仍可推测出大植的基本情形：在选择流浪前，大植拥有一定的事业和名望（影片借锡元朋友之口道出了大植前知名登山运动员的身份）与完满的家庭，大植的妻子在远离都市的山上经营着一家咖啡店，儿子顽皮又懂事。大植的出走显然与经济恐慌的时代背景关系不大，更多地出自个人的理想与价值观，即去寻找一份自己所向往和追求的同性之爱，并以此达到精神上的自我满足和升华。所以，大植并不因为社会经济的摇摇欲坠而失落。这就将大植这一角色置于社会的局外人的位置，因此，使他得以跳脱复杂的社会关系和等级结构，并且不受社会的负面价值导向所影响，社会在排斥他的同时，他也在排斥着社会。此外，大植的出走亦如《月亮与六便士》中主人公思特里克兰德的出走，其中包含着对金融风暴发生前的景观社会颠倒现实的一种无声反抗。如果说锡元这个角色所指向的是这个社会中的黑暗和痛苦，那么大植就是尚且保留着它一丝光明和希望的火种。正如二人踏上旅途时海边的一组鸟瞰镜头所描绘的那样，阳光穿过密布的乌云照在海上，远行的孤舟也好像在发光。

2. 生命价值的双重观照

在后福特制社会中，经济危机逐渐演化为一种固定的周期性现象，而伴随着经济危机出现的高自杀率也被视为一种特定时期所不可避免的社会现象，仿佛这些逝去的生命是资本工厂流水线上经不起测试的不合格商品。消费社会对人的价值、生命的漠视致使人在压抑的环境中沦为马尔库塞眼中的"单向度的人"，影片中锡元等人的自尽经历正是对此的最好印证，也是对社会中绝望情绪的反复书写。经济的衰退和下滑动摇了主人公锡元曾认为稳定的生活基础，股市的崩盘吞没了他所有的资产，也夺走了他自以为所拥有的爱情。锡元曾有过高达四次的自杀经历：割腕、上吊、大量服用安眠药物、引燃爆炸物，在锡元不断尝试自杀的背后正是他对生命的漠视。对他而言，生存的持久性的痛楚已超越了他死亡过程中的短暂的痛，所以，尽管他在大植的一次次及时抢救和阻止下仍得以存活，但他早已成了冷漠现实中的一具行尸走肉，他的意志或者说他的灵魂已经走向了自我毁灭。自杀的阴影笼罩着黑暗的韩国社会，那些选择自杀的人们不分阶级、不分性别、不分年龄，都在不断地沉沦中逃避现实。性工作者一珠同样处于社会的底层，她不惜长期服用安眠药以使自己能够沉溺于幻想世界中，当她终于意识到药物只能起到暂时性的作用，一望无际的大海却成了她生命旅程的终点。之后，大植询问一珠自杀的原因，她却只是轻描淡写地回答"是海浪在呼唤我"。同样身为失业者的金民锡选择了纵情于声色，他也曾驾驶着汽车在这趟公路旅行中苦苦寻求着希望，可最终他却在转移了公司大量的财产之后从大坝上一跃而下，亦如干涸的大坝，他所追寻的希望也注定要坠入荒芜的现实。

然而，在《公路电影》拷问人们选择生存还是死亡的同时，也在影片中设置了一个隐含的思想元素——爱，并贯穿于电影的整个结构。爱在电影中是一个复杂的集合体，它不仅仅是爱，也意味着希望、信仰和救赎。一珠在被大植救起后便一发不可收拾地爱上了他，追随大植成了她生存的动力；而大植在被锡元遗弃，即失去了爱后，便心灰意冷地走进实施爆炸作业的矿场，在被炸伤后奄奄一息并最终死去。回归到电影背后的现实，1997年亚洲金融危机后，韩国政府在国际货币基金组织的体制下对企业、金融、公共事业和劳动用工四个领域进行了大刀阔斧的改革，使韩国成为东亚遭受金融危机冲击的国家中最早恢复的国家。改革恢复了韩国社会残破的经济，却没有消除经济危机给人的精神造成的伤害，即使在5年后的2002年，社会中也依旧有很多人并没有走出那段挥之不去的阴影。在现实主义题材的电影中，"爱拯救世界"的经典范式并不被常常用到，似乎那只是一个与社会现实相背离的空中楼阁，一句烂大街的漂亮话，或者一场无法言说的幻梦。而导演的目的正在于通过强化爱的作用来让人们重新审视自己，并劝告人们"不要温和地走入那个良夜"。

3. 阶层重构的多元隐喻

2019年，韩国导演奉俊昊执导的现实主义题材电影《寄生虫》斩获第72届戛纳电影节金棕榈大奖，次年又拿下第92届奥斯卡金像奖中的多个奖项。《寄生虫》的屡获大奖使人们开始聚焦于影片背后的现实，即阶层固化、贫富分化的韩国社会。其实，韩国的社会阶层问题由来已久，1997年的亚洲金融危机则是一个加剧韩国社会阶层两极分化的导火索。原本人口众多的中层阶级和部分上层阶级在经济危机的影响和政府的干预下，大量沉沦为下层阶级，韩国社会阶层由传统的上中下三级演变为贫富两极。[①] 经济危机所造成的影响是持久的，时至今日，仍有不少文学、艺术作品在反复描绘那个时代。而在《公路电影》中，主人公锡元的经历便是那个时代的缩影，从中上层阶级滑落至底层阶级的锡元通过这段意义非凡的公路之旅，并最终通过恋人的死亡完成了自我确认，也认可了自己的阶级宿命。

影片以锡元发现大植的同性恋者身份为中轴，将影片分为前后两段，前半段的叙事节奏较快，对应着锡元对现实的恐慌心理；之后，锡元开始渐渐接受现实或者说彻底地自我放逐，所以对应的叙事节奏也变得缓和。电影的前半段主要呈现了锡元重新认识自我的过程。马克思曾说："人是一切社会关系的总和，是自然属性和社会属性的结合。"人对自我的认识往往通过认识自然、认识社会来实现，对世界的认识是人认识自我的前提。当社会急剧转型之时，锡元的世界观、价值观和原有的意义体系都被彻底地瓦解了。他开始去请求昔日友人的经济援助、劝告寄住在哥哥家的妻子回家和他一起重新打拼，并为此制订"人生的三个计划"（自食其力、依靠朋友、依靠妻子）。而当大植劝告他"不要再看那些东西（关于股市的新闻报纸）"，并对他的"三个计划"不无调侃和嘲讽时，锡元却生气地回应"不要将我和乞丐相提并论，我是不同的"。从这里可以看出，习惯依赖别人生存正是锡元自我主体意识缺失的表现，锡元确认自我的方式是通过对现实自我的不断否定与对自身的理想化来实现的。人的认识是基于社会互动形成的，当锡元与他者（朋友、妻子）互动、交往时，他在无意识中将属于他人的能力赋予到自己身上，看作是自己的能力，即在镜像中完成对自我认知主体的建构。在妻子拒绝和锡元从头开始生活并对他的落魄表示鄙夷后，锡元混淆了自己和妻子的欲望，将妻子对原有富足生活的需求视为

---

① 李洵 .1997 年金融危机对韩国社会分层影响研究 [D]. 辽宁大学，2017：11~18.

自己的欲望，因此，锡元便形成了对他自身的错误认知。而当锡元全神贯注地浏览着发皱的报纸时，报纸以及上边那些虚无的经济新闻实则成为锡元的装饰物，对他而言，他所看的不再是报纸，而是在端详一张上层社会的入场券，一种与流浪汉区别开来的阶层符号，这些都是锡元自恋心理的体现。在妻子的需求驱动和大植对其阶级归属指认的刺激下，向上层社会的复归这一要求成了锡元所欲望的客体，正如拉康所说的："人的欲望是他者的欲望。"然而，就像锡元不再笔挺的白色西装和肮脏的黑皮鞋一样，这注定是一个支离破碎的梦。

事实上，这段关于情欲的"不羁"旅程却也是一个欲望受限、爱情无果的悲伤故事。影片围绕着锡元和大植展开了一张"情欲之网"，坠入其中的人都被牢牢束缚，无法脱身。锡元和妻子之间没有爱，只有赤裸裸的经济关系；大植的前妻对大植无法忘怀，常常醉酒到深夜；一珠深爱着大植，大植却心系锡元。就连主角锡元和大植之间，也只是一场虚无的禁忌之恋。对于锡元来说，经历过这场社会变革后，他的一切几乎都改变了。锡元告别了旧有的优渥生活、失去了婚姻和家庭、社会地位一落千丈、经历了阶层的分化和沉沦，甚至改变了自身的性取向。而锡元性取向的转变实则也正对应着社会中的阶层重构，在这里，《公路电影》运用了结构隐喻的手法，将锡元对性取向的认同（内部的）与对社会阶层的认同（外部的）构成了一种相互观照的关系，从而有了一种连贯性。换言之，锡元认同自身性取向转变事实的过程实则就是他认同自己阶级宿命的过程。当锡元表现出对大植的厌恶和反感时，他不仅是在抗拒大植的同性之爱，也是对大植所代表的底层阶级的一种躲避，害怕底层的触手会将其拖入其中。锡元曾误解了大植的爱，多次将大植对他的近乎无微不至的关怀看作大植妄想占有他的性企图。与之对应着的，还有锡元对自身现状的错误解读，将阶层的沉沦与自暴自弃的生活画等号，而当他终于正视大植对他的爱时，也意味着他重新找到了存在的意义。懦弱的性格和对他人强烈的依赖感造成了锡元模糊不清的性别意识，他对同性恋身份的认同过程本身就是一个特殊的自我认知过程，在这之后，锡元才真正地做到"认识你自己"。[①]

影片中还多次用到了空间隐喻。除了前文说到的地下通道在结构上与社会阶层的对应，还比较明显的便是锡元的自尽。在他第二次自尽中，锡元或者说是导演选择了一种别样的方法：在高架桥上上吊自尽。高架桥是工业化时代的产物，也是城市景观的象征，通过高架桥自尽实则是对城市文明的一种控诉。在这个场景中，摄影师采用了仰视机位，其选择一方面以人物所处的空间位置（上方）为依据，而另一方面也反映着人物的心理诉求，即锡元对"上层"的渴望；而镜头在近景和远景中的反复切换也说明了锡元自尽前的复杂心态。整个自尽过程充满隐喻性。醉酒的锡元在高架桥上绝望地大声咒骂着薄情的妻子和糟糕的世界，之后一跃而下，然而绳子的另一端却突然松开，锡元自尽失败，并从半空中坠落到地上的纸箱堆中。其中预言着锡元的阶级宿命：从上层阶级（高架桥）沦落到底层阶级（地面）的命运。

三、质疑与反思

《公路电影》不仅向观众呈现出了一部不一样的"公路电影"，而且以加入"元电影"的形式引发人们对电影这一艺术本身价值和功能的反思。与此同时，"元电影"也呼应着以"电影"命名的影片标题，强化了影片内容的丰富性。

影片在流浪汉被驱逐的片段前插入了一个交替叙事组合段，以记者采访的伪纪录片形式呈现。影片中记者摄影机的存在进一步决定了电影画面的文本性，在这种情境下，通过镜头的切换形成了"现实——虚构——现实——

---

① 刘辰.《月光男孩》：性别意识建构与欲望表达 [J]. 戏剧之家，2017（05）：137~138.

虚构"的四重结构。首先是位于现实世界中的观众,他们作为看的主体"凝视"着虚构影片中的记者和流浪汉;其次,作为被看对象的记者在电影文本所构建的现实中又成了看的一方,"凝视"着他们镜头下的流浪汉;最后,在拍摄过程中,记者呵斥镜头下嬉皮笑脸的流浪汉们,要求他们保持严肃并"试着疲倦一些",于是,流浪汉们被迫掩盖了自己的真实情绪,不得不装作"倒霉的样子"而在镜头中留下了一张张悲伤的面孔。因此,原本在记者镜头所呈现的"现实"在经过记者的"导演"和流浪汉们的"表演"之后,其性质又转变为虚构,而之于观众来说,则是虚构中的虚构、电影中的电影,即"元电影"。"元电影"打通了虚构和现实,它拒绝让观众被动接受固定的影像关系,拉近了作品与现实的关系,并引导观众介入其中积极思考。[①] 此外,当大植带着流浪汉们去路边的小餐馆喝酒时,餐馆的电视中恰好播放着他们的采访片段,这就说明流浪汉们不仅在被现实世界中的观众、拍摄的记者、电视机前的观众看,也在被他们自己看。这是一种关于现实的自我麻醉:流浪汉们看着电视中的自己如同看一场滑稽的演出,在他们的嬉笑怒骂声中,残酷的社会现实被悄然掩盖。然而,正是通过对底层人物的书写和关注,影片的深刻度和对现实的批判力度得以强化。

综上所述,《公路电影》既有效利用了"公路电影"这一类型电影的基本艺术元素,又超越、打破了类型化的束缚,在反思与探索中不仅思考了"公路电影"这一类型电影的价值与功能,也探讨了电影这门艺术本身。然而,影片存在着人物的视角转换不明确、部分情节缺少铺垫等问题,因此存在着一定的局限性。结尾处收场草率,但影射了经济危机下无数个相似的故事。影片现实

---

① 朱弋凡.元电影研究 [D].中国电影艺术研究中心,2018:47.

主义的精神与现代主义的艺术手法熔接得几乎天衣无缝，也成就了它作为里程碑式韩国电影的地位。

指导老师：马晓雁

作者简介

左金朋：宁夏师范学院文学院中国现当代文学专业硕士研究生。

初评评委推荐语

本论文的选题较为新颖，行文视野开阔，有一定的科研素养。全文层次清楚，观点明确，文本分析较为细致，具有较强的逻辑性。当然也存缺憾，"质疑与反思"部分论述有些简略、薄弱。（沈秀英）

对不起，来不及说再见！

王学通

嘟嘟嘟（火车汽笛声）……

旁白：如果真的存在第二次选择的机会，我依然会坚持下去，但我希望能有人帮我打开潘多拉的盒子。就像成年后的雄狮依然不会为了家庭而放弃自由，就像夸父怎会因为生命的短暂而停止追赶太阳……真理永远不是由一个人完成的，前赴后继才是理想的殿堂。当然，在面临所有的暴风雨之前，我仍然渴望潘多拉盒子中最后的希望能落入人间，为心灵画上最后的归途。

"从明天起，做一个幸福的人

喂马，劈柴，周游世界……"（背景音）

一

场景：麦子地（麦子地旁边是火车轨道）

人物：李默，李默父母

山边的日头落了下去，田里为数不多的麦子没几天前的精神气了。

李默母亲："娃，和你大把麦茬子立起来，日头快下梁了。"

李默："额（我）没劲了，缓卡再动弹。大，火车上的人会看日头吗？"

李默父亲："瓜娃子，哪个人看不见，失明的人朝向日头，都觉得火热。"

李默："火热、火热……"

旁白：农忙的日子很快就过去了，我也遭受了火热太阳的考验，额头掉死皮，不间断地掉，从没觉得自己有这么多的肉。我所期盼的要来了，回到学校、回到那群人中去。

二

场景：大礼堂（元旦晚会）

人物：李默，苏米娜，班主任，主持人

舞台右侧：

班主任："苏米娜，稿子还有问题吗？"

苏米娜："老师，没问题，相信我。"

班主任："李默，咱班的朗诵是第三个，晚会开始还要半小时，你和米娜再走最后一遍。"

…………

舞台左侧：

主持人："如果你是一个仍然仰望星空的人，你会有暗夜也遮不住的情怀，你也会相信从明天起，做一个幸福的人，站在微风中，抬起头，踮起脚尖，亲吻澄澈的蓝天，拥抱灿烂的阳光，承接那暖暖的幸福。接下来请欣赏高二（1）班带来的诗朗诵《面朝大海，春暖花开》。"

苏：《面朝大海，春暖花开》

　　海子

苏：从明天起，做一个幸福的人

　　喂马、劈柴，周游世界

李：从明天起，关心粮食和蔬菜

　　我有一所房子，面朝大海，春暖花开

苏：从明天起，和每一个亲人通信

　　告诉他们我的幸福

李：那幸福的闪电告诉我的

　　我将告诉每一个人

李：给每一条河每一座山取一个温暖的名字

苏：陌生人，我也为你祝福

苏、李：愿你有一个灿烂的前程

　　愿你有情人终成眷属

　　愿你在尘世获得幸福

　　我只愿面朝大海，春暖花开

两人结束朗诵，鞠躬走下大礼堂舞台，坐在凳子上（舞台左侧）休息。

苏米娜："李默，你说海子的房子在哪啊？每次朗诵这首诗我都想去看看海子的房子。"

李默："应该在很远很远的地方吧！"

苏米娜："李默，你骗我，还能远出地球去，你也不知道吧？"

李默："我没有，不过海子的房子只有海子自己知道。"

苏米娜："不知道还瞎扯，我回家了。"

三

场景：学校门口

人物：李默，苏米娜，两个小孩

苏米娜："李默，李默，等等我。"

李默听到声音后加快了步伐，苏米娜跑上前去拽住李默："李默，你这人肯定是学呆了，我喊了你好几遍都没听到。"

李默："我听到了。"

苏米娜："我是能吃了你啊，还是长得太丑吓到你了，天天躲着我。"

李默："没有，没有，我想早点回家。"

苏米娜："李默，你说咱能考上大学吗？这都五月份了。"

李默："你肯定能考上。"

苏米娜："李默，你也会考上，对不？你想考哪儿啊？"

李默："我想试试中国政法大学，我想去那边看看，看看大城市，看看和咱这儿不一样的地方有没有山，有没有火车铁轨。"

苏米娜："唉，好好一学生，咋就让书念呆了呢。哪都有山，有火车的地方就有铁轨。"

跑过去两个小学生，一直在打闹。

苏米娜："小学生都好开心啊，不像咱每天早起晚睡，还不知道考得上不？"

两个小孩一个追，一个躲，紧接着跑到了马路上。李默看到有车驶过来，一个快步冲上去。把小孩拉了回来，可自己来不及躲开。

砰！

苏米娜："啊，李默，李默。"

李默这时已经浑身是血，慢慢抬起手说："米……米娜，海子房子那事我骗了你。"（说完晕了过去）

苏米娜："李默，李默，你醒来，我要你亲口告诉我海子的房子在哪。"

四

场景：医院

人物：李默，苏米娜

苏米娜（在门口先踮脚看了看，接着用手敲门）："有人吗？"

李默："进。"

苏米娜："恢复得挺快嘛，小伙子。"

李默："嗯，坐吧。"（立马合上手里的本子，放在桌上）

苏米娜："大诗人又在写诗啊。"

李默："无聊打发时间的。"

苏米娜："来，让我这位幸运儿第一个看。"

李默："不行，你不能看。"

苏米娜（站起来抢过本子）："我偏要看。"

李默起身："米娜，给我。"

苏米娜往后边躲去打开本子读了起来：

寻寻觅觅

嗅着夏天夜晚的清朗

迷路在一座座不夜的森林

没有月光

没有萤火

将一搂槐树叶
把槐花包起来
连同散落的星星一起
悄悄放进你的口袋

苏米娜："大诗人是春心萌动啊，告诉我，谁家的姑娘？"

李默："我随便写写的，你的通知书来了吗？"

苏米娜听到通知书便不再玩笑，坐了下来："没有，我填了师范，我想着离家近，以后当个老师也挺不错，教教学生，每天看看书。"

李默叹了口气，看向了窗外："挺好，挺好。"

苏米娜："李默，你复读吗？你复读肯定能考上的，再说了，你也不算复读啊。"

李默："米娜，你走吧，我知道，好好上大学。"

苏米娜："李默。"

李默："米娜，走。"

苏米娜这才起身走了出去，慢慢关上了门，出门后的苏米娜在门口站了好久，仿佛掉下了眼泪。

五

场景：李默梦境

人物：李默，海子

"高考结束，请全体考生停止答卷……"

李默走出高考考场，恍惚间看到了高考分数榜，他找了一遍又一遍，都没有他的名字。他倒在了地上，这时周围全部暗了下来，有个长头发男人从唯一可见的光那边过来，李默看不清他的脸。

男人说道："李默。"

李默："你认识我？"

男人："我一直在你心中。"

李默："我不认识你。"

男人："我有一所房子，面朝大海，春暖花开。"

李默："你是海子？"

男人："是，但又不是。我是你幻想出来的海子，是你李默心中的海子。"

李默："海子，我没考上，我去不了中国政法大学了。"

男人："李默，你想成为我，可我却想成为你。"

李默："什么意思？"

男人："这只是一个梦，梦的尽头有你想要的答案，还有你欠别人的答案。你写过一首诗，诗里边有答案。"

李默："什么诗？"

男人："《执念》"

旁白：执念

斜阳跨过群山孤水

在马背、牛角、草甸

和孩子的目光里逗留

好似寻找最后的爱人

我不曾去往远方

但我的眼睛看见了天边的洁白

我不曾获得苦难

可我的灵魂望见了路途的虔诚

孩子啊，孩子！

知道你喜爱自由的云朵

斜阳啊，斜阳！

知道你相信执着的爱情

我为前方流下了泪水

雪山、湖水是泪水的归宿

我为爱情诉说了执念

高原、日出是执念的坟墓

回来吧，懵懂的孩子！

回去吧，深情的斜阳！

李默惊醒，这才发觉做了一个梦，他坐起身来，不断回味着刚才的梦。过了许久，他笑了笑，大踏步走了出去。

六

场景：师范大学门口迎新处

人物：李默，苏米娜

苏米娜："新生在这边排队。"

李默在苏米娜身后说："我应该去哪边？"

苏米娜听到声音后怔住了，过了许久才转头："李默！"

李默："是我，米娜，好久不见。"

苏米娜："好久不见。"

李默："我来告诉你海子的房子在哪了。"

苏米娜："我知道了，其实后来我查资料了，海子他……"

李默："不，他的房子就是我们每个人的未来和努力，我想做一名教师，告诉我的学生们，每个人都会过得幸福。"

苏米娜："那面朝大海。"

李默："春暖花开。"

两人并肩走进了师范大学门口。

落　幕

旁白：后来的我，过上了新的生活，选择一片大海、阳光、沙滩、海风，期待每天的日出，关心粮食和蔬菜。像诗中描述的一样，做一个尘世间最幸福的人。

嘟嘟嘟（火车汽笛声）

…………

指导老师：李慧东

作者简介

王学通：宁夏师范学院文学院汉语言文学专业学生。

初评评委推荐语

诗可以是理想主义的乐园，也可以是柏拉图式的精神栖息地。允许自己喜欢每一个给一地鸡毛的生活填充诗意，并身体力行去实现诗主张的愿望！（曹兵）

《低处的父亲》人物形象浅析

马　媛

一、作品中人物形象的分析

《低处的父亲》这篇作品中一共有八个人物，分别是马有存夫妇、哈子夫妇、嘎子夫妇、梅子夫妇。全文是以哈子的视角，围绕"我们"寻找离家出走的马有存这件事展开的，塑造了一个个鲜活的形象，我将他们分为五类来分析。

1. 马有存——一个保持人性最基本品质的被人鄙视的"超子"

这个人物形象是一个比较少见的父亲形象，我所接触到的父亲形象一般都是伟岸的、威严的，又或者是慈祥的、和蔼的。但是这篇小说中的这位父亲却是一个"超子"，不仅如此，他不只是被外人瞧不起，竟然还会被家里人甚至是儿女嫌弃，初次读到这些的时候，我觉得很难受，我很同情这位父亲，尤其是文中后来写到他的病是因为救人，我突然感觉到一种农村人的劣根性，他们取笑、戏弄马有存，只是在无味的生活找一点儿乐子。文章的题目是《低处的父亲》，我想这个低处指得应该是他的地位，他的存在，但是这个"低处"却不低，相反，它是我们所有人都达不到的高度。马有存这个人物完全是通过儿女、妻子的语言来表现的，即使如此，这个人物形象依然很鲜活。我觉得作者创造马有存这样一个人物形象，是为了突出农村人的一种愚昧与旁观者的劣根性以及为人儿女所表现出来的人的阴暗面。

2. 田桂花——一个身处苦海、满腹牢骚的可怜又可恨的农村妇女

我觉得她是一个可怜又可恨的农村女人。她可怜，她原本嫁给的是一个要马上拿上铁饭碗的马有存，可是马有存却因为救人而变成了"超子"，她的生活一下就从天堂掉入了苦水里，她比农村的其他妇女生活得都要辛苦，她在家里挑起的是两份担子，一个本该过好日子的"攒劲"女子变成了被生活压迫的蝼蚁；她可恨，她把一肚子的冤屈全部发泄到了马有存的身上，对他恶语相向，对他拳脚相加，她对孩子的教育一向是拳打脚踢，更可恨的是，她还偷人，给马有存戴绿帽子。但恰恰是因为她可怜又可恨，所以才让人恨不起来，也喜欢不起来，甚至还有点同情她。

3. 哈子——一个良心未泯的家族顶梁柱的形象

文章的开篇就是他和田桂花的对话，从他的对话中我们也可以看出马有存在家里的地位以及别人对他的态度。其实读到哈子对他父亲的态度的时候我是很诧异的，我一度以为哈子是个不孝子，但是后面却又是他极力促成找马有存这件事的，并且在找马有存的过程中他也感受到了家人对父亲的亏欠，感受到了亲情之间的热情与冷漠。我觉得他寻找父亲的原因除了良心不安外，更重要的是，他在寻求一个心灵上的安慰，好让他在面对母亲，面对兄弟姐妹，面对亲戚，面对外人时可以坦荡一点。但是，读到后面我发现他的这种矛盾是从小就萌芽了的。因为父亲是个傻子，所以他就会被人耻笑，被人耍弄，还很责备父亲不争气，但同时这个傻子又是他的父亲，一个值得尊敬的角色却让他每每丢脸，与此同时，她的母亲虽然做出了令人蒙羞的事，但她又是一个吃了很多苦的妇女，哈子恨他的母亲，但又同情、可怜、谅解他的母亲，所以，他是矛盾的、痛苦的、良心不安的。除此之外，他还是一个家庭的大哥，父亲不在家，他就是家里的顶梁柱，在这一点上，他又显得很敬业，很值得信赖，所以，他

就必须是推动故事发展的主人公。

4. 嘎子、梅子——一种自私自利、亲情冷漠的儿女形象

他们都是家里的老二、老三，在找父亲这件事上，除了刚开始时的情绪高昂，在真正开始寻找父亲后，他们作为人的本性就暴露出来了。嘎子和梅子在找父亲和谋生活之间最终选择了谋生活，他们和父亲的感情并没有哈子那样深，又因为他们不是家中的老大，所以他们也不用为父亲的走丢承担舆论压力，但同时，这也让我们看到所有情感的深浅都是通过时间来衡量的，所谓路遥知马力，日久见人心正是如此。

5. 哈子媳妇等——一种事不关己高高挂起的围观者、外来者的冷漠形象

我觉得他们就是以一种围观者的形象出现在文章中，他们本来就对这个父亲没有感情，甚至还很鄙视他，所以，他们是寻找父亲这条路上最大的阻力，让我们看到人们在对待一个心智有障碍的人的冷漠无情的态度，看到人心的阴暗之处——自私自利。

二、该作品与马金莲其他作品中人物形象的对比

1. 一个并不伟岸的父亲形象

父亲的形象在马金莲的笔下大多是令人尊敬的一家之主的形象，即使她的小说《1988年的风流韵事》中的父亲也是一个身有残疾的人，却依然改变不了父亲在这个家中的地位。但是在这篇小说中，父亲却是一个没有地位的，被人玩笑戏弄的形象。那么作者在她的创作生涯中创造这样一种父亲形象是为了什么呢？我想其中有三个原因：一是表现现在这个社会家人对身有残疾的老人的一种冷漠态度；二是表现人们对落难英雄的一种不尊重，蔑视的态度；三是表现物质发展下亲情的疏远与冷漠以及金钱对人心灵的扭曲。

2. 一个长兄如父的顶梁柱形象

马金莲的笔下有不少长兄、长姐，他们在家庭中的地位丝毫不亚于年迈的父母。不论是《绣鸳鸯》中知道了妹妹作出丢人事后主持大局的父亲，还是《金花大姐》中为家人浆洗缝补，做饭烧水，一人挑起家中琐事的金花大姐，抑或是《1988 年的风流韵事》中虽然残疾，但兄弟做事还需来问候的父亲，都和这篇小说中一力促成找父亲这件事的哈子一模一样。他们都是家中另一个长辈，在父母年迈拿不了主意的时候，他们就是家中的决策者，担负起家里的重担。另一方面，由于马金莲笔下的家庭大多是农村家庭，所以中华民族传统的孝悌忠信思想还未从农民人的意识中磨灭，因此家族中的其他孩子对长兄、长姐这样一个人物具有与生俱来的信赖和服从。因此，在这些条件下，哈子将兄弟姐妹聚起来，带头寻找父亲的担子就落到了他的身上，也就像文中嘎子所说的："超子不见了，晓不得死哪去了？妈哭哭啼啼的，你这当老大的，咋不管？"只有哈子才能将家人聚到一起共同商量一件事。

3. 一个被金钱淡化了亲情的形象

马金莲的小说中对这一形象的描写还是挺多的，在类似的形象写作中不只是有被金钱扭曲了人性的形象，更重要的是表达了物质对淳朴农村人的污染，这类人的后果无一例外地都发展成了一出悲剧。如《大拇指与小母尕》中为了金钱导致两个儿子悲惨死亡的哈单与哈单媳妇，《短歌》中在城市裂缝下寻找自我生存空间的玉兰，《孔雀菜》中为金钱和物质而丢失亲情、丢失生命的舍木……再到这篇小说中为了金钱而变得冷漠、虚伪的亲情关系。这些都是马金莲笔下常见的人物形象，因为金钱而无视，因为金钱而冷漠，因为金钱而对亲人大打出手等这些因金钱而导致的矛盾正在使淳朴的农村人变得"难看"，使社会变得冷血。

三、结　语

读马金莲的小说，总感觉很亲切，可能是因为我们来自同一个地方，甚至在我读她的小说的时候，我是完全用我的方言来读的，很有地域色彩。不仅如此，在她的作品中，大多数主人公的名字都是回族所特有的，而我也恰好是回族，所以在读她的小说时，总感觉是我身边发生过的事情，很有民族色彩。在第一次读完《低处的父亲》这篇小说的时候，我是很难受的，我很同情文章中的父亲，很讨厌文章中除父亲之外的其他人物，但当我读第二遍、第三遍，甚至到第十遍的时候，我忽然发现，这篇小说中的人物都不那么讨厌了，他们就像是现实生活中我身边的亲戚一样，有令人可憎的一面，但也有令人可怜的一面，在生活的压迫下，他们的选择都是为了生存，恰恰是这个时候，我们就可以看到文章中所凸显的人性的光辉。

亲人是这个世界上为你最义无反顾的人，一个亲情淡漠、血缘意识不强烈的人在社会中犹如一片浮萍。无论是保留人性美的马有存、良心未泯的哈子，还是可怜又可恨的田桂花，抑或是存有劣根性的其他亲人和外人，马金莲都为我们展现出他们栩栩如生的一面，就好像这些人、这些事就发生在我们身边一样。独特的地域色彩、民族色彩为马金莲的小说增色不少，虽然她的文笔不是那种很令人惊艳的，但是她个人的经历和她的作品联系起来就给她的作品增加了很多的出彩点，毕竟和现实结合的故事永远不会落后。

指导教师：张富宝

作者简介

马嫒：宁夏大学人文学院汉语言文学（教师教育）专业学生。曾获宁夏大学"阅读之星"；宁夏大学原创文学大赛三等奖；宁夏大学"助学·筑梦·铸人"征文比赛三等奖。

初评评委推荐语

感性解说有余，理性分析较浅，提升不够。（王晓静）

浅析《山和梦》的乡村叙事观

韩冰冰

在中国现当代文学史上，以乡村叙事观进行文学创作大致可以追溯到1917年"文学革命"时期的乡土小说，这种叙事方式最具有代表性的作家便是鲁迅先生，他的这种叙事方式不仅影响了"五四"时期的乡土作家，还对像赵树理、高晓声这样的作家产生了很大的影响。进入21世纪以来，又有范小青的《赤脚医生和万泉和》、赵德发的《经山海》、侯凤章的《山和梦》等。其中，历史架构最大、跨越时期最长的则非《山和梦》莫属。《山和梦》是当代作家侯凤章于2019年出版的一部长篇小说，共分为上下两卷。小说以宏大的结构、通俗的语言讲述了发生在宁夏盐池县的齐、王、刘、李四个家族之间的百年爱恨纠葛，小说从家族更迭的角度多层次、多方位地反映了中国社会的巨大变迁和百姓生活的跌宕起伏。本文试从对乡村生活的真实描写、乡土性农民形象的塑造、通俗直白的乡村语言三个方面来分析《山和梦》所体现的乡村叙事观。

一、对乡土生活景观的真实书写

《山和梦》乡村叙事的成功首先体现在对乡村真实生活图景的描摹与展示上。小说所叙述的是自清末宣统年间到社会主义革命和建设时期之间齐、王、刘、李四个家族的兴衰变迁，小说整体架构在盐池县这片土地上，展现了盐池县真实的乡村生活图景。

1. 叙事内容充满民族化特点

《山和梦》在叙事结构上借鉴的是传统的家族叙事模式，家族叙事中的"世代恩仇"和"因果轮回"在小说中都可以看到，表现比较明显的就是四姓之间的相互联姻，这形成了四个家庭错综复杂的姻亲关系。不仅在叙事结构上借鉴传统小说的叙述母体，小说在叙事内容上也充满民族化的特点，带有浓厚的民族气息。正如梁斌在革命历史小说《红旗谱》中融入了大量的生活化叙事时说道："想要完成一部有民族气魄的小说，我首先想到的是要做到深入反映一个地区的人民生活。地方色彩浓厚，就会透露民族气魄。"如梁斌所说，"民俗是最能透露广大人民的历史生活的"。而《山和梦》中就有大量对于西北民俗的描写，真正做到了深入人民生活。第三十八章中，写齐风迎娶兰兰的那天早晨，"齐大老婆叫花花把剪好的窗花贴到刚糊过纸的窗子上""齐三把自家的驴子好好地打扮了一番，头上抹的是红蓝彩，尾巴上拴的是红布条"、吹鼓手吹的曲子以及最后一个鼓手亮开嗓子喊的一段话，等等，这些对婚礼场景的一系列细致描写，将塞上特有的民风民俗展现在我们面前，没有华丽辞藻的修饰，朴实的描写中透露着乡间的风俗美。

2. 生于斯、长于斯、死于斯的乡土情结

农业文明使人与土地之间的关系过于紧密，在农业文明形态下，土地几乎是所有生存资料的来源，在中国，没有什么比拥有属于自己的土地更能让农民获得归属感和安全感。正如费孝通在《乡土中国》中所说："农业和游牧或工业不同，它是直接取资于土地的。游牧的人可以逐水草而居，飘忽无定；做工业的人可以择地而居，迁移无碍；而种地的人却搬不动地，长在土里的庄稼行动不得，侍候庄稼的老农也因之像是半身插入了土里。"在《山和梦》中，乡土情结最明显的体现则是在刘巧巧婆婆身上。由于南洼窑院年久失修，不安全，镇上多次要求刘巧巧和其婆婆搬到李效效所在的学校里去住，刘巧巧婆婆的土地固有思想使她接受不了离开自己生活了大半辈子的窑院，"地我要种，窑我要住"是她的乡土情结的典型表现。在传统老一辈农民的观念里，有了自己的土地就象征着有了安稳的人生，农业文明自然而然地就滋生出平定安稳、知足常乐的价值取向，而乡土社会也就在这种限制下成为生于斯、死于斯的社会。

二、乡土性农民形象的塑造

《山和梦》乡村叙事的成功，还体现在对若干具有突出乡土性农民形象的塑造上。小说根据时间线索，刻画了封建愚昧的老一代农民和在现代文明的冲击下产生分化的新一代农民，作者有意无意地将新一代分化的农民进行对比，借此来表现中国社会的巨大变迁和在市场经济影响下的社会分化现象。

1. 封建愚昧的老一代农民

在乡土文学中，无论是对中国乡村社会的批判还是赞扬，主要都是指向农耕文明根深蒂固的文化传统。中国几千年来自给自足的小农经济长期把农民束缚在土地上，由此造就了中国农民踏实本分的性格特点，然而也正是因为长期安于现状，缺少与外界的交流沟通，导致了老一代农民的愚昧无知。费孝通在《乡土中国》中指出："农村有着自身的封闭性，他有着一套完整的乡村内部运作系统。"这也就说明，乡村特有的封闭性以及农民几千年来沉淀下来的传统伦理观念，使得农村人不容易接受新事物，长此以往，就会导致自身愚昧落后、迷信无知。在《山和梦》中，齐三、刘巧巧婆婆等人都是老一代农民的典型代表。在"地干得直冒灰"的旱情下，齐三、王掌柜、刘掌柜们去山上的庙里求雨，并且拉上一只羊领牲，小说中细致描述了求雨的场景，以及求雨时的语言

"山下大旱，来人求雨，开恩！开恩！"；刘巧巧婆婆认为窑门口的三只狐狸是李庭红、李效效爷爷和李效效太爷；齐三不知道冯玉祥、李大钊是谁，等等，这都体现出农民思想愚昧、文化素养低，所以科学思想的宣传任重而道远。这些风俗的展现说明了人们对鬼神的依附，人们创造了鬼神文化，又反过来心甘情愿受他们的支配，这正是人们心中奴性意识的体现。

另外，老一代农民身上还有一种唯求坐稳奴隶的顺民心态。由于社会长期动荡不安，军阀混战、兵匪横行，使得农民不敢有更高的追求，只求安于现状，满足于"三十亩地一头牛，老婆娃娃热炕头"的生活。《山和梦》中，"没办法，日子还得往下过"是齐三说得最多的一句话；在第四十一章中，齐三听到齐电在开纪念李大钊的会时，安顿齐电说："好好念书识字，不敢和当兵的人来往""好好听齐雨、齐霜两个哥哥的话，不敢乱跑"；在第六十一章中，齐三想"牛在牛棚里睡觉，羊在羊圈里睡觉，人在窑里睡觉，这样安安静静地睡觉多好。醒来就干活，干活多打粮，打粮多攒钱，攒钱过日子，多美气呀。天下为啥老有人不安生，不是打就是抢，不是算计人就是叫人算计"，等等，这都是老一代农民在乱世之中唯求坐稳奴隶的典型体现。

2. 现代文明冲击下分化的新一代农民

新文学诞生以来的很长一段时间里，在持启蒙立场的作家那里，乡村和农民几乎都是作为被批判的对象而存在。新时期以来，随着农村土地改革的完成，农民不仅分得了土地和财务，实现了"翻身"的愿望，而且确立了全新的精神风貌，成为新社会具有崭新的价值观和坚定理想追求的新一代农民。齐旺、王琪、刘志远、李效效等都属于这样的新型农民。但是由于社会主义市场经济体制的确立，在越来越快的城市化、工业化进程中，农民这一群体也产生了分化，刘强强代表的就是在现代化进程中被物质文明腐蚀的新一代农民。刘强强拖欠李庭红盘餐馆的钱、自己开餐馆偷奸耍滑、算计自己亲妹妹、把齐旺的羊放出来诬告他偷牧等行径，都是现代社会利益至上的观念。与之相反的齐旺、王琪则继承了老一代农民本分善良的传统，二人合作牧羊，靠自己劳动致富，在李家窑院被淹时，第一时间去救刘巧巧和其婆婆，这些都表明他们是具有勤劳勇敢、坚定善良等美好品格的社会主义新青年。作者在小说中有意无意地将二者进行对比，突出了市场经济和工业化文明对中国社会的影响。

三、卓越的乡村语言艺术

《山和梦》的语言是与宁夏盐池县的文化紧密联系在一起的，体现了盐池地区特有的语言风格。语言朴实、讲话幽默、通俗直白等特点既展现了当地的民俗，同时又体现了盐池地区的民族性格。

1. 语言具有地方特色

方言是不同地域的人们进行交流交际的重要工具，方言是语言分化所形成的地域变体，汉语是世界上方言分歧最大的语种，方言差异十分显著。在中国现当代文学史中，不少作家都是基于自己家乡的方言进行创作的，比较典型的如老舍的《骆驼祥子》《茶馆》、陈忠实的《白鹿原》等。相比普通话，方言有一种从主观和个人的角度表现事物的功能，能更充分地表达强烈的感情。在《山和梦》中，也有大量方言地运用。王掌柜在向齐三介绍其他掌柜时说："李掌柜的是个歪人"，这是典型的西北方言，"歪人"是厉害人的意思，一个词就把李掌柜精明的形象刻画得栩栩如生。再如"他们咋话了""连个规矩都莫了""这些鬼溜子在干什么""他要是敢把齐电和齐壮日鬼了，我不饶他"等，方言的运用使小说独具地方特色，读来妙趣横生。

2. 通俗直白的词汇

《山和梦》这部小说选择运用现代口语中通俗直白的词汇，以追求语言的生动性，即使是描写风景也不选择华丽的辞藻来修饰。如第六十一章中的"远山青汪汪的像水像玉像石头，千年万年不改变，山下的人们在劳作中看看它，相对无语，无语中人们喟然长叹，远山却把这喟叹中的人们一代一代送走了，走得无影无踪"；再如"天蓝蓝的飘着白云，白云缕缕如丝，覆盖不住蓝天的底色，蓝天一往情深地蓝着，蓝到了齐三的心里"等语句。类似的景色描写在小说中大量出现，但作者都是用简洁直白的词句来描写，这些毫无华丽辞藻修饰的话语也正是小说乡土叙事的体现。

另外，作者在小说中也提到了现代工业文明对传统乡村文明的冲击，这在刘巧巧身上表现得最为明显。刘巧巧是从封建社会走出来的农村妇女，当她想让裁缝给婆婆做衣服时，想起来了婆婆大襟衣服上的疙瘩纽扣，而现在"应该是没人会绕黑桃疙瘩了"。在当今社会主义现代化浪潮的冲击下，从封建社会走出来的刘巧巧们该如何融入飞速发展的中国社会，我想首先需要转变的是她们脑海中根深蒂固的封建传统思想。如果现代化是中国历史发展的必由之路的话，那么思想的现代化将是"乡土中国"的现代化无法回避的一个重要问题。

总之，小说无论是对乡村生活景观的书写、乡土性农民形象的塑造，还是乡村语言的运用方面，都能看出作者侯凤章在写《山和梦》时所运用的乡村叙事的视角，从中我们可以发掘到小说潜在的艺术价值和作家在这种创作观念背后所隐藏的民族情怀。《山和梦》所讲述的不仅仅是齐、王、刘、李四个家族的历史，它更是一个时代的故事，是中华民族百年历史发展的真实写照，给我们以历史知识的补充和民族文化的传承。

参考书目

[1] 侯凤章.《山和梦》[M].银川：阳光出版社，2019.4.

[2] 费孝通.《乡土中国》[M].北京：北京出版社，2016.

[3] 黄曙光.《当代小说中的乡村叙事：关于农民、革命与现代性之关系的文学表达》[M].成都：四川出版集团巴蜀书社，2009.3.

[4] 叶蜚声、徐通锵.《语言学纲要》[M].北京：北京大学出版社，2010.1.

[5] 梁斌.《漫谈〈红旗谱〉的创作》[J].《人民文学》，1959.

[6] 王春林.《乡村叙事与革命叙事的背离和冲突——重读梁斌长篇小说〈红旗谱〉》[J].河北师范大学学报（哲学社会科学版），2020年7月第43卷第4期.

指导老师：王岩森

作者简介

韩冰冰：宁夏大学学生。

初评评委推荐语

该论文关注宁夏小说的新动态，思路明晰，层次清楚，逻辑性较强。如果把题目中的"乡村叙事观"的"观"字去掉可能会更好一些（当然，第一段中的有关表述也要相应变动些许）。（沈秀英）